NF文庫
ノンフィクション

新装版

駆逐艦「神風」電探戦記

駆逐艦戦記

「丸」編集部編

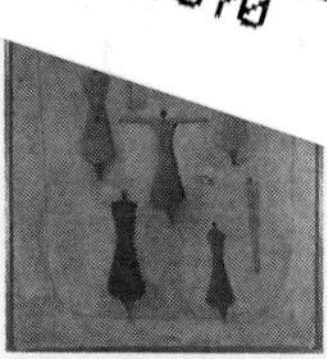

潮書房光人新社

駆逐艦「響」乗組の宮川正上等機関兵曹。せまい艦内生活は、大艦にはない家庭的な雰囲気があり、厳しくつらい作業のなかにも人間どうしの温かい交わりがあったという。宮川兵曹は終戦後、「響」とともに復員輸送に従事した。

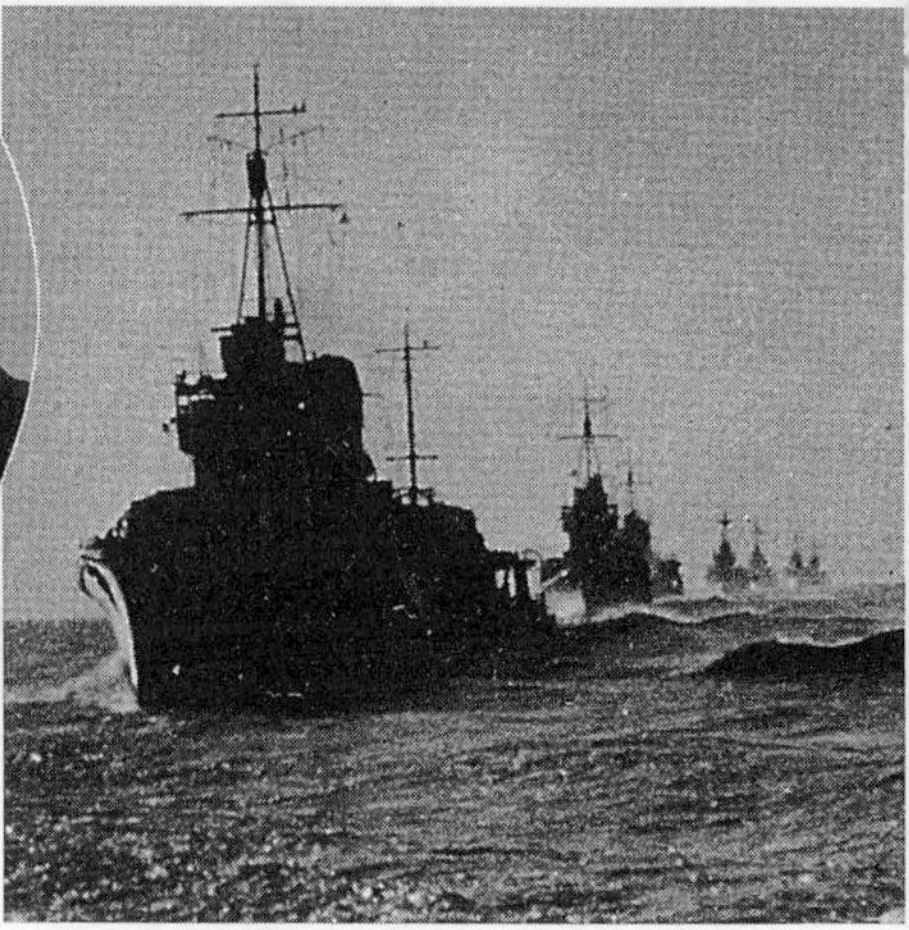

第6駆逐隊「響」の僚艦——(先頭から)「暁」「雷」「電」は死闘のはて次々と悲愴なる最期をとげた。

特型駆逐艦「響」。大戦中の特型の消耗ははげしく、同型艦の全23隻のうち、終戦時の残存したのは「響」と「潮」の2隻のみにすぎず、まさに奇蹟の艦といえる。

昭和19年9月6日、「響」はマニラに向かう輸送船団の護衛の任務についた。その途次、米潜の雷撃により士官室が爆発し、多数の死傷者がでた。写真は、タグボートに曳航され、馬公のドックに入渠して応急修理をしている「響」。のちに呉海軍工廠で整備されることになる。

駆逐艦「雪風」砲術長の田口康生大尉。マリアナ沖、レイテ沖、沖縄水上特攻作戦の壮絶な海空戦を戦いぬいた。爆撃の合い間に、猪首を外に出した艦長がゆうゆうとうまそうに煙草をすっている姿を見て、安心感をおぼえたという。

陽炎型駆逐艦の艦橋。周囲には甲鈑がはりめぐらされており、すでに戦闘準備が万端ととのっている。

豪放磊落、生粋の水雷屋・寺内正道艦長のもと、全乗組員の堅い団結と不断の努力により、最後の日まで戦いぬいた栄光の不沈艦「雪風」。第一級の性能をほこる。

速力18ノットで回避運動中の戦艦「大和」（上の中央）。下端に見えるのが「雪風」。

「雪風」の守護神といわれた寺内艦長。生死を超越した操艦ぶりはまさに神業で、大小雨下する数百発の爆弾を全弾回避した腕のさえは、凡人のなせる業ではなかった。

終戦後、「雪風」は復員輸送に従事し、昭和21年２月のラバウルを手はじめに、サイゴン、バンコクなど10数回の往復をかさね、13000の人々に祖国の土をふませた。

及川幸介汽缶長乗艦の駆逐艦「夕雲」は、第2次ベララベラ海戦において米駆逐艦の雷撃により沈没した。写真は同型の駆逐艦「浜波」である。

及川汽缶長が見まもるなか、星のマークを翼につけた飛行艇は米軍の遭難者たちのそばに着水し、手ぎわよく救助作業をおこない飛び立った。

40ノットの高速で、白波をけたてながら洋上をゆく米軍の魚雷艇。虎視眈々と日本艦艇にむけ魚雷を発射する機会をねらう。

漂流する日本軍兵士たちの救出にあたる米魚雷艇——及川汽缶長たちがあくまでも救助されることをこばむと、米兵はパンと水筒を投げあたえて立ち去ったという。

大艦からハイライン作業によって洋上給油する陽炎型駆逐艦。艦橋の左右に第1、第2カッターが見える。このカッターによって、増援部隊の揚陸がおこなわれた。

揚陸された資材をはこぶガダルカナル島の日本軍兵士たち。緊迫した状況下、物資補給は夜陰に乗じておこなわれ、ぞくにこれを「ネズミ輸送」とよんだ。

補給を一日千秋の思いで待っているガダルカナル島の日本兵たちに増援部隊や物資をとどけようと、岡本辰蔵少尉たちの「早潮」は急ぎ南下した。

雨ノ宮2等兵曹が電探長として乗り組んでいた駆逐艦「神風」は、米潜水艦の強敵としてその名をマークされるほどの奮闘をつづけ、戦後、対潜の戦闘記録が発表されて、『深く静かに潜航せよ』という映画にまでなった。

館山砲術学校から通信学校の電探講習生となった雨ノ宮洋之介1等水兵（当時）は、峻厳な訓練を終え、最新鋭の電波兵器を装備する駆逐艦「神風」の電探長として任務についた。

城山砲台での記念撮影。前列右から2人目が雨ノ宮1等水兵（当時）。第2乙種補充兵として召集されたときには満29歳、結婚後1年あまりの妻と当歳の子がいた。

極寒の北洋に出動した駆逐艦「野風」の甲板上は一面に凍りつき、堅氷をバットでたたき落としたという。北方警備についた「神風」もいかばかりであったか。

口絵写真提供・雑誌「丸」編集部

昭和20年6月8日、バンカ海峡において、重巡「足柄」に英潜水艦トレンチャントが発射した魚雷が命中した瞬間――「神風」の目前で、むなしく海没していった。

復員輸送任務に従事していた駆逐艦「神風」は、昭和21年6月7日、静岡県御前崎で荒天のため座礁した海防艦「国後」を救援中に二重遭難し、大破してしまった。

駆逐艦「神風」電探戦記　目次

駆逐艦「神風」電探戦記

憤怒をこめて絶望の海を渡れ

〝不死鳥〟の異名をとった駆逐艦「響」激闘一代記——宮川　正

1　血をはく初陣

昭和十七年五月十七日午後四時、駆逐艦「響《ひびき》」は、呉港を静かに後にした。瀬戸内の海は青く、遠く島々は緑一色にくっきりと浮かんでいる。戦争など感じさせない、のどかな船足である。しかし、どこに向かって航行しているのかはだれも知らない。

下関と門司が手にとるようにはっきりと見えてきた。関門海峡を通過して間もなく、艦は進路を北にとったらしい。だんだんと揺れが激しくなってきた。

缶部に配属された私に、さっそく三号缶での訓練がはじまった。上甲板より缶室に行くためハッチを開けて、垂直な直径八十センチの出入口から出入りするのにも、なれないため両手でしっかりと手すりをにぎってのぼり降りをする。

艦はますます激しく揺れる。私にとって駆逐艦ははじめてで、なにがなんだかさっぱりわからない。勝手知らずの缶室でなにをしていいのか、ただ古参兵のすることを見ているよりしかたがない。

　缶室は、一号缶から三号缶まであり、ハッチより降りた部屋は操縦室となって区切られている。ハッチは両舷にある。缶は艦本式で、缶前部に十六本のバーナーがある。立型式ウォーシントンの給水、給油ポンプが一基ずつ、タービンの送風機が設置されている。班長は操縦弁をにぎり、古参兵は給油ポンプの加減弁をにぎって速力の増減にそなえる。

　缶は下部両端に水ドラム、上部に蒸気ドラムがあり、数百本の缶管（チューブ）の底部と周囲は、耐火レンガできずかれている。蒸気ドラムのわきには水面計がとりつけられ、つねにドラム内の缶水が正常な状態に維持されているのを確認しなければならず、絶対に目をはなすことができない。

　速力指示盤の鐘が鳴るとどうじに、指示針が速力をしめす。速力増のときは水面計の水位が急にあがるので、おちついてきてから徐々に給水量をふやし、それとどうじに給油圧力をあげてバーナーの本数をふやす。給油圧力、バーナー本数、送風量がマッチしないと、煙突から煙が出る。そうなるとただちに艦橋から注意される。

　燃料に石炭を使用していた日露戦争当時は、歌詞にもあるように黒煙をなびかせ、波濤を乗り切る勇壮な姿でよかったが、いまは絶対に煙は禁物である。敵に発見される恐れがあるからだ。また投棄物も日中は厳禁で、かならず夜になってからすてていた。

「いまから汽醸訓練をする。最初に基本動作だけをやるから、教えたとおりにやれ！」

　と班長は号笛を鳴らしながら、何回も同じことをくり返す。私たちは二人一組になって、燃料の出るバルブを把手で開く動作をする。とどうじに、送風機から送られる風を炉内に入れるため、シャッターを開く動作をくり返す。

訓練中に気分が悪くなり、がまんにがまんをかさねていた私は、ついに嘔吐《おうと》してしまった。と、古参兵はいきなり私の尻を、精神棒で力いっぱいなぐりつける。

「お前たちは精神がたるんどる。そんなことで缶がたけると思うか！」

そのたびごとに訓練の回数はふえる一方で、嘔吐したからといって訓練は休めない。しだいに嘔吐物が出なくなると喉のあたりが痛み、とうとう血を吐くようになった。私は艦内を汚物でよごすわけにもいかず、苦肉の策で靴下の中に嘔吐物を入れることをおぼえた。

「たたくならいくらでもたたけ。クソ食らえだ」——なかばステバチぎみになり、気持のなかで古参兵をどなりながら訓練をつづけた。こうなると精神的にゆとりが出たのか、船酔いもなくなり、血も吐かなくなった。

昭和十七年五月十九日早朝、艦は青森・大湊に入港した。缶の圧力は上げたままで、一缶だけはたいていた。ほかの者は整備にいそがしい一日だった。大湊までなんの目的できたのか知る者はだれもいない。

夜になって酒が出て、出陣祝いがはじまった。缶班は三班あり、右舷側の居住区は主機械の班である。先任下士官が居住区の中央に立ってどなる。

「今日は無礼講だ。大いに飲んでくれ」

無礼講といっても若年兵では、あまり飲むわけにはいかない。きのうまで血をはいて疲労しきった身体である。しかも乗艦して三日目で、艦内生活にもなれていないので、緊張感で少しくらい飲んでも、酔うところまではいかない。古参兵は相当に酒を飲み、歌も出て、夜おそくまでつづいた。

明けて五月二十日は大湊港を後にして、いよいよ出撃である。

出港してまもなく総員集合の号令が下され、前甲板に集合したところで艦長（石井励少佐）から、

「本艦は、これよりキスカ島攻略作戦に参加する」

と伝達される。さすがに下士官兵の間には、緊張感がみなぎった。

艦が進むにつれて波はますます高く、北方特有の霧が、ときおり幕を張ったように四周をつつみこむ。視界は百五十メートルくらいだろうか。僚艦との衝突をさけるため、霧笛航行がつづけられる。探照灯では敵に発見される恐れがあるため、司令艦からの命令である。

出港してしばらくは私も船酔いぎみだったが、それもいつしかなくなっていた。艦は木の葉のように揺れ、うねりと波とで僚艦が見えなくなるくらいだ。

船体が異様なきしみ音を発している。波が右舷から左舷にと往復している。上甲板をゆく者は、両舷に張られた命綱につかまりながら波をよけて通る。

まだなれない艦船勤務に拍車をかけるような海のうねりと、波にはほとほと参らされた。食事も食卓で思うようにとれず、天井より配膳なべをつるして思いおもいにする始末。艦の揺れのタイミングを悪くしてハッチから海水が入り込み、居住区が水びたしになることもしばしばである。

アリューシャン列島を北に向けて、警戒体制のうちに艦隊は目的地に近づいていった。キスカ島がかすかに見えてきた。「響」は速力を少しずつおとしていき、やがてキスカ島がはっきりと見えてきた。速力は半速である。

「陸戦隊は上陸準備にかかれ！　準備できしだい上甲板に集合せよ！」の号令がスピーカーから流れた。私はただちに居住区にもどり、身仕度にかかった。とっくりセーターに厚手の靴下とあみ上げ軍靴、腰には剣と拳銃、そのうえに鉄かぶとと三八式銃の完全武装である。

この地は夜がみじかく、真夜中でも日中のような明るさである。夜襲というわけにはいかない。

上甲板には、すでに陸戦隊の全員が集合している。司令（山田勇助大佐）が隊員を前にして、

「ただいまから、キスカ島に上陸する。すでに承知のように六月五日、わが機動部隊はミッドウェーにおいて多大な損害を受けた。そこでわが北洋部隊は、この作戦をかならず成功させねばならない。ミッドウェーに散った多くの戦友のためにもたのむぞ。成功を祈る」

司令の言葉は力強く自信にみちていた。カッター、内火艇の分乗区分の指示を改めて受ける。

「どんなことでも、オレの指示どおりすすめ。敵はどのくらいいるかわからない。一気に海岸に行き、上陸とどうじに散開する。勝手な行動はゆるさない。たのむぞ」

各班長はおなじような指示を、部下に伝えている。約五十名の陸戦隊はいよいよ興奮して

きた。

やがて、「カッターおろせ!」の号令とともに艦は停止した。カッターがいっせいにおろされ、私たちはナワばしごをつたい、決められたカッター、内火艇に若い兵から順序よく乗り込んだ。

上甲板からは残留組が、「しっかりたのむぞ、がんばれよ」とはげましてくれる。乗りうつるとどうじに、艦の外板をカギざおで思い切り押して離れた。

明け方四時を期しての敵前上陸の決行である。初陣の緊張した気持と臆病神が、身体中を交互にかけめぐる複雑な精神状態のうちに、号令一声、全身の力をオールにかけて、島をめざして発進した。六月とはいえ北の海は高波と寒気に、オールをにぎる手も凍りつくようである。それでも生か死かの別れ道に立ったいまは、寒さなど感じない。ただ黙々と合図に合わせてこぐのみである。

いよいよ上陸決行のときがきた。砂浜にカッターを乗り上げ、ただちに兵は砂浜に散開した。陸上にはカマボコ兵舎が二棟あり、そのそばに五名の米兵が白旗を手にして立っている。ぜんぜん抵抗の気色はない。殺気立っている隊員は、唖然とした表情で近づいていった。

隊員の中に元気な若者がいて、銃をかまえて米兵に向かって走り出した。

「こら、やめろ。だれかとめんか!」と、近くにいた指揮官がどなったので制止され、どうやら何事も起こらずにすんだ。制止された兵は不満顔である。殺気立った中で、このような気持になるのは当然ともいえよう。

逃亡した七名の米兵もまもなく捕らわれ、十二名の米兵は旗艦に連行された。陸戦隊はただちに武装をとくや作業員に変身し、輸送船から組立式兵舎機材を陸揚げして設営にとりかかり、たちまちいくつかの兵舎ができ上がった。

かくして、その日のうちに陸軍部隊もすべて上陸を完了した。六月七日のことであった。

私たちは自分たちの艦にもどり、そのあとキスカ島周囲の警戒任務についたのであった。

この季節はとくに霧がこく、航行にはいっそうの注意が必要であり、霧の晴れたときなどは対潜，対空にとくに警戒を厳重にした。

キスカ島は静かな島で植物らしいものはほとんどなく、小さな福寿草に似た花がわずかにあるくらいで、湾の後方には小高い丘が残雪を抱いていた。湾内は波がなく、ぶきみなくらいの静けさである。

この作戦には、第六駆逐隊の全艦（「響」「暁」「電」「雷」）が参加していた。

2　悲しき後進航行

警戒の合い間に魚釣りの許可が出た。北方海域は海の幸の宝庫といわれるだけあって、おもしろいようにタラやカレイが釣れる。もちろん釣針などはないので、針金を細工したものをつかう。エサは最初だけ肉なり魚なりをつけ、それで一匹釣り上げた後は、それを切ってエサにする。三十分で十五匹から二十匹と大変な収穫となった。ときおりグロテスクなかっこうをした魚が釣れた。頭部だけでっかくて身はすくなく、だれがつけたか「先任伍長」といっていた。

毎食の食卓にはタラの刺身が出ていた。料理に自信のある岩川兵曹が、みなに包丁さばきを伝授している。料理方法も多種になり、食卓は特別食でにぎわった。

艦長も、内地への土産にするようにといってくれる。腹をさき、乾物にするため煙突のまわりにロープを張り、タラやカレイの満艦飾となった。

六月十日午前十時ごろ、哨戒中にソ連商船を発見し、ただちに停船命令を出すとどうじに臨検することになった。ソ連商船は従順に応じて、ぶじに臨検も終了する。

このころ補給船から燃料の積み込みをしているとき、敵の偵察機一機がやってきた。はたせるかな、まもなく敵五機編隊が飛来して、爆弾を投下しながら機銃の乱射をかけてきた。「響」も負けじと主砲と機銃を撃ちまくる。その間五、六分であったが、みごと、そのうちの一機を撃墜し、さっそく艦橋前に撃墜のマークを記入する。幸いにわが方に損害はなかった。

六月十二日の昼ちかく、突然、ブザーが鳴りひびいた。こうなると釣りどころではない、ただちに各部署についた。私は缶室に降りようとしてハッチに半身を入れながら上空を見ると、米機が五機、こちらに向かってくる。爆撃機らしい。

缶室に降りるとどうじに、艦の主砲（十二・七センチ）や機銃がいっせいに火ぶたを切った。

敵機は霧の合い間をたくみに利用して、猛烈な勢いで突っ込んでくる。何回か同じことをくり返したのちに、艦の前部付近に四発の二百五十キロくらいの爆弾が投下された。艦全体に激しい震動が起こった。それは直撃でなく至近弾であったが、艦橋から前部一番砲は曲折し、海中に没してしまった。

敵爆撃機は成功と見たのか、全機影はいつのまにか消えていた。

このままでは沈没は必至であろう。なんとか浸水をふせぎ艦を守らねばと、全員で防御作業に取り組む。とくに兵科居住区の浸水がひどく、一時を争う状態であった。一号缶に浸水するのも時間の問題であろう。

しかしながら、日ごろの訓練が大いに発揮され、木材が浸水箇所に手渡しで運び込まれて行く。せまい艦内のこと、手ぎわよく運ぶのには大いに苦労する。

「けがをしないように落ち着いてやれ！」

居住区入口の上から大声で叫ぶ声がする。隔壁の鋼板が水圧でふくれていく中を、適当に角材、丸太などを切り、クサビを打ち込んで行く者、排水ポンプを準備する者。防御作業の最中にも、またいつ攻撃してくるかわからない敵機に備えて、警戒の手をゆるめるわけにはゆかない。

僚艦は、傷を負ったわが子を見まもるように戦闘配置についたまま、「響」の周囲を警戒航行している。

排水ポンプはフル回転しているが、思うようには排水できない。浸水速度は早い。必死の作業がもう二時間もつづいている。

「もう少しだ、がんばれ。このままではダメになっちゃうぞ！」

おたがいはげまし合いながら、冷たい海水に身体をぬらしての作業がつづいた。

三時間ほど経過したころ、ようやく浸水速度が弱くなってきた。

「成功したぞ、もう大丈夫だ！」歓声がドッと上がった。ポンプは快調な音をたてながら、海水を艦外におし流している。

このとき司令より、信号が送信されてきた。『「響」は内地に回航のうえ破損部修理を行ない、命あるまで待機せよ』――どうじに司令艦は、「響」より「暁」にうつされた。

ただちに出港準備である。前甲板が大破し、浸水がはなはだしいので、排水ポンプを止めることもできない。このまま前進しては沈没してしまう。もとより一号缶はたくことはできない。

それに前部がもぎとられているので、後進で航行するよりほかないのである。後進の場合、前進とちがって、燃料消費は相当大きなものとなる。そこで残油量もわずかであったので「響」はいったん、油槽船に横づけされ、短時間のうちに補給をすませた。

そして、キスカ島を後に約五ノット（約九キロメートル）の速力で後進航行をつづけた。大きなうねりと波で艦は木の葉のように流され、思うようにすすまない。ただし、これ以上の速力をだせば艦が危険である。それにいつ敵が現われるかも知れないので、さらに警戒は厳重にしなければならない。一方では排水作業がつづけられる。全員とも各持ち場を離れることもできず、休むひまなどもない。

艦前部には米倉庫、真水タンクがあったが、それを爆撃により全部流されてしまい、いまや水なし、米なしで、この日から蒸溜水と乾パン、しるこ、ときおり野菜と肉の煮付けといった食事がつづいた。乾しておいたタラも、対空戦闘中に目茶苦茶になって食物にならず、しるこも一回くらいならがまんできるが、そうはつづかない。

「またかよ。こうしるこばかりじゃ動けないよ」

「ぜいたくいうな。まだ口に入るものがあるんだ。死ぬことはない」

きのうの苦しみをわすれたかのように、そして今もいつ攻撃されるかわからない状況のなかで、勝手な会話がかわされている。死の直面にさらされ、そして解放された安堵感が、そういわせるのであろう。

後進航行、しかも低速。北洋のうねりのなかで、艦は思うように進まない。緊張感の高まったなかに、ますます全員の疲労の色はこくなっていく。不安な気持はつのる一方である。

それでも一週間目に、やっと幌筵《ほろむしろ》島に到着することができた。ただちに両舷に、ドラム缶より大きいものを〝浮き〟替わりにワイヤーロープで固定したものの、あまり効果はないようである。それでもないよりはましであろう。

幌筵の基地にも余分の食糧はなく、水を少しだけ補給し、さらに燃料を補給する。といって、それも充分とはいかず、これで内地まで航海がつづけられるのかと、いささか心配である。

かつて出陣祝いをした大湊港に、哀れな姿でたどり着いたのは六月二十七日のことであった。

やっとの思いで内地に着いたよろこびを、みなは全身で表現している。あのときに沈没していたら、おそらく全員が海中に投げ出されて凍死していたことであろう。

大湊港には駆逐艦が入渠できる浮きドックがあり、入港の翌日には入渠した。被害箇所をみると、よくも北海の荒波に耐えられたものだと、思わず冷や汗が出るほどである。

こうして仮修理に約半月を要し、航海ができるよう鋼板を溶接して七月十一日、「響」は横須賀港に向け出港したのであった。

3　あゝ艦内生活

キスカ島で大きな痛手を受けながらも、もとの勇姿に帰った「響」は、ふたたび横須賀を後に出港した。

すぎしミッドウェー海戦で「赤城」「加賀」「飛龍」「蒼龍」ら正規空母を失った日本海軍は、急ぎ改造空母を生み出した。「雲鷹」「大鷹」「冲鷹」「飛鷹」などである。

これら改造空母によるサイパン、トラック、グアムなどへ横須賀から航空機輸送がはじまった。四、五十機の戦闘機を積み込み、島の近くから飛び立たせて島の飛行場に着陸させるというぐあいである。

「響」にかせられた任務は、その護衛であった。この作戦は往復二週間を要し、定期航路さながらに相当の回数をかさねたものであるが、護衛任務中は一回も敵の攻撃を受けたこともなく、まだまだのんびりした航海だった。

しかしながら、これら飛行機をせっかくぶじに輸送しても、私たちが内地に向かってUターンをしている間に飛行場を攻撃され、新品の機体はつぎつぎと爆破されてしまった。いま考えると、アメリカはこの手を充分に計算していたのだろうか。輸送中は攻撃は皆無で、陸揚げしてから攻撃してきていた。そうなると、格納庫、滑走路は蜂の巣のようになってしまい、血と汗のにじんだ飛行機は一度も戦わずしてむざむざと破壊された。この一事への憤りは、空母護衛の回数がますごとにつのっていった。この護衛任務は昭和十七年十二月から翌年五月中旬までつづけられた。

ここで、駆逐艦における艦内生活を記してみよう。およそ兵員は、兵科（水雷科、砲術科、航海科）、機関科（主機械、缶、補機）とあり、主計兵、看護兵は航海科（第三分隊）に所属していた。

艦長は少佐、航海長・機関長はそれぞれ大尉である。各科には分隊長・分隊士がおり、分隊士はだいたいが兵から昇進した勤続十五年以上の兵曹長で、その士官は特務士官と呼称され、ときには特務少尉が分隊士の任務につくこともある。

班は十三名から十五名くらいで編成され、班長は上等兵曹、各科の先任下士官は科の統制をとっていた。

日課は停泊中と航海中とでは異なるが、停泊中の日課は六時起床、釣床、マットを格納する。これは海兵団と少しも変わらず、各班はせまい居住区のなかで競い合う。これには一等兵くらいの若い兵があたる。古参兵は精神棒を振りまわしどなりちらす。若い兵は他の班員に負けじと、一人で三、四本の釣床をくるので汗だくである。

居住区、甲板のそうじが終わると、上甲板で体操がある。寒中でも裸でやらされたが、そうじで汗だくの後だからあまり苦にならない。これは十分間つづけられた。

洗顔には約一リットルの水が支給される。しんちゅう製の小さい洗面器で下士官から兵と、順序も先輩格からはじまる。艦では真水を大切にするため、その少量の水で口をすすぎ、洗顔するのであるが、最後になると水がなくなり、若い兵はときおり洗顔もできないことがある。

若い兵は休むひまもなく、洗顔場である上甲板の掃除をすませるとすぐ居住区にもどり、こんどは食事の準備である。そして号令とともに烹炊所《ほうすい》にかけ足で行く。一時もはやく班ごとに食事をすませることまで競い合うのである。

八時になると事業整列の号令とともに、上甲板に各科ごとに整列する。分隊士より訓示があり、班長からその日の作業の手順が指示される。

私は缶室に配属されていたが、機関科の整備作業がこれまた大変なものであった。とくに夏季は汗で艦内服はびっしょりで、作業終了のときにはかならず真水で霧を艦内服に吹いておく。こうすれば翌日は汗くさくない。これなど生活の知恵とでもいおうか。

缶室でも若年兵は、内外の掃除はよくやらされた。外部掃除とは炉内に入り、缶管のススをけずり取る作業である。目だけを出してボロで覆面し、九ミリくらいの鉄棒の先に三日月形になった刃をつけてススをけずる。たちまち、だれだかわからぬほど真っ黒になり、目と歯だけが異様に光ってくる。

内部掃除のときは蒸気ドラム、水ドラムの中に入り、身体を曲げ、ワイヤーの先端に鋼線のブラシをつけて缶内部の石炭状の汚物を落とす。ドラム内は完全密室であり、みながこのときとばかり大声を出してのどを競い合う。歌は当時流行の「男の純情」「満州娘」「支那の夜」などであった。

古参兵と下士官は、給水ポンプ、給油ポンプ、送風機などの分解手入れをした。このような作業は、事情がゆるされれば定期的に行なわれていた。

兵科も主砲の手入れ、魚雷の手入れと、それぞれの持ち場の整備には魂を打ち込んで当たっていた。いざというときに故障など絶対にゆるされないことであった。どこを見ても、ピカピカにみがき上げられている。

午後三時半になると夕食が終わり、港に停泊中は右舷、左舷に班のなかが分かれていて、四時から半舷上陸となり、兵は四日に一度、下士官は二日に一度の外泊が許可される。

航海中はあまり作業はしない。機関科の場合、四時間交替で当直勤務につく（十二時～四時・四時～八時・八時～十二時)。四名くらいが一組になって、主機械は速力の増減により単式、巡航、高速タービンを使用し、それにともない、缶室では蒸気の増減を調整する。

蒸気圧力はつねに二十一キロに保つことになっているので、速力の変化ごとにいそがしい。三缶のうち二缶はつねに当直員の手でたかれ、一缶は圧力を上げていつでも戦闘体制をとっていた。非番のときは休んでいてもよいが、これも若年兵にはゆるされない。ほかにもいろいろと仕事があるのだ。

艦では水は非常に貴重なものである。ただし、洗濯には不自由したことがなかった。機関科の特権とでもいおうか、缶で使用する水を使うのである。それは蒸溜水で、航海中はつねに補機室で蒸化器（海水を蒸気で沸騰させ蒸溜水にする）が作動され、缶室に送られていた。この水は使用することは禁止されていたが、黙認であまりうるさくいわれることはなかった。

真水の管理は機関科で、カギは機関科の善行章があたえられたばかりといった兵長が受け持つ。烹炊所の若年兵は、この真水係には絶対的にどんなムリでも聞く。もしヘソをまげられると、水が思うように出ないし、おのれが苦労するからである。

また機関科は、烹炊所に対してあるていどの特権を持っていたので、支給される食事のほかに特製の料理がかならず各班の食卓に出されてくる。これはその班の若年兵の腕にかかっている。

銀バイ（烹炊所より盗む）は常識である。まず銀バイして、つぎに手料理となる。かんたんな料理といえば、玉ねぎをうすく切って醤油をかける。さしずめ現在のオニオンスライスであろうか。

ときには副食物にもよいものが出ると、気をくばってお替わりの銀バイに行く。必勝の信念を持って——。主計兵も心得ていて、そのようなときは余分に作るし、とくに機関科にたいしては見て見ぬそぶりをしていた。

あるとき古参兵が、「このウサギうまいなあ。もう少しないかなあ」といった。それを聞いたとたん、私は居住区を飛び出していた。烹炊所入口で中のようすをうかがっていると、幸いだれもいない。すばやく皮をむかれたうさぎ二匹を、事業服の上衣に包み、急いで居住区にもどってきた。

「ウサギを持って来ました!」

「お前、バカだね。そんな生のもの食えるかよ。それにしても宮川、お前は大した度胸だよ。よし、その度胸のよいところで返してこい」

班長はじめ、班員は大笑いであった。

また、あるとき缶室内部の掃除のあと、内部乾燥中のため炉内で炭火を使用していたので、牛肉を焼くことになり、冷蔵庫に入って銀バイしようと相談の結果、私が行くことになってしまった。烹炊所のまえを行ったりきたりして、扉の開くのをうかがっていた。チャンス到来、主計兵がカギをはずし、中に入ってすぐ品物をかかえて出てきたが、掛け金だけをかけ、カギはかけない。

私はすばやく中に入った。ところが、物色しているうちに、扉の掛け金がかけられてしまった。夢中で内側から扉をたたいて救いをもとめたが、だれも気づいてくれない。だんだん身体は冷えてくるし、このままでは冷凍人間になってしまう。私は力のかぎり扉をたたき、大声でさけんで、やっとのこと、主計兵に助けられた。幸い同年兵であったので、「バカヤロー」の一言ですんだものの、二度と冷凍室の銀バイはやらなかった。

4 愛しの駆逐艦

「響」の乗組員定員は士官十六名、下士官兵二百十七名であったが、戦時体制では総員二百五、六十名はいたのではないだろうか。

士官室は前部、後部に二部屋、それに士官寝室がある。兵員室は五居住区。せまい艦内生活は自然と家族的な雰囲気にあり、軍規とはべつに、階級のへだたりをわすれるようなこともあった。

人間どうしの温かい交わりは、駆逐艦での独特の味である。部下を思う心が自然と部下に通じ、そして士官に対する信頼感がすべての点に表われ、どんなにつらい訓練、日ごろの作業にも不満を抱かない。

いまだに印象に残る兵科先任下士官は加茂飛知男兵曹、中島国造兵曹、機関科小菅政吉兵曹、川村松吉兵曹、佐々木光雄兵曹である。訓練には相当にきびしい態度で接し、ときにはどなり、たたきながらきたえていった。

しかし、訓練が終わると人が変わったように温和な上官にもどり、部下を思う気持は兄のように、相談ごとにも親身になってくれ、自然とみなから尊敬されていた。酒宴のときなども各居住区をはしご飲みするほどで、階級差もわすれての酒豪ぶりをみせたものであった。

私が「オチョチン」（後述）に進級してまもなくのことだった。同年兵の一人が機関科居住区でネズミを一匹捕らえて、特別上陸の許可を加茂兵曹から得ようと、特別上陸簿に記入していた。

私が、「おい、すてるまえにこっちにまわしてくれ」と耳うちをすると、まもなく紙につつまれたネズミが私の手もとに渡された。さっそく上陸簿といっしょにネズミを加茂兵曹に提出した。

「先任下士官、ネズミを捕らえました。特別上陸をお願い致します！」

加茂兵曹は、紙包みの中をのぞき込み、意味あり気な顔をしながらも、上陸簿に印を押し、上陸札に張る許可証をくれた。内心、しめたと思ったとたん、小さな声で、

「宮川、二度とするなよ」

といって、ネズミのひげをハサミで切ってしまった。たらいまわしを承知で、許可したのである。このときの加茂兵曹の声は小さかったが、私には脳天を鉄拳でなぐられた感があった。

駆逐艦独特の人の交流には深いものがあったが、なんといっても、同年兵の交流は深い。

「おい、お前」「貴様」といえるのは同年兵どうしだけであろう。とくに機関科の宇野順次や村上正男、石井恒三郎、川崎一彦とは苦楽をともにした仲間だった。

私は昭和十七年十月に一等機関兵に進級し、階級章もスパナが二丁に桜のマークがついた。十一月に勅令によって階級呼称が改正され、どうじに私は、海軍機関兵長となった。一等兵をふつう「オチョチン」と呼んでいるが、この階級に進むとそろそろ、古参兵の仲間入り一歩手前であり、少しは要領をおぼえてラクになる。

ついで翌十八年七月に善行章が付与された。もう押しもおされない海軍機関兵長である。

善行章とは入団して三年間、無事故無欠勤（シャバ風にいえば）であればだれにも付与されるものだが、同じ兵長でも善行章が階級章の上にあるのとないのとでは大ちがいで、上陸してもわざと善行章を見せたがる。このころになると市街で、すれちがいの敬礼もされる方が多くなってくる。

その年に私は、缶室より機関科倉庫に配属された。宇野という同年兵と、部下に川島福次郎がいた。この三名で機関科事務をいっさいとることになった。宇野は静岡県出身でまじめな頭のよい、私とはじつに気の合った同僚であった。

作業は主として機械室、缶室、補機室で修理に使用する消耗品、部品の管理、燃料（重油）潤滑油類の積み込み手続き、航海中の運転記録、整備作業であり、航海中の当直は指揮室にあって、当直士官のアシスタントとして航海記録を記入し、機関科各室に対する指令を電話、あるいは伝声管で伝えることであった。

すべて記録は月ごとにまとめて、横須賀鎮守府に提出された。日常生活もなれてくると、各自が要領を心得て、うまく処理して行くが、ときおり要領のわるい者が出ると大変である。私も若年兵当時の思い出があるが、夜になると〝甲板整列〟である。それは班ごとのときもあり、分隊ごとの場合もある。

一等兵以下はかならず整列に参加することはまちがいなしで、連帯責任をとらされて精神棒で尻をたたかれ、あるいは消火用筒先でたたかれる。アゴを拳でたたかれるのは軽い方で、「歯をくいしばれ」と警告してからなぐられる。場所はそれぞれの場で行なわれるので、〝パート整列〟とも呼ばれていた。

海軍ではよく、その艦にはじめて乗艦したさい、軍紀のきびしさを知るには消火用筒先を見ればわかる、といわれていた。こういうきびしさのある反面、やることだけやって各自の責任さえはたしていれば、家族的な面もあり、ふだんは兄弟のように暮らしていた。古参兵でも気のよい者は、酒保で買った物をおごってくれたりする。

宇野は同年兵ではあるが、彼は機関学校で教育を受け、普通科を卒業している関係で一応、班長ということになっているが、私は「宇野」と呼んでいた。

私は徴兵だし、三年満期で帰るつもりでいたので、学校など行く気にもなれず、募集にも応じなかった。そのうちに戦争がはじまり、学校に行く機会を逃がしてしまった。

海軍では下士官に対して「〇〇兵曹」と呼び、また若年兵が自分より半期でも先輩に呼びかけるときは「〇〇さん」といっていた。

同年兵どうしは呼びすてである。また士官に対しては職名で、「機関長・分隊士・航海長」などと呼んでいた。

各分隊より士官室に交替で、士官の身のまわりの世話をする当番兵が派遣される。海軍ではこれを従兵と呼んでいた。その兵はいっさい艦の作業はせず、従兵としての任務を専任する。ホテルのボーイの仕事と思えばよい。

兵学校を卒業したばかりの少尉で、威張りたくてしかたのないやつほどこまり者である。あるとき、従兵が全員で士官室前に整列していた。あとで聞いたところによると、若い少尉の短剣のサヤに塩を入れたためサビついてしまい、短剣が抜けなくなってしまったとのことだった。これには、「いい気味だ。だれだか知らぬが、なかなか度胸のあるやつもいるものだ」と変なほめ方をする者もいた。

そのはずであった。この士官は乗艦いらい威張りちらし、下士官兵に反感を抱かれていたのである。度胸のあるその従兵は、とうとうわからずじまいで、その後、若い少尉はまもなく転属になって退艦していった。

5　酷寒の艦長命令

昭和十七年六月にキスカ島、アッツ島を占領し、わが軍はこの島を根拠地として北洋を制圧し、わがものとしていたが、連日にわたる米軍の海と空からの反撃に合い、後退の色がこくなってきた。

南方にくらべて気象条件の悪いこの島を、どうして占領したのか。わが国の欲しい物資はなく、気温も一年のうちほとんどは氷点下である。

最初のうちは北からの攻撃を食いとめることができる、という計算であったのだろうが、いまとなっては、むしろ逆効果となってきたようである。このままの状態がつづけば、守備についている将兵を玉砕に追い込むことになろうし、日ごとに弾丸も食糧も少なくなり、補給もできなくなってくる。

補給船は途中で撃沈され、敵弾に倒れるか、飢えに倒れるか、一時を争う情勢にあった。そして昭和十八年五月二十九日、アッツ島は占領後一年たらずで、山崎部隊以下、全員が玉砕するという悲惨な事態を生じたのだった。

私たちに急遽、出動命令が下されたのは、このような情況下においてであった。

昨年の占領時には日本海を航行したが、今回は距離的にみじかい太平洋を選んだのであろう。いつのまにか僚艦が近くに集結して遠く近く、後になり先になったりして進んでいる。しかし太平洋は、敵潜がアミの目ように各所に待機し、獲物をねらっているのだ。

このたびは輸送船は参加していない。撤退するにも、駆逐艦だけで収容できると判断したのだろう。船足のおそい輸送船は、足手まといになるばかりである。

また、横須賀港を出るときも燃料は満量ではなかったし、たとえそうであっても、満載量四百五十トンの駆逐艦では、どうしても長い航海の途中で補給しなければつづかない。

そこで室蘭で燃料を満載し、北海道から油槽船一隻が作戦に参加することになったが、さらに、どういう事態が発生するか予測できないので、ドラム缶を上甲板に積み込み、ロープで固縛した。

北に進むにしたがって波はますます高く、うねりも大きくなってきた。ドラム缶を固縛したロープがゆるむたびに、機関兵は波をかぶりながら、ドラム缶を固縛する作業に必死である。

両舷には命綱が張られた。駆逐艦は各居住区、パートに行くときは上甲板を通るしかない。上甲板下には通路はないのである。

いよいよ敵の制空圏内にちかくなってきた。室蘭を出て一昼夜がすぎたころ、突然、鳩の巣（マスト上の見張台）から、「右三十度、潜望鏡発見！」の見張兵の力強い叫びがひびき渡った。

「対潜戦闘配置につけ！」の号令に、艦尾の爆雷は発射準備がなされ、艦橋より潜望鏡の位置を当直士官が確認した。

ところが、漁で使う竹材がタテに浮いていたのを見まちがえたものであることが判明、ただちに戦闘配置は解除された。〝鳩の巣〟の兵は誤認であったにもかかわらず、当直士官より賞賛された――「まちがいとはいえ、見張りはその任務に忠実であった。よく発見してくれた」と。

撤退作戦は、この季節に発生する北洋特有の霧を利用して行なわれた。それが敵に発見されないただ一つの方法であった。それにしても、占領十一ヵ月目にして、この地より撤退しなければならない悲しさは、撤退作戦に参加している私たちより、当のキスカ島守備隊将兵の胸にこそ切実であったろう。

室蘭を出て一週間目、いよいよ決行のときがちかづいた。キスカ島守備部隊と無電で連絡をとりながら、「響」は旗艦の指揮下に行動をとる。このとき運よく霧が発生した。神風が吹きまくるように、〝神霧〟を張りめぐらせてくれたのだ。

霧はますますこくなってゆく。旗艦より準備命令が下され、艦は刻々と島に近づいて行く。僚艦どうしの接触をさけるため、霧笛航行がつづけられた。探照灯では、敵に発見される恐れがあるからだ。緊張した中にも、みなの動作はきびきびとしている。

このとき機関科指揮室に伝声管で、「二番煙突のサイレンが故障した。急いで修理をたのむ」と艦長（森卓次少佐）からの命令である。僚艦との接触を避けるため、サイレンはどうしても必要である。これが当直の分隊士から缶室に伝えられると、三缶室班長が私を見ていった。

「宮川、お前は金工にいたこともあり、修理は経験があるし、お前ならできる。艦長よりのお言葉だ。しっかりやれよ、たのむぞ」

私は一瞬とまどった。いくら経験者といっても、実際にそばに行ってサイレンの構造を見たわけでもないし、どこが故障しているのかもわからない。要具もなにを持っていけばいいのか、まして北洋のうねりと高波のまっただなかである。波は両舷を往復し、障害物にぶつかった波は、しぶきとなって吹き荒んでいる。

「どうなっているかわからないが、とにかく煙突のところは相当に揺れているから、まず手すりに身体をしばれ。それからポケットに要具を入れろ」

と班長はいろいろと指示して、要具をひとそろい出してくれた。

「班長、なにか細いヒモがありませんか。一つ一つをヒモでしばって落とさないようにします」

「それはいい考えだ」

班長の指示で、ラッタルなどの手すりに巻いてある三つ編みのロープがとどけられた。

私は煙管服のバンドに道具を一つずつしばり、煙突に登っていった。揺れが激しく、しぶきが煙突まで吹き上げてくる。まず身体にロープをまきつけ、作業ができるよう固定した。

煙管服はすでにしぶきでぬれ、寒さで指先は感覚がない。両手を交互にたたいたり、こすったりして、なんとしても原因を追求しなければ……と気はあせるのみ。とにかく、分解してみようと順序よくナットをゆるめていった。煙突の下で心配顔の先輩がいう。

「おい宮川、悪いところがわかったか。あまりむりするなよ」

「はい、大丈夫です」

と、大声で下に向かって返事をしたが、内心は恐怖でいっぱいである。全身がかたくなり、一瞬どうにもならなくなってしまった。思いきりほおを平手でたたき、さらにスパナで頭をたたき、みずからをさとすように〈これほどのことに負けるな。荒れるならもっと荒れてみやがれ〉とつぶやきつつ、はずした部品はポケットに入れていく。

どうやら気持にも落ちつきが出てきた。ついに故障原因を発見した。うれしさでその瞬間、寒さもわすれてしまった。蒸気が出て円筒形の箇所に当たって音を発するのであるが、その円筒形がナットのゆるみではずれていたのが原因だった。

幸いナット、割《ぴ》ピン類をポケットに少しもっていたので、さっそく円筒形を正常にもどしてナットでかたくしめつけ、割《ぴ》ピンを入れ、さらにネジ部のあまりにナットを入れ、ダブルでしめた。

「修理終わりました。艦橋に報告して下さい！」

と私は下に大声でどなった。そして蒸気の元弁をわすれずに開いて、ゆっくりと煙突から降りた。

やがて、サイレンが吹鳴され、機関科指揮所より、伝声管で艦長よりのお言葉があったと伝えてきた。『困難な作業をよくやりとげてくれた。艦長として礼をいう、ありがとう』と。

班長もうれしかったのだろう、

「宮川、よくやってくれた。わしからも礼をいうぞ。でも、一時はどうなるかと心配したぞ。少し休め」

というねぎらいの言葉に、私はいままでの苦しみなど一度に吹き飛んでしまった。

突然、異変が起きた。こく垂れ下がっていた霧が、吸入器に吸い込まれるように、あっという間に晴れてしまったのだ。〝神霧〟はどうしたのだろう。

このまま決行すれば、敵に発見されると判断したのか、司令官は全艦に対し、『ただちに全速で後退せよ』と送信してきた。いたずらに犠牲者を出したくないと、司令官は判断したのだろう。

それからどのくらい航行したことだろう。どこを見ても島影はない。相変わらず北洋のうねりと高波に、艦はきしんでいる。各艦ともに燃料がとぼしくなってきているのはたしかだ。司令官もこのようなことがあるのを充分に計算に入れて、油槽船を一隻同行させたのであろうか。

各艦は交互に曳航補給する準備に入った。油槽船に近づき、たがいにモヤイを取り、同じ速力で航行しながら艦間距離約七メートルをたもとうとするが、うねりと高波とで距離もうまく持続できず、モヤイを延ばしたりちぢめたりして、安定させるのに約三十分以上も要し、ホースを接合するのに一苦労する。

安定したところで艦間にロープを張り、滑車でホースを駆逐艦側にひっぱり、やっと接合完了、いよいよ送油開始である。

両艦の上甲板には間隔をおいて兵がならび、おのおのに竹竿を手にして間隔がせまくなると、たがいに突っ張って接触を防いでいる。三インチのホースは相当の圧力で送油されている。万一、切断されたときのことを考慮して、中間をウインチで吊り上げ、ホースに余裕を持たせた。

6　霧のなかの奇蹟

翌日になっても、待望の〝神霧〟は発生しなかった。霧に期待をかけるのはむりなのだろうか。だが、この撤退作戦にはどうしても霧が必要なのだ。乗組員の中には、あせりの気持が濃厚になってきた。

「司令官はなにを考えているのだろう。このさい、多少の犠牲はしかたあるまい。このままではキスカの連中も、われわれもダメになってしまうぞ。せっかく補給した燃料もつきてしまう、霧の発生などあてにしないで、ただちに決行すべきだ」

艦内には、いら立ちの声が高くなっていった。

二日目も同じ状態がつづき、艦は停泊することもできず、相変わらず走りつづけている。

三日目の朝方、ついに待望の霧の幕が張られた。非番で休んでいた者は、ブザー吹鳴にたたき起こされ、決行の命令が下されると、乗組員はにわかに殺気立ってきた。

ただし、作戦は急に変更され、島の正面より向かうと発見される恐れがあるので、島の裏側より進入と決定された。しかし、裏側はガケが多く、小さい島が無数にあり、水深度もわからず、全長百十二メートルの駆逐艦が、はたしてその間を航行できるのだろうか。むりをすれば座礁はまぬがれない。

艦は島の裏側に静々とせまっていった。霧はいぜんとしてこくなる一方であり、絶好のチャンス到来である。艦首に深度をはかるため、ロープの先に鉛の分銅をつけ、間断なく計測する。

べつの乗組員が艦首から身を乗り出して、左右航行の指示を絶えず艦橋に送りながら約三ノット（時速約五、六キロ）のノロノロ航行である。速力指示盤からは前進、後進の指示が機関室、缶室に伝えられ、艦橋より伝声管（パイプで通話）で、「前進微速」「後進半速」とはげしく伝わってくる。機関は三缶ともたかれ、全員配置について緊張度は高まる。

小島と小島の間を、身のこなしも敏速に、かつ慎重に艦は進む。やがて難所もどうにか切り抜けて入江の海岸に投錨、いつでも収容できしだい出港できる態勢で、缶も主機械もそのままである。

とにかく敏速に一人残らず、各艦に収容しなければならない。乗組員は分担をきめ、つぎからつぎへと到着するカッターからナワばしごを使って乗艦させる。ナワばしごをつかむ手に力が入り、必死で上甲板に上がってくる兵の顔は、みな安堵に満ちている。

「全員撤退完了」の合図とともに島の裏側から、今度は表側に向けて主機械は始動し、各艦いっせいに航行態勢をとった。昭和十八年七月二十九日午後二時三十分のことであった。

外海に出るとどうじに二十ノット（約三十七・五キロ）の速力で、一気に島から離れる。乗組員と陸軍将兵は、おたがいのぶじをよろこび合い、陸兵は戦死した友の冥福を祈るように、遠く離れ行く島をながめ、目に涙をいっぱい浮かべている。

時がたつにしたがい、みなおち着きが出たのか、笑い声があちらこちらから聞こえてくるようになった。

なかの一人が、私は応召兵だが……と前おきしながら語った。

「毎日の攻撃で、もう生きて内地に帰れるとは思っていなかったよ。敵さんがきても、思うように攻撃ができず、本当に心細い毎日だった。いっしょに応召されてキスカにきた隣村のヤツは、オレの目の前で……あいつには坊主がいて、応召される前に生まれたんだが、よく写真を見せては自慢していやがった。それを思うとくやしくて……内地に帰ったら、奥さんに何と話してよいやら。でも海軍さん、よく迎えにきて下さった、ほんとうにありがとう。このままではすまさない、きっと戦友の仇は討つ。みなさんも頑張って下さいよ」

まわりの兵も、私たちの手をにぎりしめて礼をいった。

キスカ島における戦闘は相当に激しく、苦しいものだったようだ。内地からの補給がたたれ、弾薬、食糧が欠乏し、敵の攻撃にも積極的な応戦ができないほどで、食糧不足で栄養失調の兵も出たようであった。

作戦の成功とともに霧はすっかり晴れたが、相変わらずうねりと波はおとろえず、対潜、対空警戒をきびしくして航行はつづいた。

このころ旗艦司令部より、「撤退作戦成功、各艦将兵の奮闘を感謝する」と信号が送られてきた。

キスカ島の戦死者、戦病者、引揚者の数字は極秘にされ、公表はされなかったが、あとでわかったところによると、「響」には陸軍将兵と海軍陸戦隊四百十八名が収容された。引揚者総員約五千二百名とかで、太平洋戦争史に残る一大作戦であった。

7　消えた僚艦

昭和十九年五月、私は二等機関兵曹に任命され、軍服もかわって下士官になったという意識もあって、心機一転はげみも出てきたようだ。

十九年五月十四日、「響」は三隻のタンカーを護衛すべく駆逐艦三隻、海防艦二隻で任務についていた。

タンカーを中心に前後左右を交互に航行し、午前三時に駆逐艦「雷《いなづま》」と左右の位置を交替した。その夜は雲一つなく、月の光が海面にきらきらと照り、夜空にこぼれるように星が輝いて、じつに静かな夜であった。

このまま何もなければよいがと、当直が終わったあと、左舷機室より上甲板に出て夜風に一息入れ、これから一寝入りしようと居住区にもどったとたん、大音響が起こった。とっさに私は上甲板に飛び出していた。右方向にわずかに火柱が見えたが、まもなく消えてしまった。その間、二分くらいであったろうか、僚艦「電」の被害沈没の瞬間であった。

ただちに「戦闘配置につけ」の警報が鳴りひびき、「爆雷投射準備完了」の報告とともに、めざす敵潜の位置を確認するや、速力二十二ノットで直進し、「爆雷投下」の号令と同時に艦尾より投下された。そのたびごとに激しく艦は震動する。

この必死の攻撃により、敵潜は海底深く退避してエンジンを停止したのか探知機に反応はない。

どのくらい時がすぎたであろう。敵潜撃沈の確認をえないまま「響」は、いそぎ「雷」が沈没した場所に引き返した。

波しずかなセレベス海は、一変して凄惨な海と化していた。現場に近づくと、泳ぎの達者な者が「響」に近づいてくる。「響」上甲板より大声で、「艦が停止するまで待て、危険だから近寄るな」と叫びながら、乗組員は上甲板を走った。

艦を停止すると同時に救助艇が下ろされ、生存者の救助がはじまった。浮遊物につかまっている者、救助艇に向かって泳いでくる者、だれもが重油をかぶり、全身真っ黒で、どの顔もおなじように見える。「がんばれよ！」とどなる。あちらこちらから、生存者の元気な声が聞こえている。救助隊は、一人ひとり手ぎわよく艇に収容する。

「もうダメかと思ったが、『響』が引き返してくれたときは、もううれしくて、これで助かったと思った」

と、目と歯だけが白く異様に光っているが、笑顔で救助隊員に感謝の意をつたえている。

こうしてつぎからつぎと救助艇に収容したが、救助艇にも人員の制限があるので、急ぎ「響」に引き返し、何回かくり返して海上にいる者を全員救助した。みな見わけのつかないほど、全身重油だらけである。負傷者の手当も急ぎ、艦内は右往左往の多忙さであった。

救助された「電」乗組員は百二十一名と聞く。艦長より退去命令が下されたが一瞬の出来事で、艦長以下百二十一名の将兵が「電」とともに海に散ったのであった。

「響」と航行位置を交替して約三十分後の出来事で、もし交替していなかったら、われが撃沈していたはずであった。「電」はわれの身代わりになってくれたようなものである。これにはたんに運命だといい切れない複雑な心境であった。

わが第六駆逐隊は、先の第三次ソロモン海戦で「暁」を、この一と月前には中部太平洋で「雷《いかづち》」を、そしていままた僚艦「電」を失ったのである。ただ一隻の生き残りはわが「響」だけである。僚艦三隻の恨みはかならず晴らしてやるぞ、とだれもが心の中にちかったことであろう。

その翌日の夕刻ちかく、右舷機の日原二等兵（十九歳の志願兵）の姿が朝から見えないので、その班だけで内密に艦内をさがしていた。さがすといっても、せまい艦内のことである。そんなに時間のかかるはずがない。あらためて非番の乗組員がさがしたが、とうとう発見できず、投身自殺と判断された。

いろいろと原因を調べたところ、日原二等兵は日ごろ気の弱いところがあり、一生懸命に作業はするものの失敗が多く、先輩より制裁を受けることが多かった。この日の明け方に当直が終わったが、当直中に古参兵から相当ひどく制裁を受けたようであった。その日どんな失敗があったのか知らないが、日ごろから軍務のつらさに苦痛を訴えていたことは事実であった。

この事故に対して、「みんな同じ苦しみをつみ重ねて一人前の軍人となるんだ。こんなことくらいでへこたれてむざむざ命をすてるなんて、われわれのツラよごしだ」「日原のやつは女のような性質だ。志願して海軍にくるなんて道をあやまっていたんだ」「いつもみんなからいじめられていたし、昨夜は相当にやられたんじゃないのか。それを思いつめてのことだ。それにしても制裁したやつはだれなのだ」などと、いろいろの批判がそれとなく飛んでいた。

よく他の艦から配属された者の話を聞くと、戦前の艦内における訓練とか軍紀は、このころにくらべてじつにきびしいものであったようだが、戦時となれば軍紀は軍紀として必要以上の〝制裁〟はしないように、というのが艦の中の空気でもあった。花と散る命ならともかく、これでは犬死といわれてもしかたのないことだった。なぜそこまで思いつめたのか。だれかに相談すべきではなかったか。

だれもが多かれ少なかれ同じ体験を歩んできているのだし、たまには想像を絶することもある。しかし、それに耐えられる精神こそ必要とも思われる。おのれに負けてはいけないのだ。

日原二等兵はおのれに負けたのであろう。しかし、彼には彼なりの考えがあったのだろう。せめる気持は少しもない。後で知ったことだが、艦長のはからいで、日原二等兵は「戦死」と履歴表に記載されたそうである。

8　怒りの一斉射

昭和十九年五月二十日、連合艦隊は「あ号作戦」を発動した。わが「響」もこれに参加すべく五月二十三日、ダバオに向けタウイタウイを出港、機動部隊の出撃を待つことになった。

わが第六駆逐隊は、すでに三艦を失って「響」のみとなったが、今はなき僚艦「雷」「電」「暁」の仇討ちとばかり、乗組員の戦意はいやがうえにも高まった。

六月十三日、連合艦隊司令長官より、『第一補給部隊はただちに出撃、A点に向かえ』との電報が入り、午後五時二十七分、「あ号作戦決戦用意」が発令された。

第一機動部隊（小沢治三郎中尉、空母八、戦艦五、巡洋艦十二、駆逐艦十五）は、十四日にタウイタウイを出撃し、待機する第一補給部隊（日栄丸、建川丸、日邦丸、梓丸、「響」「浜風」）も同時に行動を起こした。

そのころ、敵機動部隊はサイパン、テニアン両島に艦砲射撃をはじめて、マリアナ方面攻略に全力を傾注していた。

十五日朝には、無電でサイパン島、テニアン島に米軍が大きょ上陸したとの知らせが入り、司令部はZ旗の掲揚を命じた――太平洋戦争でZ旗をかかげたのは真珠湾攻撃が第一回、「あ号作戦」が二回目で、レイテ湾作戦時が三回目にして最後であった。

雲一つない夜空に、星がこうこうと私たちを見まもるように光を放っている。海上は高波で、ときおりしぶきが上甲板にかかる。

十六日、十七日と、私たちの護衛するタンカーから機動部隊は燃料を補給し、わが駆逐艦はその周囲を番犬のように走りまわった。

敵の兵力は、空母十九、戦艦八、巡洋艦三十五、駆逐艦六十、輸送船八十の大部隊であった。

出撃してすでに七日目をむかえていた。乗組員のいら立ちはますますつのるばかりである。この間、いつ現われるかも知れない敵に対する警戒心と、極度の緊張度は、いつしか疲労に変わっていった。

六月二十日、朝食をすませてまもなく空襲警報が発令された。全缶がたかれ、「対空戦闘配置」につく。艦橋からの伝達に刻一刻と緊張し、各室へは指揮室より伝声管、電話で伝えられていった。

午前十時ごろ、突然、「戦闘配置につけ」の号令とともにブザーがけたたましく鳴りひびいた。空を見上げると、敵数十機がはるかの高度に群をなしている。急ぎ機械室に飛び込むと同時に、主砲と機銃がいっ　いに火ぶたを切った。その轟音が艦内まで聞こえてくる。

艦全体に主砲、機銃の発射音と爆音が入りまじり、震動が激しい。敵もこころえたもので、太陽を背に機銃を発射しながら、腹に抱えた爆弾を投下する。この調子では、とても最後まで戦いぬけるかどうか。攻撃をうけた僚艦は火災を起こし、すでに沈没した僚艦も数隻あるようだが、敵はなおも急降下戦法で執拗に突っ込んでくる。

どのくらいの時がすぎたか、戦況はつぎつぎと艦橋から機関科指揮室に伝声管で報じられてくるが、そのたびに補機室、缶室、右舷機室に通報し、各室の異常の有無を問う。

そのとき艦橋から、「三番機銃へ機関科より応援たのむ」と、激しい口調で命令が下された。分隊長はただちに左右主機械室と各缶室より十名を選びだして、応援するよう伝声管で伝えた。

「それぞれきめられた者は攻撃の合間を見て、機銃台と弾薬庫に別れて行動しろ。あまりむりするな！」

私も指揮室を宇野兵曹にたのみ、上甲板に出た。敵機攻撃のようすをハッチのすき間から見ながらチャンスを待って、「それ、いまだ！」とばかり、機械室の者はいっせいに弾薬庫入口に向かって走った。すでに缶室の者も到着していた。

駆逐艦は各区画ごとに区切られているので、下部にはいっさい通路がない。どうしても上甲板を利用するよりないのだ。

「よし、オレは機銃台に行く。オレのほかに三人こい。あとは弾薬庫より弾丸を出して弾倉につめろ。運ぶ者は攻撃の合間を見て機銃台へ運べ。気をつけてやれよ、たのむぞ！」

といって私は、ふたたび上甲板に出て機銃台に上がった。

四名の機銃員は全員が倒れていた。目をおおうすさまじい様相を呈している。射手台に座ったままの姿で左腕をだらりと下げ、上半身は爆弾の破片で吹き飛ばされ、内臓がはみ出ている。だれだかわからない。その脇でひとりが、顔を機銃で撃ち抜かれている。あとの二人も衣服を血で染めて倒れている。

私は二人を急ぎ機銃台からおろし、治療室に運び込んだ。機銃台の床にはシマ鋼板をはってあるが、一面に流れた血のため、艦内靴がすべって思うように活動できない、いったん下へ降りて、敵が攻撃してくる前にと急いで荒縄を探し、靴にまきつけてすべりどめにした。弾倉が運びこまれ、「さあ、いつでもこい」と、戦友の亡きがらを端によせて待ちかまえた。

待つこと十五分、前方右斜め方向より敵機が群をなして近づいてきた。射手台の血をぬぐいもせず、そのまま射撃のかまえで引き金に指をかける。身体中がかたくなり、引き金にかかる手は硬直している。

とにかく、機銃を操作するのははじめてのことであるが、一通りは教わっている。ところが、急降下の爆音と、機銃の音がした側しか見ていなかったので、反対舷より突っ込んでくる敵機に気がつかなかった。

そうとわかって急いで機銃を旋回し、敵機に照準を定め、無意識のうちに引き金をひいた。と、どうしたことか、弾丸は出るが曳痕弾が一発も出ず、照準もわからないままただ撃ちまくった。

敵機はたくみに身をかわし、わが艦を目標に単縦陣をなして突っ込んでくる。列機も同じことをくり返してくる。やがて銃身が焼けてきた。

「おい、早く弾倉を持ってこい。まごまごするな。いまのうちだ。早くしろ！」

だが、せっかく運んできた弾倉は、曳痕弾ばかりである。

「なにをしているんだ。弾丸の入れ方もわからんのか。鉄鋼弾の間に曳痕弾を入れるんだ！」

とどなりながら、ふたたび夢中で引き金をひいた。敵機に命中しているのかいないのか、そんなことは皆目わからない。僚艦も主砲、機銃を撃ちまくっている。

どのくらいの時間がたったかわからない。潮がひいたように敵機の姿が見えなくなり、一休みといったところでつぎの攻撃に備え、弾倉に今度は順序よく弾丸を装塡する。

「おい、今度はお前が撃ってみろ。しっかりやれよ」

と高橋兵長に声をかけると、高橋は大きな目をさらに大きくして、大声で、

「宮川兵曹、まかせて下さい。射撃は私のもっとも得意とするところですよ。ヤンキーのやつらに負けておられませんよ。見てて下さいよ、かならずやっつけてやりますからね」

と、張り切って機銃台に上がった。

それからしばらく敵の攻撃はなかったが、戦闘態勢はそのままである。その間に戦死者を居住区に、そして負傷者の手当が軍医長の手でなされた。また艦内の被害状況も調査されたが、さいわい損傷はなかったようだ。

日没ちかく艦橋より、「右四十度前方敵機」の号令があって、ただちに指揮室より各室に伝達された。機銃員は射撃態勢に入った。敵機は「響」を目標にしたかのように、機銃を撃

ちながら交互に突っ込んでくる。わが方も負けじと機銃群もいっせいに火をふいて、突っ込んでくる敵機めがけて攻撃をくり返した。

敵もまた執拗に攻撃をくり返す。その間五、六分であったろうか、いつのまにか機銃台が静かになったと思ったとき、敵の機影は消えていた。その間に、機銃台に兵科より交替がきたので、私たち機関科員はそれぞれの部署に帰り、血で染まった煙管服を着がえたのであった。

また、いつ攻撃されるかわからないと思いながら、私が左舷機室を出て居住区に行こうとしたところ、後ろから岡本祐治兵曹が出てきた。岡本兵曹は空を見上げ、「アメ公もけっこうハデにやるな」とつぶやいている。時計を見ると午後五時十分、日も水平線ちかくまで落ちていた。交替でいまのうちに休息をとるよう指示があり、警戒態勢のまま艦は進んでいった。

私が木村友作兵曹、岡本兵曹と機関科居住区入口(右舷)に立って雑談していると、突然、爆音と機銃音が聞こえてきた。とっさの出来事である。視界のきく海上で、しかもまだ明るい。どこから現われたのか、身をかくすのが精いっぱいであった。

木村兵曹が入口で倒れたのは、このときである。すばやく岡本兵曹と二人で抱き起こした。「ちくしょう」と一声、木村兵曹は両手で左ももの付け根あたりを押さえている。急いで艦内に引き入れ、扉をしめた。相当量の出血である。両手は血でべっとりと染まり、煙管服も血で染まった。二人はさらにちかくの風呂場に抱え込んだ。

「木村、しっかりしろ！」と岡本兵曹が耳もとで大声で叫んだ。煙管服をさき、傷口の止血をするため、ひもで力いっぱいにしめつけた。弾丸は左ももの内側より入り、外側はざくろのようであった。傷口に巻きつけた布の間から、血が吹き出している。

岡本兵曹のひざに身体をささえられ、手は堅くにぎりしめられていた。

「木村兵曹、もう大丈夫ですよ。しっかりして下さい」

私は大声で叫んだが、それに答えようとしない。顔色が徐々に変化していくのに気づく。にぎっていた手の力が弱くなってきたのだろう、岡本兵曹は私の顔を見て、首を左右にふった。木村兵曹は息絶えだえのかすかな声で、「おかあ……」と一声、語尾はほとんど聞きとれず、そのまま息絶えた。

最後に母上の姿を思い浮かべながら、靖国に招されたのだろう。その間、五、六分であった。どんなにくやしいことであったろう。

時刻は午後五時二十分であった。血で染まった遺体はきれいにぬぐわれ、傷口は包帯でまき、軍服に身をつつんで安置された。

木村兵曹は、機関科四分隊の中堅下士官で無口で温厚、だれからも信頼されていた。私が昭和十九年五月一日付で任官したとき、木村兵曹は非常によろこんで激励してくれた。上陸のときはよくいっしょに行動し、故郷青森の話をよく聞かされた。

この日の戦闘で吉原喜祐兵曹、木村友作兵曹、能登谷昌六兵曹、稲生和夫兵長の四名が戦死、飯能上水ほか六名が重傷をおった。飛来した敵機は十六機であったが、そのうち一機を撃墜した。

その翌日、後甲板で四名の水葬が行なわれた。

9　意外なる制裁

「あ号作戦」において激烈な戦闘をまじえ、四名のとうとい命が「響」をすくったのであろうか、艦は九死に一生をえて、相変わらず護衛任務に従事していたが、久方ぶりに呉港に帰ることになった。

そのころ、日本近海には敵潜の出没が毎日のようにあった。とくに東京湾、紀伊水道、豊後水道入口ふきんにはかならずといってよいほど敵潜がひそみ、えものをねらっていた。そのため水道の出入では速力二十ノット（約三十七・五キロ）以上で蛇行航行し、敵潜の目標をかわす戦術をとって進んだ。

七月二十七日、淡路島洲本港沖で仮泊し、午前、午後に分かれ、ひさしぶりの半舷上陸をする。

翌二十八日、洲本を出港して呉に向かう。瀬戸内海はのどかに夏の日ざしをいっぱいにすい込み、反射する光は目が痛いほどである。

例によって金比羅宮沖に近づくと、艦内で奉納金をつのり、タルに目録を入れて海上に流す。漁師はこの地点を通過する船を見ると、急ぎ近づいてくる。タルを艦上より落とすと同時に、タルの旗を見がけて力いっぱい櫓《ろ》をあやつり、われ先にひろい上げて金比羅宮に奉納してくれる。われは海の護神に対して上甲板に整列、武運長久を祈って挙手の礼を送る。
艦はすべるように進む。思わず戦争のことなど忘れてしまうような錯覚におちいる。この日も朝から強い日ざしが上甲板を焼いている。

この五月に任官して二等機関兵曹になった私の帽子には、黒いテープが一本入っている。実施部隊に配属されていらい進級が順調に進み、任官までに大方の者は一度はすべるのに、幸いに私は足ぶみすることは一度もなかった。

しかし、下士官になればなったで、部下に対する指導をしなければならず、責任も重い。ただし私としては、後輩に対して暴力による制裁をすることには抵抗を感じていた。指導するさいに暴力制裁が海軍の伝統であるかのように思っていた先輩もいるし、なかには口頭で指導する人もいて千差万別である。

私は防備隊のころ、そして「響」乗艦当初の苦しい体験をわすれることはできない。そこで若年兵の立場になって、暴力は絶対に使わないようつとめていたのだったが……。

朝食も終わり一服したところで、右舷機室入口から連管（魚雷発射管）にそって各班ごとに列をつくる。いわゆる機関科事業整列である。

中央に分隊士が立ち、その日の訓話をし、終わると各班長より、作業内容が各自に指示される。と突然、分隊士が私の前にとまった。

「宮川兵曹、のどのしっぷはどうしたのか」

「はい、風邪でのどが痛むのでしっぷをしております」

「医療願いを出して軍医の指示があったのか」

「いいえ、診断は受けておりません」

「診察も受けないで、勝手なことをしてはだめだ」

分隊士は大声でどなった。私はとっさに、すぐとなりにいる班長である宇野兵曹にいった。

「おい、宇野、分隊士もいわれておられるので、きょう診察を受けるぞ」

宇野兵曹は、だまって私の顔を見ただけだった。事業整列も終わり、それぞれのパートにわかれて作業が開始された。私が補機室内の事務室で書類の整理をしていると、扉の外で当番兵が、

「宮川兵曹、分隊士が居住区でお呼びです」

と伝えてきた。何事ならんとさっそく居住区に行くと、すでに分隊士と先任下士官と先輩が三、四名待っていた。分隊士は私を見るなり、にらむような面がまえでいった。

「宮川兵曹、さきほど宇野兵曹にいったことは、このわしにツラ当てにいったのか。どうだ、返事をしろ！」

私はそくざにこたえた。

「いいえ、ちがいます。分隊士が診療を受けるようにいわれましたので、宇野兵曹に伝えただけです」

「いいや、ちがう。わしが注意したことを注意として聞いていない。わしに対して馬鹿にした態度だ。絶対にゆるすことはできない。いいわけなど聞きたくない。そこにつかまれ！」

そういうや、そばにあった一、二メートルほどの精神棒を持ってきた。分隊士は剣道五段の腕前である。どんなに力が入るか。私は覚悟をきめていた——《さあ、やるならやれ》

「宮川兵曹、覚悟はいいか！」

「はい」

私は居住区の中央にある揚弾装置の壁に両手をあて、両脚を開いて尻を出した。いきなり一発目が尻に食い込んだ。頭のシンまでずしんとひびいた。二発、三発。私はじっと歯を食いしばって数えた。四、五発と、居住区内にぴしりぴしりとぶきみな音がひびき、八発まで数えたが、しだいにモウロウとなり、尻の感覚もうすれてきた。

どのくらい時間がすぎたか、「よし、これまでだ」と、かすかに分隊士の声が聞こえた。私は両脚は床に、両手は壁に密着したかのように、しばらくはそのままの状態であった。やがて先任下士官から声をかけられ、意識が徐々にもどった。あとは直立不動の姿勢で、分隊士に敬礼をするのが精いっぱいであった。

打たれる前に私は内心、三発くらいで終わるものと思っていたが、やめようとしない分隊士に対して不敵な闘志がわいてきた。《よーし、やるならやって見ろ。絶対に倒れないぞ、負けてたまるか》——この精神が最後まで体形もくずさず、私を頑張らせたのである。事業服のズボンは血で染まり、立っているのがやっとの状態である。事務室に帰ることもできず、そのまましばらく居住区でうつ伏せになって休んでいた。

この出来事は、せまい艦内のこと、うわさはすぐにひろがった。

「分隊士を怒らすなんて、何をやったのだろう。下士官があのような制裁をうけるのは、よほどのことがあったのだろう。しかし、宮川兵曹も強気な男だ。最後まで倒れなかったそうだ」

などなど……あとで聞いたところでは、現場にいた先輩は、三十八まで数えたと、そっと教えてくれた。私もしばらくの間は釣床に寝られず、下にかわってもらい、ワラ布団の上に横になって寝た。

私も若年兵の時代にはよく制裁をうけたが、このようなひどい制裁ははじめてで、しかも任官してからのことであり、これらがあまり例のないことであったのか、むしろ私に対してみな、いたわりの言葉をかけてくれる。

その後、私は分隊士に対する憤りに内心燃えていたが、しょせん軍隊である以上、あきらめるより方法はない。上官の命令には絶対服従、ささいなことでも感情がくわわれば大変な事態になることもある。

10　不死身の真面目

「響」はその後、下関港に投錨し、作戦待ちの状態にあった。周囲には船団が待機している。こんどもどうやら船団護衛任務らしい。五隻の船には、それぞれ五百名ほどの将兵が分乗しているとのこと。

こうして台湾高雄まで行くことになった。護衛艦は駆逐艦二隻、海防艦二隻で、親鳥がひなを守るように前後左右、交互に対潜警戒体制をとりながら高雄に向かう。日が経過するにしたがって緊張度は高まる一方で、敵の目から逃がれるため、進路をたびたび変更しつつ、高雄にぶじ入港した。要した日数は一週間であったが、金比羅宮のご加護があったのだろうか、それとも運がよかったのか。輸送船上の甲板では、陸軍将兵が手を振ってぶじをよろこんでいる。

さて、私たちも高雄で少しは休養できるかと思っていたが、すでに船団は編成されて、出港を待つばかりとなっていたのである。まもなくわれと船団は、マニラに向けて錨を上げた。昭和十九年九月六日のことであった。タマ第二十五船団とともに航行体制に入ったとたん、突然、大音響とともにすぐわきの輸送船「永治丸」が目の前で沈んだ。出港まもなくで、ほとんどの者が上甲板にいたため、われ先にと海中に飛び込み、救命イカダに身を託して救けをもとめている。

なにが原因か追求するひまもない。とにかく救助しなければならない。艦は現場近くまで進み、両舷よりいっせいにカッターを降ろし、救助作業が開始された。海面は重油で黒くぶきみに光っている。まずは負傷兵を救助することが先決と、必死に救助作業がつづけられた。

舷側からナワばしごで上がる者、ロープで身体をつり上げられる者、みな身体中に重油が付着して真っ黒である。カッターが折り返し救助に向かい、全員を救助したものの、すでに海に投げ出されたときに息絶えた将兵が多数、重油に衣服も顔も黒くなって浮いていたが、手のつけようがなかった。

必死の救助作業も、ようやく一段落した。艦に収容された将兵は衣服を取りかえ、身体についた重油をぬぐい、臨時診療室となった士官室にも、負傷兵が運び込まれた。傷の軽い者は前甲板にキャンバスをしき、治療がはじまった。

それからまもなくのことだった。突然、大音響とともに私の身体が宙に浮き、左舷機室のシマ鋼板の床にたたきつけられていた。なにが起きたのか？　私は急いで上甲板にかけ上がった。士官室あたりから、異様な煙とともに陸軍兵士と、乗組員が血だらけの姿で出てきた。

「士官室が爆発した。戦闘配置につけ！」

艦橋からの号令にわれにかえって、みなは各自の持ち場についた。再度、号令が発せられた。

「各分隊より救助隊を士官室に派遣せよ！」

機関科各室に伝達すると同時に、私は大急ぎで士官室に行った。部屋は目茶苦茶に破壊され、床はぽっかりと穴が開き、浸水している。ただちに浸水防御作業と負傷兵の救助が手わけして進められた。永治丸の沈没のさい、どのくらいの戦死者がいたかは判明しないが、一度救助された将兵がまたまた負傷し、血に染まって廊下に倒れている。

　この二重の痛手に死傷兵の数は、いやが上にも増加した。なんと皮肉なことであろう。せっかく助かったと思ったとたんに、こんなことになろうとは……。

「早くきてくれ。助けてくれ！」

と、助けを求める声が聞こえてくる。

　後日の情報では、輸送船の沈没と「響」の爆発は、米潜の雷撃によるものとわかった。負傷兵は高雄の病院に収容されたが、入院後に死んだ者をくわえると大変な人数になろう。「響」の乗員も十名が戦死をした。

　だが、他の護衛艦に守られて、輸送船団は予定通り高雄をあとにしてマニラへと進路をとった。

　一方、「響」もつぎの作戦に備えて急ぎ修理しなければならず、馬公までタグボート四隻に曳航されてドックに入渠した。昭和十九年九月二十日のことであった。

　当時の馬公工作部はきわめて小規模で、駆逐艦が入渠できるドックしかなかった。ドックにはすでに海防艦「御蔵」が入っていて、わが「響」が入渠するさいは接触をさけるための作業に、大いに手間どったものである。

　この修理のため、「響」は第二艦隊に所属していたにもかかわらず、捷一号作戦（レイテ沖海戦）についに参戦できなかったのである。

　そして昭和二十年三月――「響」は、呉海軍工廠の岸壁に横づけになっていた。長い間の行動で整備する必要が生じたのである。

11　ぶきみな出撃

昭和二十年三月下旬のある日、機関科各パートに当直兵が走りまわっていた。

「分隊士よりの伝達です。全員すぐ居住区に集合！」

私たちは四区居住区に作業を中断して集合した。すでに分隊士はこられていた。

「全員集まったか。今からいうことをよく聞いてほしい。この封筒を各自二枚わたすから、各自の爪と髪を少しずつでよいから入れて、封をして表に等級氏名をはっきり書き込み、各班でまとめて分隊士まで出してくれ、たのむぞ」

分隊士はこういい終わると、居住区を出て行かれた。

「なんだろうなあ……こんなことははじめてだ。オレは散髪したばかりだし、こまったなあ。だれか毛をくれないか」

また一方では、

「どうもおかしい、何かあるぞ。分隊士も知っているな、作戦上のことでまだ発表できないのだろう」

「分隊士は水くさいぞ。死ぬときはお前たちといっしょだといっていながら、何もかくすことはないと思うがなあ。とにかく、この封筒に遺髪を入れるということは、なにか重大な作戦かも知れないぞ」

艦内ではいままでこのようなことがなかったので、いろいろなうわさが流れると同時に、発表されない不満をぶちまけていた。

何の目的なのか、だれも知ることはできないまま、みなは分隊士にいわれた通り、髪のみじかい者は適当にだれかの髪をもらい、封筒に入れて疑問を抱きながら提出したのであった。出港は三月二十九日と決定され、すでに整備作業も終わっていたので、給油のうえ出港準備は完了した。

その日、艦は錨を上げ、主機械を始動し、すべるように呉港を後にした。遠く見える島々はかすみがかかり、ぼんやり映っている。しずかな船出である。

豊後水道に入ってから増速、二十一ノットの蛇行航行で突っ走る。徐々に波が高くなり、艦の揺れも大きくなる。波にぶつかるたびに艦は震動し、船体のきしむ音がする。艦はたしかに南へ向かっているようだ。だが、どうもわからない。いったいどこへ行くのか。ときおり波が上甲板を洗うように、両舷を往き来している。豊後水道を通過するころには、夕暮れの幕が張られ、見上げる空には星が輝いていた。

そもそも今回の出港には、全員が疑問を抱いていた。たんに船団の護衛任務なら、いままでにも何回かあったし、これはかならず、いままでにない作戦だとの意見が多数だった。そのうち、どのような作戦か私たちにも知らせるべきだ、と不満の声も出てきた。

当直も終わって、私は上甲板に出てみた。まもなく夜明けだろう、東の空が明るくなってきた。一眠りするため居住区にもどったが、なぜか眠れない。眠ろうとすればするほど気持が高ぶってくる。しかたなしにただ、目を閉じていた。

と突然、スピーカーから、「全員、前甲板に集合せよ」の号令が発せられた。私はとっさに服を着て上甲板を走った。さあいよいよ作戦発表か。これで不安な気持がぬぐわれるか。すでに艦長は艦橋に見えていた。

「みな、いまからいうことをよく聞いてほしい。戦いはますます激しさをましている。残念ながら艦船も数多く失った。わが『響』も、いままで数回にわたって損傷をうけたが、みなの努力によって今日までご奉公できたことを、艦長として感謝している。

本艦はただいまより沖縄に向けて進む。現在、沖縄沖には敵機動部隊が大挙集結しているので、敵撃滅のため水上特攻艦隊を編成し、敵艦に体当たり戦法をとる。まもなく僚艦もこの地点において合流することになっている。これが最後のご奉公になるかも知れぬ。心のゆるみは禁物である。充分に心残りのないはたらきを艦長として希望する。武運を祈る」

当直士官の号令とともに挙手。艦長は満足げに笑みを浮かべて答礼。解散して各居住区にもどった下士官兵は、喜びの歓声を上げている。

「どうも呉でおかしいことをするなと思っていたが、あれが形見というわけか。体当たりするなら戦艦か空母がいいぞ」

一方、「敵さんはどのくらいの戦力だろうか。なにも体当たりで攻めないでも、魚雷や主砲攻撃でやればよいと思うが……どうもわからない。突っ込んで行く前にやられてしまいそ

うで、この作戦は考えものだ」と水雷科の兵がいっているのを聞いていた機関科の兵は、

「この野郎、お前は死ぬことが恐ろしくなったのか。艦長の命令どおりやればいいのだ。味方は小さい被害で、大きな戦果をあげるために特攻攻撃をやるのだ。これなら成功すると、司令部は判断したのだ。あまりくだらないことをいうな」

と大声を張りあげる。

戦艦「大和」を旗艦とする水上特攻艦隊に対する、乗組員の感情は賛否両論で、大変なさわぎである。しかし、大半の乗組員の本心は、この作戦の成功を祈っていたし、死に対する恐怖感もなかった。水雷科の兵のいったこともっともなことである。むざむざ死を急ぐ必要もなし、うまく行けば魚雷で敵に攻撃をしかけ、撃沈という手段も考えられる。

いつごろから僚艦が合流したのか、「響」と併行して数隻が蛇行航行をつづけている。巡洋艦、駆逐艦、海防艦、わが方がどのくらいの戦力かはわからない。

沖縄へ沖縄へとわれは進む。乗組員の緊張はその極にたっしている。ますます警戒体制はきびしく、全員配置についている。いざ決行のときは全速で突っ込むため、三缶ともにたいて併用圧力とする。

機関科指令室には間断なく、艦橋より情報が伝声管により送られてきている。敵の偵察機も現われないし、この調子で行けば、成功はまちがいなし。機関長は緊張感をやわらげるためか、さかんに煙草をふかし、どうも落ちつかないようすである。指令室の外の兵は、主機械のまわりを行ったりきたり、みな同じように歩きまわっている。速力は十八ノット。

12 死神よさらば

三月二十九日午前九時、突如として爆発音とともに艦がはげしく震動し、身体が宙に浮き、床にたたきつけられた。指令室でもある左舷機操縦室の窓のガラスはすべて破損し、主機械でも蒸気管の接手より蒸気がふき出て、室の中はぜんぜん視界がきかない。

なにが起きたのか、判断も不可能だ。機関長は、みずから伝声管で缶室にどなる。

「各缶ただちに主機械の元弁をしめろ。追ってあとの指示を待て!」

まもなく蒸気のもれはおさまったが、各所の調査にてまどってしまった。しばらくすると、機関科各室より報告がきた。

主機械室は、両舷機とも各タービンの取り付け部に亀裂ができてしまい、蒸気管接手、潤滑油管が破損している。

缶室、補機室にも油管、蒸気管に破損があり、缶室では炉内レンガが破損してくずれ落ちているのが判明し、このままではとても航行は不可能である。

さいわいにして機関科での負傷者はなかったが、とにかく早急に修理しなければならない。機関長は各部の被害状況を艦長に報告するとどうじに、いそぎ修理するよう各部に指示を出した。

この間にも僚艦は、「響」を後にして目的地に向かって行く。われは航行もできず、波にまかせて漂流するのみ。敵に発見されたらすべてが終わりである。

一刻もはやく各管破損部を修理しなければならないが、主機械の足の亀裂、缶のレンガ破損はどうにも修理のしようがない。僚艦に分かれるさいに司令より、『「響」はただちに呉に回航のうえ修理せよ』の指示を受けていたので、速力はあまり出ないが、なんとしても呉港までは帰りつかなければならない。

僚艦「朝霜」は「響」の護衛のため、呉港まで同行することになった。もっとも、護衛が終わりしだい本隊に合流することになっていた。

どのくらい時がすぎたであろうか、太陽は西の水平線にしだいに落ちて行く。

修理状況は逐次、指令室に報告されてきて、どうやら大体の修理が完了したようである。機関長より艦橋にその旨を伝え、主機械を試運転することになって、缶室に連絡する。

まもなく蒸気が送られ、暖気し、操縦元弁が開かれ、タービンが回転を開始し、徐々に回転を増してゆく。主機械室の全員が聴震棒を耳にあててタービンの異常震動を点検する。それはタービンの回転が増すごとに報告された。

「現在、速力五ノット異常なし」

機関科各室とも、現在のところ大きな漏洩箇所はないもようで、徐々に回転数を上げる。

「九ノット航行せるも各部異常なし。主機械の亀裂による震動も現在異常はないが、これ以上の速力はむりと思われる」

と艦橋に報告され、進路を北に向け、警戒をさらにきびしくして進む。それも大事をとり、七、八ノットの速力で進む。「朝霜」は後になり先になり、「響」を見まもりながら進む。もし発見されたら、集中攻撃をうけることはあきらかである。

このころ、やっと乗組員は落ちつきをとりもどしてわれにかえり、これまでのことをふり返る余裕も出てきたようだ。時計を見ると、午後六時すぎである。

「沖縄突入決行も間近だ。成功してほしいものだ。落伍してしまって本当にすまない。オレたちのぶんまでたのむぞ」――これは一部の乗組員の考えであったろう。大部分の者は生きのびた喜びが大きかった。人間とはわからないものである。水上特攻隊に選ばれたときの喜びは大変なものであったのに……。

ぶじに敵機動部隊に突入したとすれば、全員戦死はわかりきったことであった。人にはどうにもならない土壇場に立たされると、悟りというより自棄的な気持になるし、それが逆転した場合、あくまでも生に対する執着心が強くなるのではなかろうか。このときの大部分の乗組員の気持は、後者の方であったろう、私自身も生に対する喜びでいっぱいであった。あとでわかったことであるが、「響」はB29の投下した浮遊機雷に触雷したらしいとのことであった。

いずれにせよ、この付近には、かならず敵潜が待機しているので速力を出さないとねらわれる。艦橋からの「十二ノットにする。震動のようすを見てくれ」の指示により、十二ノットにしてみたところ、震動が激しく異様な音を出す。

このままでは主機械は破壊される。ただちに艦橋へ「震動がはげしい。十二ノットはむりである」と報告、やむをえず八ノットまで速力を落とす。どうにか敵潜の目をかすめて、ぶじに呉港に入った。

「朝霜」は「響」のぶじを見とどけると反転した。「響」より「朝霜」に対して、「護衛任務感謝する、作戦成功を祈る」と信号が送られる。なにがなんだかわからないうちに出港した呉に、ふたたび傷を負った姿でもどった、という感じである。呉の地を足でふみしめたとき、乗組員の感情は明暗はっきりと分かれていた。大勢は生きのびた喜びではあったが、一部の乗組員の中には水上特攻隊から脱落したくやしさと、これから先どうなるかという不安感があった。

さっそく入渠することになり、タグボートに曳航されて入渠した。外板など各部を点検したが、ふしぎなくらい損傷はうけていない。あれだけのショックであり、鋼板の継ぎ目あたりがゆるみ、燃料がにじみ出ていないかが心配だ。

被害は缶室、主機械室、補機室ですべてが機関科だった。こうして機関科の大々的な修理が、工廠関係者と乗組員の手によって行なわれることとなった。

沖縄に向かった特攻艦隊は、ついに不成功に終わった。沖縄到着前に艦載機の攻撃をうけ、致命的な損害をこうむったのだ。

かつては世界に誇った精鋭、数百隻からなる連合艦隊の最後をかざるにはあまりにも、悲しくさびしい結末であった。

13　ケンカのネタはB公

かくて戦局は、最終の様相を呈するにいたった。

昭和二十年五月中旬、やっと修理を終わり、「響」は第七駆逐隊（「響」「潮」「霞」）の司令駆逐艦となり、司令が乗艦することになった。

行動可能な艦艇も残り少なくなり、不安な毎日であったが、乗組員の士気は決しておとろえてはいなかった。あ号作戦につづく捷一号作戦、そして今回の水上特攻作戦と、ほとんど決定的な敗北にかかわらず、きたえられた不屈の精神が、多くの乗組員の心をささえていたのだろう。いつの日か、かならずや決戦のときがくると信じていたのである。

「響」は舞鶴に回航させることに決まり、司令は乗艦せず陸行で舞鶴へ向かったとのこと。「響」は関門海峡を通り日本海へと出た。日本海に出たのはキスカ攻略時以来であり、感無量であった。しかし、当時とは情勢もだいぶちがっている。日本海を航行するにも緊張度は、はるかに高い。

舞鶴湾に入って三日目、新潟県沼垂《るったり》に回航、沼垂岸壁に横づけになった。沼垂は新潟駅のすぐそばにあり、大きな倉庫がいくつもあって、なかに大豆が山積みされ、表は石炭の山で、みんな満州より運ばれてきたものと聞いた。

岸壁といっても名ばかりで、丸太を打ち込んで厚い板をしいただけのそまつなものである。

整備作業も呉で大部分をすませているので、あまり作業もない。艦で使用する最小限度の物品だけを残して、あとは陸上に疎開することになり、消耗品は山奥の小学校に、食糧は陸上の倉庫に、危険物の油類はドラム缶や十八リットル缶に入れて防空壕のなかにかくし入れた。

そんな六月上旬のある日の昼ごろ、警戒警報が発せられてまもなく空襲警報となった。ただちに全員が戦闘配置についた。艦が航行するわけではないが、一応、機関科も各部署についた。

ハッチのすき間から空を見たところ、相当の高度でB29が群れをなして近づいていた。やがて主砲が火ぶたを切り、一、二番砲塔が交互に発砲した。機銃も射撃はしているが、はたしてあの高度までとどくのか疑問である。

いつのまにか群れをなして飛来したB29の機影も東方に消えて、まもなく警報は解除された。この間、約十五分だったが、倉庫管理事務所の窓ガラスは一枚残らず、わが主砲の発砲のため割れてしまっていた。

このとき、砲術科から、たしかに一機撃墜したとの報告があった。その報告は本当であった。近くの海岸にパラシュートで乗員が降下して捕虜となり、B29の尾翼が白山駅前にその日のうちに展示された。

彼らがたびたび新潟に飛来したのは、機雷をパラシュートで投下するためで、とくに佐渡ヶ島周辺と信濃川河口付近を重点的にまき散らしていた。しかも、機雷には音響、磁気、時限などと幾種類もあった。

爆雷班の乗組員が一度、内部の調査をするために分解することになり、海岸に打ち上げられた機雷の信管をとりはずし、分解にかかった。だが、それがじつに精密に製作されているのにはただただおどろかされた。たとえばナット、ボルト一つ一つが研磨され、精巧なベアリングまで使用されている。敵さんをほめるのもおかしな話だが、やはり技術的に数段まさっていたのだろう。

この機雷にはどのくらい泣かされたことか。数知れない戦死者が出、漁船が触雷して漁民の犠牲が相当数あったのである。

そのため軍では、佐渡ヶ島と信濃川河口付近の海面の掃海を、毎日のように行なっていた。それは四名くらいで、軍に徴用された漁船が強力な磁石を細いワイヤーロープの先につけて、海上を走りまわり暴発させていた。カジを取りそこなうと、磁気機雷にふれ、または時限、音響機雷に触雷して船もろとも空中高く吹き飛ばされ、毎日のように遺骸が陸上に運ばれてきた。

徴用船の兵は、ほとんど召集兵で妻子ある者もいた。この掃海任務には、だれもがいやな気持で従事していた。《今日はオレの番じゃないかなあ》と、毎日を恐怖のどん底ですごしていた。

新潟市民も、B29より投下される機雷には恐れを抱いていた。もし誤って地上に投下されたら、大変な事態になる、海岸に打ち上げられて暴発したら、と。しかも、飛来するたびに数十発を投下し、われは処理に手間どっている状態で、Ｂ29に対する憤りはなみ大抵でない。だが、陸軍部隊は日茶苦茶に撃つのみで、一機も撃墜したことがなかった。「響」が撃墜した翌日、艦に四斗ダル地酒のコモかぶりがとどいた。新潟市民からの感謝の気持とのことである。

それから数日がすぎたある日、上陸した機関科の若い兵が万代橋の上で、陸軍の下士官に欠礼したとの理由でなぐられたと聞いた。それから数日して同じことがあり、このままではすみそうもない雰囲気がただよってきた。《よし、今度はこちらからやっつけてやるか》と、私もふくめ五名くらいが、万代橋上で陸軍兵のくるのを待ちかまえた。

橋上を往復すること数回、前方より星三つの上等兵が近づいてきた。すれちがった瞬間、私は、「おい、待て」と大声でどなった。上等兵は、「なんですか」と不満気である。

「お前は海軍の等級がわからないのか。陸軍ではどんな教育をうけてるのか。おい、なぜ欠礼したか！」

上等兵は、だまったまま直立不動である。いきなり拳が左右に飛んだ。上等兵の身体がよろけたが、すぐ直立になり、「申しわけありません！」と敬礼をして、その上等兵は小走りに去って行った。その運の悪い上等兵の後ろ姿に、私も思わず可愛想なことをしてしまった、と後悔の念が起こったが、口にはしなかった。

どうも陸軍と海軍のいがみ合いは、Ｂ29に対するうっぷんを一挙にはらした海軍の偉功が高く評価されたことから、陸軍のひがみで争いになったらしい。

14 〝艦長を信じてくれ〟

八月に入って、ますます暑さもきびしくなり、相変わらず空襲は日課のようにあり、掃海船の被害も増大してゆく。ときおり「響」の近くで浮遊機雷が爆発することもあり、日一日と不安がつのってきた。

昭和二十年八月六日朝、広島に新型爆弾が投下され、広島市は全滅との情報が入って、艦内はいっそう緊迫した様相になっていた。つづいて九日には長崎に新型爆弾が投下され、その日にソ連は日本と戦闘状態に入った。

「片腕を切り落とされた状態の日本に対して参戦するとは、きたねえやり方だ。もう日本も終わりだ」「カジドロのやり方だ。この調子じゃ、日本海からもうすぐ上陸してくる。樺太に一番先にくるかも」――表面に出てはこないが、こんなうわさが、せまい艦内にただよっていた。だれしも内心は日本軍の無条件降伏は時間の問題、そして日本国がこの地球上から消滅する日も遠くないと、まじめに考えていたことは事実である。

昭和二十年八月十五日、日本国民としてわすれることのできない日である。その日は朝から焼けつくような陽ざしであった。どうも艦内のようすが、いつもとちがった雰囲気である。

朝食も終わったとき、艦内のスピーカーが、「本日正午、陛下のお言葉が放送される」と報じた。さらに艦長より、正午に全員岸壁に集合するよう指示があった。

この日は防空壕作りは中止となり、艦内作業をそれぞれの部署で行なっていた。艦内にはぶきみな緊張がみなぎっていた。うわさに花が咲き、悲観、激憤、抗戦説入り乱れての論議がたたかわされていた。作業はいっこうにはかどらない。

突然、「対空戦闘配置につけ!」の号令とともに、上甲板に出た。すでに機銃台からは、上空の敵機に向けて撃ちまくっていた。しかし、数分のうちに敵機は去っていた。そのとき上空よりビラをまき散らしていった。

ひろって見ると、『日本のみなさん、日本政府は米国に対して和平を申し入れました。もう戦争は終わったのです……』とあった。

十一時五十分、全員が岸壁に整列した。上甲板にラジオが設置されている。艦長は静かな口調で、「ただいまよりおそれ多いことであるが、陛下のお言葉が放送される。つつしんで聞くよう」と直立不動の姿勢でいう。

やがて、陛下のお言葉がスピーカーからたんたんと流れてくる。ときおり雑音がまじる。まさしく終戦の布告である。無条件降伏である。なんということであろうか。放送が終わると、涙いっぱいの目をぬぐうこともなく、放心状態のままその場にすわり込んでしまった。

一週間はなにもすることなく、ただ呆然とすぎてしまった。なにをするにも、まったく気力がなく、もぬけのカラ同然である。

艦では終戦布告より十日目の朝方、一回目の復員者の氏名を発表、各分隊に通達された。発表された者はほとんど〝服延者〟である。

海軍では三年満期であるが、再役を希望すると義務年限が付加され、軍隊生活が長くなる。しかし、再役しないと三年で満期除隊となる。

私は再役せずにいたが、戦争がはじまり満期どころではなくなった。五体満足の四十歳くらいまでの男子はみな召集されているなかで、満期など考える者は一人もいない。考える余裕がなかったのである。

乗組員の三分の一が第一回の復員者となった。復員後、故郷に帰れるというが本当だろうか。この復員命令に対して、まだ信じようとしない者も出る始末で、上官は説得にそうとう苦労したようだ。

復員命令が出されてまもなく、下士官の間に不穏な動きが感じとられた。命令を無視して敵地に突入する相談である。燃料は充分にある。

四ヵ月前に沖縄において敵機動部隊を撃滅せんものと、「大和」を旗艦とする水上特攻隊に参加して、攻撃寸前に触雷のため、わが「響」は脱落した。そのため運命のいたずらというか、生命は助かったものの、参加した僚艦の戦友は、作戦中途で迎え撃ちされ、海底に眠っている。

乗組員の中には、この仇はいつの日かかならず討つと、チャンスをねらっていた者も多数いたのである。

「戦争はたしかに終わった。しかし、このままおめおめ故郷に帰ることなぞできるものか。いままで国のため散った多くの戦友のことを思えば、このままではすまされない。燃料のつづくかぎり敵中に突入して、死をもって仇を討つ。これがわれわれにとって最後のつとめではなかろうか」

というわけである。このことがつぎからつぎへと伝わって行った。そして、ついに同志が一丸となり、艦長に申し入れるため、総員集合の号令とともに岸壁に整列した。

下士官代表が艦長（薗田肇少佐）にたいし、自分たちの行動について説明をする。艦長は無言でしばらく目をとじたまま、直立不動の姿勢をくずさずに聞いている。

しーんと静まりかえって、下士官兵は、ただ艦長の面ざしを見まもっている。

と、艦長の目からは涙がひとすじ流れた。その間ずいぶん長く感じられた。艦長は徐々に目を開き、涙をぬぐおうともせずに口をきった。

「お前たちの気持はよくわかる。私も同じ気持だ。しかし、もう戦いは終わったのだ、われわれはたしかに戦さに負けたかも知れないが、おのおのが故郷に帰って、これからの日本を築いてほしいのだ。

どうか私のいうことを聞いてほしい。信じてほしい。これからは平和な日本を築いてこそ、国のため散った多くの戦友に対する償いではなかろうか。どうかがまんしてほしい。そして何年か後に元気な姿で再会できる日を楽しみにしている」

艦長はこれだけいうのが精いっぱいのようだった。先ほどから殺気立った気迫はどこへやら、だれも艦長の言葉に返す言葉はなかった。

そのあと、その場において軍艦旗、勅語が嗚咽の挙手のうちに焼却された。しばらくの間はみな放心状態で、くやしさがいっそうこみ上げてくる。艦長はさらに言葉をつづけた。

「この『響』が現在あるのは、お前たちの力だ、助け合う精神と不屈の精神、この二つの精神がこの『響』を守ったのだ。これからどんな苦難が生じるかも知れぬ。しかし、お前たちはどんな苦難にも耐えられる不屈の精神の持ち主と私は信じる、それに耐え抜かねばならないのだ。

よく今日まで『響』とともに、がんばってくれた。本当にありがとう。さよならとはいいたくない。私はお前たちと何年か後に再会したいのだから……」

艦長の言葉にみな、涙をかくすこともできないで静かに聞いていた。

艦長の切々とした心からの説得に、下士官たちの敵機動部隊へ突入の計画も挫折してしまった。

15　砲雷なき出航

「響」は急に舞鶴に回航ときまり、出港準備にとりかかった。

私たちは疎開してある物資を引き取るためトラックで出発した。ほとんど機関科の消耗品であった。小学校の物置に保管されていたもので、山奥のため連日の空襲にも無傷であった。トラックにそれを積み込み、先生方にあつく礼をのべて小学校を後にした。

八月下旬の暑い日ざしの畑のなかを走り、あまりの暑さに木かげに入り、一服した。そこへ農家の老夫婦が近づいてきて、

「海軍さん、長い間、本当にご苦労さんでした。これから日本はどうなるんでしょうかね。おさき真っ暗です。なんだか身体中の力が抜けてしまって、何をするにも張りがないし……一人息子は戦死してしまったことだし、このさきどうやって生きて行くのか……」

六十歳くらいの老夫婦の顔には、不安と悲しみがよみとれた。この老夫婦の話を聞いているうちに、だれもがやるせない気持になってしまった。

「わしたちは国のため死んで行った息子の分まで長生きしなきゃ——がんばって行きます」

私たちもこのさきのことはどうなるか知るすべもない。しかし、この老夫婦の言葉に、ぎゃくにはげまされてしまった。

「身体に気をつけて、息子さんのぶんまで長生きして下さいよ」

「ありがとう、おたがいにがんばりましょうや。これはいま畑からとってきたのじゃが、みなさんで食べて下さい」

と、スイカとウリをわけてくれた。老夫婦には石鹸と電球を手渡し、何回も礼をかわし、沼垂岸壁へとトラックは進んだ。車上で食べたスイカの味は、またかくべつであった。

その翌日、出港ときまり、中洲と陸上防空壕に格納した油類は運ぶひまもなく、だれにも

話さずに倉庫管理のおじいさんに一切をまかせ、適当に処分してもらうことにした。

八月三十一日、「響」はふたたび舞鶴に入港した。その翌日、第一回目の復員者が退艦することになり、それぞれ支度にいそがしい。被服ぜんぶと毛布が支給され、それを衣のうにおさめて準備完了。

私は九月一日付で一階級昇進して、上等機関兵曹になった。いわゆるポツダム昇進である。いまさら階級が昇進したとてなんの喜びも感じない。当時、聞いたところでは、米軍からの指令でこのような措置をとったらしい。

退艦前に復員者全員に階級により一時金が支給された。現在であれば退職金であろう。私は千五百円で、当時としては大金である。毎月の俸給が支給されているのに、どうしてこの金をもらうのか、当時の私にはわからなかった。

なにはともあれ、敗戦という破目におちいっている今日、これからどうなるのか、かいもく見当のつかない前途を考えると、まったく不安であった。当時としては大金であったが、不安がさきに立ち、金銭に対して執着心はまったくない。

長いあいだ苦楽をともにし、死線をともに乗り越えてきた戦友との別離、そしてわれら全員の力で最後まで守り通した「響」ともおわかれしなければならない。感無量であり、つらいものであった。

舷門ちかくの上甲板に復員者が整列し、最後のあいさつをたがいに交し、手をにぎりしめ、涙を流しながら再会を約し、一同は内火艇に乗り込んだ。そして、遠く離れ行く「響」のりりしい姿に、かぎりのない涙が頬をぬらすのだった。

私の帰りついた横浜は、昭和二十年五月二十九日の大空襲でなにもかも灰じんと化し、一面焼け野原であった。やっとの思いでたどり着いた家は、焼トタンの掘っ立て小屋にむしろを敷いたもので、人間の住むところとは思えなかった。

父は涙を流し、私のぶじな姿を見て喜んだ。

横浜にはすでに米軍が進駐しており、各所では進駐兵士と日本人の間にトラブルが続出していた。

横浜に帰って数日後、突然、電報がとどいた。内容は『フクイントリケススグカエレ』とある。私は判断に苦しんでさっそく、ともに帰郷した戦友の猿渡氏宅に行き、問い合わせてみたところ、ここにも同じ電報がとどいていた。

その翌日、二人は身のまわり品を持って舞鶴に向かった。

艦は二回目の復員者が出発した後で、まだ百名ちかい者が残留していた。たがいに再会を喜び合い、復員後の家族の安否、進駐軍の行動など話はつきない。電報の事情もすぐにわかった。

当時、外地よりの引揚者は約二百万と伝えられていた。外地の残留者を一日も早く内地に輸送するため、「響」など艦船二十隻によって輸送任務が開始されるとのことであった。

機関科はほとんどの者が乗り組み、航行に支障ない人員を確保した。乗組員百三十八名であった。

艦の残留組は髪をのばし、すそ刈りにしている者もいる。しばらく家に帰っていた間に、艦内のようすもだいぶ変わっていた。あのやかましかった規律もゆるやかになり、終戦当時の殺気だった空気もなく、気の向くまま好きなことをしてすごしていたようである。

しかしながら、砲塔を降ろして、連管も降ろし、上甲板に復員者用のトイレや居住区をつくった「響」の姿には感無量のものがあった。かつて北に南にいくたの武勲に輝いた「響」の栄光は、どこにも見当たらなかった。

第一回復員船ということで、朝日新聞記者二名が乗艦してきた。

まず、佐世保に行き、米軍タンカーより燃料補給をうける。タンカーに横づけしてホースを接合するのに、米水兵は、私たちに銃を向けたまま作業を監視している。完全武装解除された丸腰の私たちに、なにができるというのか。抵抗したところで殺されるのが関の山である。

燃料補給も終わり、佐世保港を出港した。昭和二十年十月二日のことであった。南に進路をとる。終戦と同時に機関科の必要な資料はすべて焼却してしまい、速力の回転数も大体の記憶で航行しなければならないが、長い間のなれで、頭の中に刻み込まれている。

米軍の指令によって、ヤップ島に十一日までに行かなければならない。出港まもなく台風情報が入ったが、それを避けることもできず、そのまま航行をつづけた。徐々に風も強く波も高くなり、やがて台風圏内に入った。艦は木の葉のように大波の中をもぐる。両舷を波が行きかう。

十月十日の夕刻ちかく、ヤップ島沖で投錨した。米軍の指令では、三時間で乗艦完了のうえ出港せよと決められていた。投錨とどうじに米軍上陸用舟艇が復員者をつれてきた。ほとんど全員が栄養失調の兵で、彼らは担架で運ばれてきた。その舟艇が島に引き返すさいには、残留者の分として食糧を積み込み、陸上に運んだ。

帰着した浦賀では、第一回の復員船ということで家族はもちろん、報道陣が殺到し、桟橋には歓迎の幕が張られ、わが子を、わが夫をもとめ、声を張り上げて名を呼び、さがしもとめている。ぶじに帰れた喜びにたがいに抱き合い、涙で迎える姿に、私の目までうるんでくる。

浦賀でぶじに復員兵士を上陸させ、つぎの輸送にそなえて横浜港に行き、米軍タンカーより燃料補給をする。その間に必需品とつぎの目的地までの食糧を積み込み、米軍の指示を港内で待つ。

横浜港に停泊して二週間になるのに、米軍からの指令が出ない。その間に整備しているものの、一日も早く外地に残されている将兵を迎えに行かねば、と気持があせる。ヤップ島にもまだそうとう残留しているはずである。

十一月十一日、米軍からの指令によりトラック島へ向けて出港した。ヤップ島には他の艦が向かったとのことである。

東京湾を出たとたんに波が高くなってきたが、戦時中のように蛇行航行をすることなく一直線に航路をとり、巡航速度十一、二ノットの経済速力ですすむ。今回は台風もなく快適な船足である。

十一月十七日、トラック島沖に投錨し、米軍の指示により残留兵士の収容が開始された。今回は米軍の協力で上陸用舟艇が使用されたが、ヤップ島と同じように、ほとんどの兵士は栄養失調で担架で運ばれてくる。米軍兵士は、手ぎわよく半病人の兵を艦に収容している。むしろ私たちが手伝うようなかっこうになってしまった。

昭和二十年もあと数日となった。ある日、私は何回かの復員輸送をつづけるうちに、家に残された年老いた父のことが気がかりになって、分隊士に事情を話した。分隊士は、今回の輸送だけは行ってほしいとのことで、その後に退艦することには同意してくれた。

明けて昭和二十一年正月、「響」は浦賀港に入港した。分隊士に了解をえていたので私は、入港前に身のまわりの整理をし、退艦準備を進めていた。ついに別離のときがやってきたのだ。

私は同僚と再会を約し、内火艇に乗り移った。静かにはなれて行く内火艇の上に立ち、上甲板の同僚に力いっぱい手を振った。

復員のときとはちがったものがこみあげてくる。四年数ヵ月、生死をともにした「響」とも永久の別れかと思えば、なにかしら胸が痛む。

海上をすべるように走る内火艇から「響」をながめるうちに、涙がひと筋ほおを流れた。私は涙をぬぐおうともせず静かに目をとじた。《「響」よ、ご苦労さん、長いことよくがんばってくれた。ありがとう》と心の中で叫んだ。

いつかはこの任務も終わるだろうが、いくたの輝しい戦歴をもつ「響」に静かな余生を送らせたい、と願うのは私一人ではなかったと思う。

その後「響」は、復員輸送終了とどうじに整備され、ソ連に賠償艦として引き渡されたという。

（昭和五十四年「丸」四月号収載。筆者は駆逐艦「響」機関員）

愛しの「雪風」わが忘れざる駆逐艦

海の真剣勝負に勝ちぬいた栄光の武勲艦の記録——田口康生

1　戦艦から〝寺内一家〟へ

駆逐艦「雪風」は昭和十五年一月二十日、佐世保海軍工廠で誕生した陽炎《かげろう》型の一艦である。すぐる昭和九年三月十二日の佐世保港外における『水雷艇「友鶴」転覆事件』による左右の安定性能の問題、および昭和十年九月二十六日の三陸沖における大荒天中の駆逐艦の船体切断による縦強度の問題、その他スクリューの鳴音、メインタービンの翼根の応力の問題などを鋭意研究、解決ののち建造された優秀艦であった。

それは太平洋向きの強い艦であり、スマートで、その姿の雄々しさは造艦技術のみごとな結晶ということができる、と私は信じている。帝国海軍の軍艦の多くがそうであったように、そのシルエットはまったくほれぼれするほど美しく、しかもその性能は世界の海軍のものと比較して、攻撃力、防御力、運動力において第一級のものであった。

また、その装備は建造当時十二・七センチ連装砲三基、六十一センチ魚雷発射管二基（四連装、酸素魚雷十六本）二十五ミリ連装機銃二基、主機械五万二千馬力、速力三十四ノットの駿足を誇っていた。
「雪風」は、太平洋戦争開戦のころは、第二水雷戦隊第十六駆逐艦の一艦として行動していた。そして開戦時からレガスピー急襲攻略作戦、メナド攻略戦、スラバヤ沖海戦、ミッドウェー海戦、南太平洋海戦、第三次ソロモン海戦、ガダルカナル徹収作戦、コロンバンガラ島沖夜戦などを戦いぬき、かくかくたる戦果をあげたあと、昭和十八年すえ、呉で寺内正道海軍少佐を艦長としてむかえ、その後は次期作戦に備えて、門司〜シンガポール間の船団護衛などに当たることとなる。

それよりさき私は昭和十七年十一月、海軍兵学校を卒業（第七十一期）し、瀬戸内海に在泊していた戦艦「伊勢」に乗り組んでのみじかい実習のあと、昭和十八年一月、高速戦艦「榛名」に乗り組み、小沢治三郎中将麾下《きか》の機動部隊の一艦として行動していた。

当時、「榛名」はトラック島を基地として行動しており、熱帯の太陽の下で訓練に従事することが多かったが、十八年七月にいたって第三戦隊（「金剛」「榛名」）から艦載水雷艇四隻を武装して、ソロモン群島へ派遣される、ということもあった。

そのとき私は艇指揮として、トラック島を出撃し、途中、モートロック、カビエン、ラバウル、ブカを経由してブーゲンビル島のブインまで、十七トンの艦載水雷艇でノコノコと赤道を越えて、約一千カイリの作戦行動に当たったことがあるが、それ以外は、主としてトラック島に在泊し、測的士、砲術士として勤務し、昭和十八年をおくったのであった。

十八年すえ、その「榛名」は、母港佐世保に帰投して整備に当たることとなり、十九年一月をもって私は、駆逐艦「雪風」の通信士を命じられた。その「雪風」が、近日中に横須賀に入港してくるとのことであったので、私は横須賀の水交社に滞在して、入港の日を待つこととなった。

いままでは戦艦の砲術士をやっていたので、駆逐艦の通信士としての勤務には、いささかの不安があったのもたしかである。

やがて二月はじめ、「雪風」が入港してくるのを私は、逸見《へみ》の桟橋で出むかえた。「雪風」から最初の内火艇が桟橋に横づけされると、その中から体格のよい、はち切れんばかりの身を軍服でつつみ、八字ヒゲを生やし、荒れ狂う米海軍の圧力などは吹き飛ばすような、ガッチリした海軍少佐が桟橋に第一歩を印された。これが「雪風」にその人ありと知られた寺内正道艦長であった。

さっそく白手袋をはめて着任のあいさつを申し上げると、ゆっくり答礼され、優しくいろいろ指示して下さった。有名な寺内艦長との最初の出合いはこのときであった。

それまで私は、寺内艦長にかんしてはなんの予備知識もなかったが、「雪風」を語るときは、やはり寺内正道艦長を語らなければならないだろう。

艦長は生粋の水雷屋である。明治三十八年、栃木県に生まれ、兵学校五十五期、当時四十歳、体重二十三貫、柔道四段の猛者である。豪放らい落、小事にこだわらず、かざり気や豪傑ぶったところは皆無であり、生死は眼中になく、勇気りんりん怖いもの知らず、斗酒なお辞せざる酒豪で、まさに「雪風」が日本海軍における、奇蹟の幸運艦といわれた原動力となった人である。

その風貌は一見こわいように見えるが、私が一年半ちかく、寺内艦長の下で勤務した経験からいえば、人情味にあふれ、花も実もある武人であり、ずばり戦争のためにこの世に生をうけたような人であった。未熟な私は艦長によくしかられたものであるが、接する期間が長くなるにつれて、その心底には部下にたいする愛情があり、部下の失敗は自分の責任としてカバーされ、ヒシヒシといまでも感じるのは艦長のつきない温情である。

2　史上最大の艦隊南へ

内火艇で「雪風」に着任すると、戦艦からきたのだから、艦が極端に小さく見えるのはもちろんであるが、乗員一人ひとりがキビキビしており、少ない人数で一人三役といった活躍ぶりで、すこぶる気持がよかったのは忘れられない。とくに戦地から久しぶりに内地の港に入港直後のことで、艦内は喜びに満ちあふれ、生き生きとしていた。

私が舷門で当直将校にあいさつしているうちに、当番は内火艇の中から小生の荷物を揚げ、すぐ従兵が部屋に運び、何もいわないうちにドンドン整理してくれるなど、万事、戦艦とは異なる。こんな艦隊の第一線でいそがしく活躍している練度の高い駆逐艦で、はたして勤務できるであろうかと、いよいよ不安が頭をもたげてくる。

私が「雪風」に着任した当時、「雪風」は第十六駆逐隊（「初風」「時津風」「天津風」「雪風」）に属していたが、「雪風」以外の三艦が、諸作戦において全部が沈没してしまったので、「雪風」は新たに、陽炎型で編制されている第十七駆逐隊（「磯風」「浜風」「浦風」「谷風」）に編入された。

もともと駆逐隊の編制は四隻編制がたてまえであり、五隻編制ははじめてのことであった。駆逐艦の煙突にはそれぞれに隊番号や、艦船番号をしめす記号が記入してあって、それには丸、三角、四角などのマークが使用されていたが、それも四番艦までしか制定されていないため、「雪風」は第十七駆逐隊の五番艦として便宜上、五角型の輪をつけて走ることとなった。

昭和十九年初頭における戦況は、十七年八月以来、ソロモン方面では日米死闘のすえ、日本軍は後退をよぎなくされており、一方、マーシャル、ギルバート方面においては、十八年十一月ごろより優勢な米軍の大反攻作戦によって、マキン、タラワの日本軍守備隊は全滅し、十九年一月にはスプルーアンス中将のきわめて有力な機動部隊がルオット、クエゼリン、マロエラップ、ウォッシェ、ミレ、ヤルート、ブラウン、タロアなどに対して、傍若無人の砲爆撃を浴びせ、たちまちクエゼリン、ルオットは占領されてしまった。

また十九年二月十七日には、わが太平洋の重要拠点であるトラック島にも航空攻撃を敢行してきて、日本軍はここでも甚大な損害をうけた。

十九年二月ごろ、第十七駆逐隊は各艦バラバラになって、各作戦行動に当たっていた。つぎに予想される中部太平洋方面における作戦に備えて、同方面には内地からの航空機、兵器、弾薬、糧食、人員などの輸送が急ピッチですすめられていたが、「雪風」もこれらの護衛に当たるため、内地とマリアナ方面間の往復をくり返していた。

そのうえ物質も不足して冷えびえとした感じであったが、いざ出港して南下すると、一日目くらいからしだいに暖かくなり、気温の上昇とともに海は濃紺となって気分も快適となる。ときには荒天の日もあり、空母も艦首を波の中に突っ込み、白波をかぶりながら航進する。

こうなると、駆逐艦はまるでイルカが空中に飛び出すように海面から躍り出し、艦首のキール線を空中にさらすこともあるが、さすがに船体はしっかりしており、まさに太平洋向きの艦である、などと妙な感心をしたりする。

そうこうするうちに私は、四月一日付で「雪風」の航海長を命ぜられた。

このころから、小沢中将麾下の第一機動艦隊は次期作戦に備えて、整備の完了した艦からつぎつぎと内地を離れて、シンガポール南方のリンガ泊地に集結することとなった。

「雪風」も呉で修理の終わった「大和」、重巡「摩耶」などを護衛して、四月下旬に豊後水道を出撃し、内地の山々が春がすみにかすむなかを南下していった。このころ、寺内艦長は海軍中佐に進級されていた。

「大和」以下の一群は五月一日、リンガ泊地に到着し、機動部隊本隊と合同した。はるか内地を遠く離れたスマトラの一角、リンガ泊地に勢ぞろいしている機動部隊の威容は、まことにみごとなものであった。

すなわち旗艦「大鳳」を中心とし、空母九隻、戦艦五隻、巡洋艦十三隻、駆逐艦二十八隻と日本海軍の有史以来の大機動部隊であり、空母の全搭載機は約六百機にものぼっていた。開戦へき頭、ハワイを空襲した南雲機動部隊とは、比較にならない大部隊であった。

リンガ泊地は広く、そのうえ内地とはことなり、燃料も充分にあったので、この間にも連日連夜の猛訓練が実施された。

リンガ泊地で訓練に明けくれているあいだにも、中部太平洋方面に対する米軍の攻撃はさらにはげしくなり、五月中旬、第一機動艦隊は勇躍してリンガ泊地を出撃し、ボルネオのタウイタウイへ進撃した。

日本海軍はじまって以来初の大機動部隊が、はるか水平線のかなたまでならび、大小の艨《もう》艟《どう》が舳艫《じくろ》相ふくんで、いっきょに南シナ海を圧して渡るさまは一幅の名画であり、壮観であった。これまでのソロモン以降の退勢を、この機動部隊をもっていっきょにとり返し、国民の期待に応えるのだ、という意気に満ちあふれていた。

機動部隊がタウイタウイに接近し、その泊地の百カイリくらい手前にたっしたとき、泊地の警戒を命じられた「雪風」は、艦隊と分離先行するため二十六ノットに増速して、タウイタウイ泊地に進出、泊地を一巡したのち、泊地の状況を報告し、さらに泊地外に出て、機動部隊の入泊を誘導、警戒に当たったのであった。

かくして機動部隊のタウイタウイ進出はぶじ終了し、以後、この地にて中部太平洋方面の戦況をうかがうこととなった。

3　傷ついた艦隊の先兵

タウイタウイ進出後も、駆逐艦のなすべき任務は多かった。すなわち敵潜水艦が泊地周辺に出没しているので、これらに対して連日連夜、たえまのない対潜掃討をくり返した。また大機動部隊が泊地に在泊しているので、この生存を維持するための補給作戦も必要であった。そのため、艦隊の一部やタンカーを護衛して、ボルネオの油の基地タラカンや、バリックパパンなどへの護衛作戦にも当たった。

また艦隊は、泊地内で連日、訓練を実施していたが、その射撃訓練のための標的を駆逐艦が曳航して、敵潜水艦の伏在海面である泊地外を走ったりして、まことに多忙であった。

タウイタウイ泊地はトラック島などの大環礁にかこまれた泊地とはことなり、きわめてせまかった。そのため適当な射距離をとるためには、標的は泊地外を走らなければならなかったのである。

そのようなためもあって、泊地外の対潜掃討中に、不運にも敵潜水艦の魚雷攻撃をうけて犠牲となる駆逐艦もでる始末であった。

わが第十七隊の僚艦「谷風」もそのうちの一隻であり、このときは、前日まで「雪風」に乗っていた軍医長が対潜掃討に出る「谷風」に乗りかえて出撃、戦死をとげるという悲運もあった。かくして五隻健在を誇っていた第十七駆逐隊も、ここに〝定数〟の四隻となってしまった。

当時、駆逐艦は一ヵ月のうち、二十五、六日は走りまわっていた。これは平時の十倍以上である。余談ではあるが、寺内艦長は「雪風」が停泊すると、巡検後、かならず機関長その他の士官を相手に、楽しそうに酒をたしなまれた。乗員一同も「雪風」の守護神である艦長が、好きな酒を飲まれるのを喜んでいたふしがある。艦長が楽しく飲まれるうちは「雪風」の武運もめでたいと信じていたようである。

艦長の酒はだいたい一夜に一升が標準であった。したがって月末に、艦長の月間に飲まれた一升びんの本数を従兵に聞くと、その月の「雪風」の夜の停泊日数がすぐにわかった、というしだいである。

このタウイタウイに在泊中のある日、「雪風」は泊地外の対潜掃討を命じられて、夜間に湾口を出撃したことがあった。

湾口は北方にボンガオ島の山がそびえ、南方は機雷堰《せき》となっており、その機雷堰の端には係灯浮標が設置されていた。また、湾口には横に流れる相当つよい潮流があった。

「雪風」は、約一昼夜の対潜掃討を実施したのち夜間、泊地に帰投すべく、湾口に接近しつつあった。私は航海長として艦橋で操艦に当たり、艦長は私の横で全般を指揮しておられた。

湾口に近づくにつれて、ボンガオ島がぼんやり視認できるようになってきた。ところが、前夜出撃して行ったときには点滅していた、機雷堰の端をしめす係灯浮標が見えない（後日、判明したところでは強い潮流のために流失していた）。

いささか不安を感じ、機雷堰が気になったが、私ははるか前方に見える艦首目標に向首し、その方位をねらって、左右の艦の偏位のないように注意しながら湾口に進入していった。左舷に見えるボンガオ島がいくぶんちかく感じられたが、夜間は目標がちかく見えるものであるので、とくに心配もせずに艦を進めていた。

そのうちに突然、船体にガガン、ガガンというショックを二度にわたってうけた。相当大きなショックであった。

はじめは何のことかわからなかったが、ひとまず機関を停止した。船体の一部が陸岸側の浅瀬に接触し、すでに乗り越えてしまったものと判断し、機関にふたたび前進微速を命じた。艦は静かに動くので、そのまま入泊をつづけ、予定錨地に投錨した。ただちに潜水夫を入れて調査をしたところ、推進器が浅瀬の岩に接触し、その先端部分が折損したり、彎曲《わんきょく》しているることが判明した。

さっそく上級司令部に報告するとともに、艦長と私は隊司令に報告におもむいたが、艦長はさらに木村進第十戦隊司令官を訪問され、報告とおわびをされた。私は乾坤《けんこん》一擲の重要な作戦をまえにして大切な艦を損傷し、罪万死に価することであり、まったくがっかりして、申しわけなさのためしょげ返って、食欲もなかった。

とくに、今度こそ米海軍に一泡ふかせてやる、と張り切っておられた艦長および乗員の顔を見るのが、まったくもってつらかった。

寺内艦長がおわびに参上したとき、木村進司令官（軽巡「矢矧」に座乗）は艦長に対し、「どうも連日連夜の対潜掃討は御苦労であった。スクリューを破損して、全力運転できなくなったが、補給部隊の護衛はできる。それに当たれば、みなといっしょに作戦できるので、気を落とす必要はない。元気にやれ」

と、いつものニコニコとした快活な顔で申された由であり、おしかりとか、作戦前にきわめて残念である、とかの一言は毛頭なかったとのことで、作戦中、苦労して任務を遂行している部下に対する指揮官の態度、あり方というものを深く考えさせられたしだいである。

つぎの日の夜明けとともに、「雪風」は戦艦「大和」に横づけした。そして艦搭載の燃料、真水、その他の重量物をできるだけ前方に移動し、後部の吃水を可能なかぎり浅くして「大和」の艦内工作の手により、スクリューの先端の変形部分を水中切断して、応急修理をした。

このときは、「大和」の森下信衛艦長も上甲板に出てこられたが、森下艦長は昨年まで「榛名」艦長をしておられ、私も約半年間のご指導をうけたので、あいさつとおわびをしたところ、なつかしそうにいつものニコニコした顔で、

「小ブネに行ってだいぶ苦労しておるようだな。こういうことはよくあることだ。むかし自分も駆逐艦で大演習に参加して、襲撃運動をやっているとき、高速で僚艦と接触し、外板がはがれて落ちてしまい、艦内から星が見えるようになったよ。演習後、神戸で観艦式が行なわれたが、修理することもできず、破口をケンバスでおおい、外からペンキをぬって一時を糊塗したことがあった」

と、さりげなく話をされたが、悲観しきっている私にとっては、干天の慈雨のごときものであった。

森下艦長は、愛知県出身の兵学校四十五期で、主として水雷戦隊を育ててこられ、いろいろと水雷戦術を改革され、また新戦術を生み出してこられた方である。

たんに水雷戦術のみならず、海軍大学校の兵術教官もやられ、甲種学生の卒業前には、天皇陛下の御臨席の下に、学生の図上演習を指導されたりして、戦略戦術に造詣のふかい人であった。

また、水雷戦隊出身者らしく、何のかざったところも、てらったところもなく、きわめてザックバランで豪放らい落な方であった。「榛名」の上甲板でお目にかかると、若い士官に気さくに話しかけられ、肩のこらないお話のなかで、若い者は啓発されることが多かった。

この水雷戦隊育ちの大ベテラン森下艦長ですら、若いときにはこういう事故があったのか、失敗しても、くじけることなく邁進《まいしん》してこられたのかと思うと、私はさらにいっそう、かぎりない親しみをおぼえ、自分の失敗を若い者の前で、さりげなく語られた心中を察し、まことにありがたく感じた。

また寺内艦長からは、しょげ返っていた私に、

「事故当時、艦橋には艦長のオレがおって全般を指揮し、航海長の貴様が操艦に当たっていた。『雪風』の艦橋の状態は最高であったということができる。それでもなおかつ事故は起きた。オレが艦橋で指揮していたのであるから、責任はもちろんオレにある。貴様が責任を

感ずる必要はない。少しもクヨクヨする必要はない」

といわれ、ますます申しわけない気持でいっぱいとなったが、ありがたい言葉であった。人間が失敗して、逆境に落ち込んだときの上官としての態度について教えられ、感銘を深くしたしだいであった。

4 信じられぬ敗北

米軍の中部太平洋方面に対する進攻の全貌が、しだいに明らかになるにつれ、機動部隊は六月十四日、錨をあげて約一ヵ月在泊したタウイタウイをあとにし、途中、フィリピンのギマラスで補給を行ない、サンベルナルジノ水道を通過して、フィリピン東方海上を東進した。「雪風」は僚艦「卯月」とともに、補給部隊を護衛して、戦闘部隊のあとを追った。

六月十九日、戦機は熟し、黎明索敵により、グアム島の北西約七十カイリの地点に、空母、戦艦を主とする敵の四群からなる大機動部隊を発見した。敵空母は合計十五隻と判断され、逐次わが攻撃機が発艦していった。

当時のわが機動部隊には、長官以下約五万人の乗組員がいたが、この五万人が一致結束して、敵に当たり、国運を回復するのだという思いでいっぱいであった。日本海軍はじまって以来の大機動部隊で、搭載機の数は、ハワイ作戦のときの約二倍であり、そのうえ小笠原方面から、サイパン、グアム方面の陸上基地には、航空部隊のなかから教官などで編制された練度の高い、角田覚治中将麾下の約一千機が展開しているということで、今度こそはとだれも心の中に期していた。

「雪風」は機動部隊の後方を、補給部隊を護衛しながら進撃し、海図上に彼我の情報を記入して、いまやおそしと、攻撃隊の戦果を待ちかまえていた。

当時はわが航空機の方が、攻撃の槍先が長く、海図上の彼我の関係位置から見て、ちょうどうまくアウトレンジできる態勢であり、期待はさらに高まるばかりであった。

わが攻撃隊の敵艦隊上空到達予定時刻のころから、かたずをのんで戦果を待ちのぞんでいたが、われわれ補給部隊の方にはなかなか情報が入ってこなかった。

そのうち、機動部隊指揮官（「大鳳」座乗）から、『旗艦を「妙高」にうつす』という電報が入った。「雪風」の艦橋にいた寺内艦長、斉藤国二朗水雷長（元海上自衛隊幹部学校長）など、みなは一瞬、無言のまま顔を見合わせた。だれの心のなかにも〝敗けた〟という思いがいっぱいとなり、重くるしい、やりきれない空気が支配した。

そのうちに少しずつ、戦況はわれに利あらずの状況が明らかとなってきた。さらに味方飛行機の傷ついたものは、グアム島に着陸中であり、その上空から米戦闘機が襲いかかっているという情報まで入ってきた。

敵はありあまる空母群の戦闘機部隊で、自己の上空直衛を実施し、防御のかまえに専心していたようである。したがって、わが攻撃隊は、重い爆弾、魚雷をかかえて、上空直衛の敵戦闘機のカサを突破することは困難をきわめたようである。

思えば、ハワイ攻撃からミッドウェー海戦のころまで、わが飛行機の搭乗員の腕はまさに一騎当千で抜群であった。彼らはきびしい条件の下で、訓練をかさね、飛行時間は数千時間にたっしていた。

したがって、そのころの日本の機動部隊は、攻撃機二の割合に対し、これを掩護する戦闘機は一の割合であり、この少ない戦闘機の掩護で、敵戦闘機の阻止をふりきって、攻撃の成果をあげた。そのみごとさには米海軍も賞賛し、米海軍をして切歯扼腕せしめたものであった。

ちなみに当時の米海軍機動部隊の攻撃隊の編制は、攻撃機一の割合いに対して、戦闘機は二の割合いであった。この編制をもってしても、日本海軍の零戦に阻止されてしまったのである。

その後、日米の国力の差は開く一方となり、米海軍パイロットは、後方の充実した教育機関で、充実した教育をうけることができたのに反し、日本海軍のパイロットは戦闘も教育もともに行なわねばならず、このマリアナ沖海戦では、私と兵学校同期の者が、母艦から発進した攻撃隊の小隊長クラスであったが、飛行時間は三百時間ていどでなかったかと思う。

旗艦「大鳳」は第一次攻撃隊の発艦後、敵潜水艦の魚雷攻撃をうけ、数時間後に大爆発を起こし、排水量三万数千トンの日本海軍のホープは竣工後わずか三ヵ月で、その勇姿を海上から消してしまった。また空母「翔鶴」も敵潜水艦の魚雷攻撃により火災を起こし、沈没してしまったという。

わが機動部隊は、第一次攻撃終了後、残った百機をもって、再三の攻撃を決意したが、その時を得ず、戦場を離脱して西航し、さらに翌二十日、敵機三百機の来襲により、戦闘機は消耗し、「瑞鶴」「飛鷹」は被害をうけ、「飛鷹」は敵潜水艦の魚雷攻撃により、とどめをさされて沈没するという憂き目にさらされた。

機動部隊指揮官はさらに、水上部隊による夜戦の決行を命じたが、敵を捕捉できず、やむなく戦場を離脱して、西航したという。

一方、われわれ補給部隊の一群は、タンカーをともなっているので速力がでず、完全に後方に取り残される形となった。そして二十日には敵の空襲をもろにうけることとなった。

たとえ一機でも敵機を海中にたたき込んでやるぞ、と全砲火をあげて、しゃにむに撃ちまくったが、タンカーのなかには至近弾でたちまち航行不能となるものがでて、「雪風」は玄洋丸（約一万トン）をみずからの魚雷で処分するハメにおちいった。

自分の武器で味方の船を処分するのは、何ともいえない苦痛である。目のまえで九三魚雷の威力をまざまざと見せつけられたときは、まことに奇妙な気分であった。玄洋丸に魚雷が命中するや、その水柱の幅は船の長さにも匹敵し、一瞬、船は水柱におおわれてしまう威力をみせた。

機動部隊の本隊は沖縄、南西諸島方面に引きあげていったが、「雪風」は補給部隊の残余のタンカーを護衛して、いったんギマラスに帰投し、その後、単艦で、内地に帰投し、因島《いんのしま》造船所で、両舷推進器の換装、機銃の増備などの諸工事を実施したのであった。

この『マリアナ沖海戦』のあいだ、「雪風」は幸いにも、戦闘による損害は何もなかったが、必勝を期した海戦は期待に反し、あまりにもあっけなく終わってしまった。この海戦に敗れて、マリアナ方面の大勢は決した、といえよう。その直後、サイパンにあった中部太平洋方面司令長官南雲忠一中将、第六艦隊司令長官高木武雄中将はじめ多くの司令部は、第四十三師団、海軍地上部隊とともに七月六日にその消息を絶ったのである。

七月二十一日、米軍はグアム島に上陸、ひきつづき二十四日にはテニアン上陸、テニアンにあった第一航空艦隊司令長官角田中将、およびその司令部は八月一日にその消息を絶った。

一方、日本のマリアナ喪失により、米軍はこの地にB29を進出させて、ちゃくちゃくと日本本土空襲の準備をはじめていた。

5　不屈の闘魂悲し

「雪風」は因島における修理を完了したのち、内海西部でしばらく訓練を行なっていたが、西村祥治司令官麾下の第二戦隊（「山城」「扶桑」）が新たに栗田第二艦隊に編入され、最後の決戦に参加することとなって、「雪風」はこれを護衛し、九月二十三日に呉を出撃することとなった。

豊後水道をぬけるころから、天候はしだいに悪化し、駆逐艦のデッキは文字どおり波に洗われる状況となった。そのようななかで、前方を警戒していた僚艦「浦風」より、『われ溺者あり』の信号が上がった。

よく見ると、「浦風」の航跡のなかにポツンと人間の頭が見え、それが波、ウネリで見えかくれしている。寺内艦長は、

「よく見張っておれ。溺者を見失うなよ」

といい、さらに「浦風」に対して、『われ溺者の救助に当たる』と信号し、ウネリのある荒天中に、みごとな操艦により溺者の風上で「雪風」をピタリととめ、艦が風におされて溺者に接近するようにして短時間でこれを救助した。溺者はしごく元気で、全員思わずホットした一幕であった。

まったく短時間の出来事であったが、とにかく一人の生命が助かったのである。「浦風」の方も胸をなでおろしたか、『つぎの寄港地までよろしくたのみます』といってきた。その溺者は「雪風」の見張員として勤務し、リンガに入港後、礼をのべて「浦風」に帰って行った。

十月四日、途中、落伍艦もなく、艦隊はリンガ泊地に入港し、栗田第二艦隊に合同した。この第二艦隊は、戦艦五隻、巡洋艦十二隻、駆逐艦十五隻（サマール島沖海戦に当たったもののみ、西村艦隊はのぞく）からなるものであり、空母はなかった。

十月中旬ごろ、物量を誇る米機動部隊は、沖縄、台湾、ルソン北部に来襲して、戦力の充

実につとめていたわが軍の頭上をおびやかしつつ、つぎの比島攻略の準備作戦にかかってきた。

この敵の果敢な攻撃に対して、台湾沖において、わが第一、第二航空艦隊を主体とする航空攻撃が行なわれたが、その戦果は空母をふくめて巡洋艦以上の撃沈十二隻、炎上二十三隻といわれ、われわれリンガ泊地で待機訓練中の者は大いに喜び、敵にこれだけの被害をあたえれば、米軍の次期フィリピン攻略作戦は延期になるのではないか、とも思わせた。

ところが、実際の戦果はあとになって判明した。それは予想外に軽微であった。台湾沖航空戦は、夜間攻撃を主としたので、天候不良とも関連し、目標の誤認、戦果の過大報告、搭乗員の練度不充分などにより、予期した成果は皆無にちかかったという。

十月十七日、米攻略部隊は、レイテ東方のスルアン島に大部隊をもって、上陸作戦のための準備作戦を開始した。その兵力は護衛空母十八隻、戦艦六隻を主体とした総数六百五十余隻であった。さらに有力なハルゼーの空母を主体とする米第三艦隊は、フィリピン東北方面の洋上で、これを間接的に支援する行動をとっていた。

十月十八日、捷一号作戦が発動され、二十五日黎明、全力をあげて、レイテ湾の敵部隊に対して栗田艦隊と西村艦隊で挟撃することに決せられた。このころからの艦隊の作戦計画には、敵と刺しちがえる、というような、特攻的なニュアンスがにじみ出てきたような気がしてならない。

捷一号作戦発令の日、栗田艦隊はただちにリンガ泊地を出撃、二十日、ボルネオのブルネイ湾に進出した。この進撃の途中、リンガ泊地を出撃後まもなく、またしても「雪風」は、最有力のターボ発電機の歯車が欠損して、使用不能という重大な機関事故に見まわれた。

やむをえず力量の少ないディーゼル発電機を使用せざるをえなくなった。作戦を直前にしてのこの事故にガックリしたものの、ただちに航行中ながら、「大和」の有力な艦内工作の手により歯車が製造され、ブルネイ湾入港直後、「雪風」に送られてきたが、どうしても不具合な点があり、ついに「雪風」は今回の作戦期間中、ディーゼル発電機のみにたよって行動することとなった。

しかしながら、乗員はそれにへこたれることなく、士気旺盛であった。当時、日本海軍の幸運艦は『呉の「雪風」、佐世保の「時雨《しぐれ》」』といわれており、乗員の胸のなかには、戦争の神様といわれ、信頼されている寺内艦長が指揮しているかぎり、かならず充分な活躍ができるという強い自信があったのである。

栗田艦隊麾下の第二戦隊（「山城」「扶桑」）と巡洋艦の一部は西村中将指揮の下に十月二十二日、勇躍ブルネイを出撃、スリガオ海峡方面に出撃して行った。栗田艦隊の主力がこれにひきつづき、レイテ湾付近の敵艦船を攻撃すべく、サンベルナルジノ海峡に向けて出撃した。「雪風」は、この主力部隊の方に属していた。

翌二十三日早朝、パラワン島西方において、米潜水艦の魚雷攻撃をうけ、旗艦「愛宕」以下、重巡三隻喪失という損害をうけた。旗艦は後刻、「大和」にうつされたが、旗艦がまっさきにやられるという手痛い打撃は、前途の多難をしのばせた。

翌二十四日には、栗田艦隊は比島中部のシブヤン海において、米艦上機二百五十機の五回にわたる航空攻撃をうけた。上空直衛のわが戦闘機はなく、まる裸で死闘をくり返したのであった。

空襲が予期されると、戦艦、巡洋艦に搭載している水偵、観測機は避退させるため、カタパルトからポンポン射出され、彼らは海面をはうようにして難をさけた。

ついで敵機に対しては、全砲火が撃ち上げられ、その弾幕は空をおおうばかりであった。味方の戦艦、巡洋艦などから敵の雷撃機めがけて、水平に近い射角で撃ち出される三式対空弾(弾片が数千の破片となって飛ぶ)の破片が黄色の火の玉となって、艦隊の直衛についているわれわれ駆逐艦の近くにまで飛び散り、味方の弾にやられかねまじきすさまじさであった。

しかしながら艦隊は、空襲による苦痛をかえりみず東進をつづけた。この進撃ぶり(後日知ったところでは)には、米海軍も、『たたかれても、たたかれても苦痛を感じないように黙々と予定の行動にしたがって進撃する日本海軍』といって、その進撃力には驚異の目を見はっていたようである。

この日のシブヤン海における空襲で「武蔵」が沈没し、その他大小の被害をうけた。「武蔵」が被害をうけ、速力が低下したとき、「雪風」は一時その周囲を警戒していたが、「武蔵」の主砲砲塔の上部に命中した爆弾は、ペンキをはがした程度にしか見うけられず、超戦艦はやはりその強靭《きょうじん》性をはっきりしめしていた。

しかしその夜、二十世紀の奇蹟ともいわれた世界最大、最強の不沈戦艦も航空攻撃により、ついに海上から姿を消してしまった。

艦隊は、夕刻ちかくなって一時反転をした。連合艦隊からは、『天佑を確信し、全軍突撃せよ』との激励電があったが、それを受信するまえに反転し、東進を再開していたのである。

6　会心の魚雷一斉射！

十五日午前一時ごろ、サンベルナルジノ海峡を通峡して比島東方海面に進出し、レイテに向け進撃していた。おりしも雲が低くたれこめ、ところどころにスコールがあった。一昨日いらいの敵潜水艦、敵機による執拗な攻撃により、相当数の落伍艦があり、比島東方海面に進出したときの栗田健男中将のひきいる兵力は、戦艦四、巡洋艦八、駆逐艦十一隻に低下していた。

レイテに向け進撃中の午前六時四十分ごろ、南東水平線のかなたに、敵艦隊を発見したわが艦隊は、警戒航行序列から至急戦闘序列に転換した。それまでは戦艦を中心として輪型陣を組んでいたのを、各戦隊ごとに集結し、水上戦闘の隊型に移行するわけである。

「雪風」も輪型陣の直衛位置から離れ、戦艦、巡洋艦の運動を阻止しないように注意しながら、第十七駆逐隊の四番艦の位置にはいった。それは、夜明けまえの清々しい空気のなかで、勇気りんりんとして、きわめてスマートに戦闘隊形についた、といえよう。

敵の姿は、眼高の低い駆逐艦の艦橋からは、わずかにマストの先端が視認できる程度であった。

敵は護衛空母を主体とする集団のように見うけられた。一昨日いらい、敵潜水艦、航空機に痛めつけられ、やっと奇蹟的に敵水上部隊に視界内で相まみえ、欣喜雀躍、一隻でも逃すものかと、猛然と敵の風上側をおさえるごとく突進した。敵の母艦から航空機の発艦をゆるさないためである。

間髪をいれず戦艦、巡洋艦部隊が猛然と突進していったが、とくに第三戦隊の高速戦艦「金剛」「榛名」の出足は目ざましかった。高速のため錨孔から波が噴水のように上甲板にふき上げ、ブルドッグのように敵に突進して行く戦艦の姿はすばらしく、まさに一幅の名画を見る思いであった。

鈴木義尾第三戦隊司令官、島崎利雄「金剛」艦長の性格が如実ににじみ出ているようであった。ここにわれわれは水上戦闘における高速戦艦のたのもしさをはじめて見たのであった。

わが軍から逃げまわる敵艦隊に対して、はやくも砲撃が開始されているが、われわれ水雷戦隊はその後のレイテ湾突入にそなえて、燃料、魚雷の温存が考慮されたのか、最初は積極的な攻撃は命じられなかった。

運がわるいことに、ときおりスコールが来襲し、せっかくのわが突進もしばしばさまたげられ、逃げる敵にとっては神助であった。まさに彼我入り乱れての混戦状態となった。

とにかく対空、対潜戦闘とはことなり、水上戦闘はうれしかった。通信士の国生健中尉も、

「水上戦闘はおもしろいですねえ」

と、彼我の航跡をプロットする手をやすめて目を細めていた。

おりしもわが水雷戦隊（第十戦隊）は、旗艦「矢矧《やはぎ》」にひきいられ、敵をもとめて航行していたが、スコールの切れ間から水平線上に敵の護送用空母三隻と、これを護衛する巡洋艦、駆逐艦の一群がいるのを発見した。彼我の距離一万数千メートル、敵空母は水平線上に貨車がならんでいるようにクッキリと見えた。

ただちに、水雷戦隊のお手のものの襲撃運動が展開された。まず、「矢矧」は魚雷を発射して、その後は射撃で、駆逐艦の突撃を支援した。われわれ第十七隊の四隻は単縦陣で、敵空母めがけて突進する。

敵の駆逐艦も空母を護るためか、必死になって煙幕を展張しつつ、こちらに向けて砲撃してくるさまはけなげであった。敵の巡洋艦、駆逐艦からの砲撃がわが隊に集中し、各艦の周囲には美しく赤、黄、青色に着色された水柱が奔騰した。まるで海中からニョキニョキとアイスキャンデーを突っ立てたようであり、熱帯の海で汗を流しながら戦闘している、われわれの食欲をそそるのに充分だった。

ときおり、味方の主力部隊の方をふり返ってみると、わが隊からは遠く離れ、水平線のかなたにマストの頂部のみが見え、ときどき黄色い煙をはくのが望見される。敵弾でも命中したのかと心配して見ていると、規則正しくはいている。どうやら自艦の射撃の砲口炎らしく、

一安心する。

その間にも待望の獲物である敵空母の距離はしだいにつまり、いよいよ目前にちかづいてくる。反撃する敵の弾丸はますますはげしく、こちらの周辺に水柱を立てる。魚雷発射までは無傷であるよう神にいのるばかりである。

ちょうどアイクチをふくんで相手に突進しているようであり、そのときの気持は、兵学校時代の「棒倒し」の訓練において、攻撃隊の先頭に立ち、ワーッと喚声を上げながら敵陣に殺到しているさいのものにそっくりである。

各艦の発射雷数は、レイテ湾突入後にそなえて温存するため、四本に制限された。いよいよ射点占得運動が効を奏し、発射がはじまる。左魚雷戦で、一番艦「浦風」から面舵をとりながら魚雷発射をはじめた。ついで二番艦、三番艦とつぎつぎと魚雷を発射し、面舵をとって遠ざかって行く。

前続艦の発射の間、寺内艦長は見張員に、

「発射した魚雷をよく見ておれよ」

といわれた。これは魚雷が何かの故障で大変針し、グルグル回ったりして味方を傷つけることがあるのを注意されたものである。各艦の発射した魚雷は、うまく航走をつづけているようである。

魚雷は「シャー」という重い圧さく空気の発射音で各艦に別れを告げて、生きもののように海中に躍り込み、「死の使い」として敵艦めがけて殺到して行く。

いよいよ最後に「雪風」の発射の番である。艦長の「発射はじめ」の号令とともに、私が「オモカージ！」を令した。艦は右に回頭をはじめた。つぎは水雷長の「発射用意、テー！」の号令で魚雷が一発ずつ、つごう四発が躍り込むのであるが、どうしたのかなかなか発射されない。艦は右に回頭をつづけている。少し不安になる。そのとき水雷長から、

「おい航海長、発射をミスした。もういちど頭を立てなおして、やりなおしてやってくれ！」

とのことで、ただちに舵をもどし、もとの針路にして、しばらく敵に突撃した。距離一万五百メートルで、ふたたび「オモカージ！」を命令する。艦が右回頭をはじめる。つぎの瞬間、水雷長の「発射用意、テー！」の号令により、四本の魚雷はつぎつぎと海中に躍り込み、よい駛走状態で敵空母めがけて突進して行く。


水雷長のこの敵前におけるやりなおしは、きわめてよかったと思う。敵弾の飛んでくることなど意に介せず、敵前でおちついて充分に照準し、自信を持って発射することができたからである。


発射後、水雷長はストップウォッチを見ながら、

「魚雷の駛走時間は、ちょうど十分間だ」

といった。「雪風」が反転して、前続艦とのおくれを取りもどすため、増速して距離をつめているとき、水雷長がわが魚雷を目標に到達した時機を知らせるため、「用意、テー！」とさけんだ。私は敵空母を見ていたが、「テー」の合図と同時に、敵空母三隻からいっせい

に茶褐色の水柱が奔騰し、水柱が消滅したとき、敵影は海面から消えていた。

艦橋では期せずして、「ヤッタ、ヤッタ!」の叫び声が、だれかれとなく口をついて出る。私は機械室に喜びをつたえるためさっそく、「本艦の魚雷により、敵空母三隻轟沈」と連絡する。

すると機械室からは、「機械科各部異状なし、士気旺盛、ディーゼル発電機ますます好調!」と返ってくる。発電機の調子がよいのはありがたい。艦橋にもようやく安堵の空気が流れた。

駆逐艦の魚雷で敵空母にとどめを刺すというようなことは、まったくのところ予想も、期待もできなかったことであるので、うれしさでいっぱいであった。これで敵兵数千名を海中にたたき込んだので、こちらもいつ死んでも思い残すことはない、という気持であった。

7 激闘三昼夜の果てに

その後も、彼我入り乱れての混戦がつづき、「雪風」も敵をもとめて交戦した。「雪風」の主砲弾が敵駆逐艦の艦尾の爆雷に命中し、大爆発を起こし、艦尾をもぎとられて航行不能になったものもあった。

戦闘の合い間に、柴田正砲術長が、大きな体を引っさげて、トップの主砲指揮所から艦橋

に下りてくるや、人差し指を立てながら艦長に、

「駆逐艦を一ぱいやりました」

と、うれしそうに報告する場面もあった。

また、わが主砲部隊の砲撃により大傾斜して転覆しつつある敵艦が、巨大な赤腹を見せているすぐ横を通りすぎたり、敵駆逐艦が被害をうけ、ボートをおろして乗員が退避しつつあるありさまを横目にみて通りすぎたときには、米兵の顔までがはっきりと見えた。敵兵もポカンとして、こちらを見ていた。日本兵が戦闘服姿で鉢巻などをしているのがめずらしかったのかも知れない。

戦闘の間、敵艦載機による攻撃もうけたが、寺内艦長のみごとな回避運動により、全弾回避できた。

ハルゼーの強力な大機動部隊は、北方から南下中の空母をふくむ小沢艦隊を攻撃するために北上していたので、わが栗田艦隊は、きのうのような熾烈な航空攻撃はまぬがれていた。

戦闘が一段落したとき、斉藤国二郎水雷長から、

「きょうの魚雷発射の雷撃効果図をつくる必要があるが、発射時の艦首方位、針路、距離……は、いくらだったか?」

との質問をうけたので、なにげなく七つばかりのデータを答えておいた。横で艦長がこれを聞いていて、

「おい航海! お前もだいぶ戦争になれてきたな、こういうデータは、必死になって戦闘し

ているときには夢中で、頭のなかにないことがある。訓練は戦闘のごとく、戦闘は訓練のごとく、というが、貴様はいまスラスラとデータをのべた。だいぶ、なれたな」といわれたが、なるほどそういうものかと、あとになって内心うれしく感じた。

そのころには彼我の損傷艦が、海上で燃えたり、航行不能になったり、傾斜したりしてただよっていた。午前九時ごろ、戦列を整理するため、艦隊は北寄りの針路で集結を命じられた。

ちょうどそのころ、「雪風」は重巡「筑摩」の救助のため、主隊から遠ざかりつつあった。旗艦「大和」のマストの先端が、水平線下にかくれようとしていたとき、私は「大和」のマストの信号灯が「雪風」を指呼しているのに気づき、信号員に受信させたところ、『「雪風」は原隊に復帰し、「野分《のわけ》」は「筑摩」の救助に当たれ』であったので、とっさに反転して、主力部隊を追いかけた。一方、「野分」は「筑摩」の救助に向かったが、ついに「筑摩」とともに帰還しなかった。（後日、「野分」は行動不能となった「筑摩」の周囲を警戒していたが、夜になって、敵水上部隊と交戦し、「筑摩」と運命をともにしたことがわかった）

「大和」の信号を間一髪の差で見落としていたら、おそらく「雪風」は「筑摩」と運命をともにしたかも知れない。

栗田艦隊が北寄りの針路で部隊の態勢をたてなおしたあと、ふたたびレイテ湾突入作戦を続行しなかった事実は、後世まで批判をうけるところとなったのであるが……、南方からレイテに突入をはかった西村艦隊は、敵の大兵力の集中攻撃をうけ、勇戦力闘のうえ、ほとんどが全滅してしまった。

第一航空艦隊の航空機による特攻作戦がはじまったのも、このころであった。

その夜、栗田艦隊はサンベルナルジノ水道を西航して、ふたたびシブヤン海に入った。

そして二十六日、シブヤン海において、ハルゼー艦隊の艦載機のべ数百機の攻撃、およびモロタイ島からの陸上機（B24）の水平爆撃をうけて軽巡「能代」が沈没し、艦隊の傷手はさらに深くなった。

この水平爆撃では「大和」が完全に水柱につつまれ、あわやと心配しているその水柱のなかから、「大和」が力強く姿を現わすような場面もあった。

このブルネイへの帰投中、二十四日いらい連続三昼夜にわたり睡眠をとらなかったので、気のゆるみからか、艦橋で立っていて突然、足がガクンとしてびっくりさせられたこともあった。

このころになると、駆逐艦はそろそろ燃料の欠乏が気になってくるころであったが、「雪風」にはあんがいと燃料が残っていた。これには寺内艦長の細心の配慮があったことによるものと思う。

空襲をうけて走りまわっているとき、艦長は敵の雷・爆撃を回避するにも、必要とするときのみ最大戦速を使用されたが、回避が終わると、すぐ速力を落とされた。いまになって思えば、これが燃料を節約できた大きな一因と思う。

8　寺内艦長の神技をみた

ここで寺内艦長のとった、雷・爆撃回避運動のさいの指揮ぶりについてのべてみたい。

雷撃、急降下爆撃、水平爆撃の回避は、ただいたずらに転舵して、艦をグルグル回せばよいというものではない。おなじ爆撃回避といっても、水平爆撃と急降下爆撃では、転舵の方向もことなるものである。

また、舵をとれば艦は傾斜し、わが方の射撃の効果はガタ落ちとなる。それに、あまりはやく舵をとると、敵機はわが回避運動を見こして、修正をくわえながら攻撃してくるので、回避の効果はなくなってしまう。

したがって、自己の射撃の効果を発揮しつつ、いつ、どちらの方向へ舵をとるかのタイミングがきわめて重要な点である。とくに急降下爆撃の回避は、まさに剣の名人が振り下ろす刀を間一髪でかわすようなもので、きわめて至難の業であり、息づまるような一瞬である。

寺内艦長の回避運動はその点、きわめて合理的であった。しかもその間、生死を超越して敵機の運動を見落とさず、まさに「雪風」が艦長の身体の一部のように動き、大小雨下する数百発の爆弾を全弾回避した腕のさえは、真にみごとな神業であり、凡人のなせる業ではないと思った。「雪風」が非常に幸運にめぐまれていたことは、まちがいない事実であったが、寺内艦長のこの腕のさえが「雪風」の名声をまっとうしたもの大と思う。

このたびの比島方面行動中も、二十四、五、六日と徹底的な爆撃をうけたが、私は航海長として、回避についても艦長を補佐する立場にあった。艦長は艦橋の小さな椅子の上に立ち、艦橋の天井の小さなハッチを開き、そこから猪首《いくび》を出し、敵機を見ながら指揮をとられた。

敵機が攻撃してくると主砲、機銃が、ここをせんどと撃ちまくるので、艦長の号令もそれに打ち消されて聞こえないことがある。そういうときには、艦長は面舵のときは私の右肩をけり、取舵のときは左肩をけって合図されることもあった。

その合図を、私が間一髪で操舵長につたえて、艦の運動を監視していたのだ。

また、投弾が至近弾となって海中に落下すると、艦は水柱におおわれてしまって、いままで全速力で大きく傾斜しつつ回頭していた艦が、水につかってしまい、射撃の音も消え、ザァーという水の音のみで、浮いているのか、沈んでいるのかわからなくなってしまうときがある。

そのうちザァーという音が消え、「雪風」は、ふたたび水の中から身ぶるいするように躍り出していくのである。そしてまた、つぎの戦闘がはじまる。水柱をかぶると、だれの顔にもイカのスミを浴びたように黒い汁が流れ、みなはたがいに人の顔を見て、吹き出しそうな顔をしてニヤニヤしている。

私はこの爆撃の水柱を浴びた直後が、非常に重要な時機であると考えていた。だれでも人間である以上、爆撃をうけ、水柱を浴びると、自然に頭が下がり、つぎの敵機の攻撃運動を見落としがちになるものである。この転瞬の間が生死、勝負の分かれ目となる。この一瞬の気分の動揺したときに敵機にふみ込まれると、回避の余地はない。

そこで私は、信号長以下を督励して、つぎの攻撃機を見落とさないように注意していた。その点、寺内艦長は生死は眼中になく、かならずつぎの攻撃機をにらみすえ、つぎつぎと対処された。これが「雪風」無傷の原因であったと思う。

艦長は敵機をにらみ、その行動を見きわめ、グウッと手もとに引き入れ、パッとかわされる名人芸の持ち主であった。

この三日間も艦長は、「雪風」の守護神として、爆撃回避に縦横無尽の活躍をされ、勇戦力闘されたが、それでも二、三回、

「おい航海！　今度は当たるかも知れんぞ！」

と、大声でいわれたことがあった。見上げると、左後部にいままさに敵機が急降下で突っ込んでくるところであった。と、敵機から黒い爆弾が離れて落下してくる。艦は左に旋回をはじめていたが、マストのヤードを通してその爆弾を見ると、なるほどヤードと爆弾の方位が変わらない。それが「雪風」にすい込まれるように落下してくる。文字どおり等方位運動であり、命中すること確実である。

舵はいっぱいとってあるし、いまさらどうすることもできない。これであと二、三秒で吹き飛ばされるのかと思うと、艦の回頭速度がおそく感じられ、私のジャイロコンパスにかけ

ている手に思わず力が入り、手でギューとコンパスをまわしたいような気持になる。

さらに爆弾が降下するにつれて、ありがたいことに回避の効果が現われ、爆弾とヤードの関係方位が変わり、ホッと一息するひまもなく、爆弾はスウーッと頭上をかすめ、右舷舷側に落下して大水柱を上げる。

またあるときには転舵により、艦の上甲板のサイドが海水につかるほど大きく傾斜し、その傾斜したうえを、爆弾がかすめて通るように感じられたこともあった。こんなさいには熱帯の暑さのせいもあるが、寺内艦長の顔から汗がギラギラと流れていることもあった。

しかし、爆撃の合い間に、猪首を外に出した艦長がゆうゆうと、うまそうに煙草をすっておられる姿は、乗員にかぎりないたのもしさと、安心感をあたえた。とくに、かくばった訓示などの必要はなく、このゆうゆう迫らざる態度と、名人芸が部下にとっては無言の教育であり、部下統率の真髄であったと思う。

9　非情なる追い撃ち

十月二十八日、栗田艦隊はブルネイに帰投した。完全に無傷で一名の戦死者も出さなかったのは「雪風」のみであった。

ブルネイには約半月ほど在泊し、その間に各艦は艦隊の工作力を利用して、被害箇所の修理につとめていた。「大和」も注排水して、船体を傾斜させて、水線付近の被害箇所の修理につとめていた。

そんなある日、B24の編隊の水平爆撃をうけた。「大和」は傾斜したまま、すばやく主砲の対空射撃をはじめた。この「大和」の射撃により、みごとに三式対空弾が、敵の一番機および付近の数機を吹き飛ばした。敵は指揮官機を失って隊列をみだし、爆撃精度もみだれて、わが方に被害はなかった。残念であったのは、至近弾の弾片により、「雪風」から逆に一名の戦死者を出したことであった。

十一月十六日、第十七駆逐隊は「大和」「長門」「金剛」「矢矧《やはぎ》」を護衛してブルネイを出港し、帰国の途についた。ブルネイ出港前に「雪風」は、谷井司令の司令駆逐艦となる予定であったが、戦死者の水葬などの件で出港がおくれるおそれがあったので、谷井司令はそのまま「浦風」で指揮をとることとなった。

台湾に近づくにつれて、しだいに天候は悪化し、台湾海峡は大荒天であった。駆逐艦の艦首に白波が打ち上がるていどならよいが、艦首を大きく波のなかに突っ込み、ナマの青い海水をすくい上げ、そのつど艦はブルンブルンと振動してきしみ、その波が艦橋を圧しつぶすように襲いかかってくる。

こうなると、艦橋のなかまで水びたしとなり、海図まで一部流出してしまう。私は靴をぬぎ、素足で当直に立っていた。ジグザグ航法の変針角度を小さくしたりして、必死になって編隊をくずさないように航行することにつとめた。

この大荒天の暗黒の夜、台湾の北西海面で、艦隊は敵潜水艦の魚雷攻撃をうけ、「金剛」とわが司令駆逐艦「浦風」が沈没した。さっそく「浜風」「磯風」が乗員の救助に当たり、「雪風」のみが残った艦の護衛に当たった。さきの両艦は、荒天のなかで機関をとめて漂泊し、溺者を収容したのであったが、そのさいの艦の動揺は片舷五十度にもたっしたという。泳いでいる者が、駆逐艦の舷側からつり下げたロープにつかまり、艦にのぼろうとすると、き、大きな動揺によって艦底に引き込まれ、艦底をくぐってやっと反対舷からのぼってくる者もあったということである。

寒いうえに夜であり、しかも荒天であったため、「金剛」の乗員中、副砲長以下の比較的に若い者のみが救助され、第三戦隊司令官鈴木義尾中将、「金剛」艦長島崎利雄大佐以下、多くの戦死者を出してしまったのであった。

「浦風」の沈没現場には、艦橋のグレーチング一枚が流れていたのみとのことであり、谷井保司令以下全員が戦死した。まことに残念なことであったが、第十七駆逐隊はこれで三隻となってしまった。

残余の艦は豊後水道に入り、伊予灘にたどり着いた。ひさしぶりに見るなつかしい内地の風景のたたずまいは、海上から見るかぎり変わりはなかった。

艦隊はそのあと、伊予灘で解列され、「大和」は呉に、「長門」は横須賀に、「矢矧」は佐世保に回航することになった。

わが十七駆逐隊は「長門」を護衛して横須賀に向かうため、伊予灘で「大和」に横づけして、燃料の補給をうけることとなり、ひさしぶりに「大和」の森下艦長にお目にかかったが、いつものように元気でニコニコしておられたものの、髪がだいぶ白くなったような気がした。この一事からもマリアナ沖海戦、比島沖海戦のご苦労がしのばれた。

「こんな大きな艦で、雷爆撃回避も大変ですね」

と申し上げると、

「ウン、いちど艦が回り出すと、惰力が大きくてとめることもできん、シブヤン海の水平爆撃のときは取舵いっぱい、とりっぱなしで回避したよ」

と、水柱につつまれた当時のことを話された。

かくして第十七駆逐隊は「長門」を護衛して、十一月二十五日、ぶじ横須賀へ入港したのであった。

10　大空母「信濃」に殉ず

横須賀に二、三日在泊したのち、わが隊は去る十一月十九日に竣工したばかりの空母「信濃」を護衛して、内海西部に行くこととなった。

「信濃」は大和型戦艦として起工されたものであるが、途中、計画を変更し、その強靱な船体に飛行甲板を取りつけたものであり、排水量六万九千トン、世界最大の空母であった。

「信濃」で回航にかんする打ち合わせが行なわれることとなり、ある夜、私は艦長のおともをして「信濃」に行った。さすがに船体はガッチリしており、堅牢《けんろう》無比に見えた。飛行甲板のアーマーも厚く、五百キロ爆弾にも耐えうると思われた。

しかし、完成した時期がおそく、内地の燃料は底をつき、飛行機の生産も意のままにならず、という時期であったので、日本海軍の重荷となるような気がしてならなかった。

また、内地の陸上輸送能力が不足していたためか、「信濃」の広い格納庫のなかには、西日本方面へ送る武器、弾薬が満載してあったのも、奇異な感じがした。

第十七駆逐隊は、先日の司令戦死後、まだ後任者が着任していないので、先任艦長である「浜風」の前川万衛中佐が指揮官の任についていた。

回航にかんする打ち合わせの席上、「信濃」艦長阿部俊雄大佐は、空襲その他敵潜水艦情報にもとづき、夕刻に東京湾を出航し、夜間、高速で西航して紀伊水道に入る方針をしめされた。前川中佐はじめ各駆逐艦長は、これまでの諸作戦の経験から、東京湾を早朝出航し、潜水艦の伏在海面を昼間突破することを主張したが、早朝の東京湾外は対潜掃討が不充分であり、危険であるなどの理由により採用されず、結局、翌日の夕刻に東京湾出撃が決定された。

「信濃」は竣工直後であり、乗員の訓練も不充分であり、そのうえ残工事の関係で、横須賀海軍工廠の工員が約八百名も乗艦し、工事を続行しつつ航海しなければならなかった。

それはマリアナ失陥後、空襲が激しくなり、「信濃」を関東地区におくのは不利であり、一刻もはやく内海に回航したいという、つよい意向からであった。

十一月二十八日、夕やみせまるころ、隊列は東京湾を出撃した。灯火管制のため灯のついていない三浦半島の山々が遠ざかり、やがて消えていった。

隊形は「信濃」を中心として前方千五百メートルに「浜風」、左正横千五百メートルに「磯風」、右正横千五百メートルに「雪風」で、之字運動を行ないながら西航をつづけた。

翌二十九日、艦隊は遠州灘を一路西航中であった。午前二時ごろだったか私は、先任将校柴田正大尉から当直を引きつぐため、艦橋に上がっていった。そして先任将校から、

「先ほど右前程に敵潜水艦が浮上しているのを発見した。敵潜はすぐに潜航したが、駆逐艦一隻を派遣して制圧させておき、残りの部隊は速力を上げて突破したらよいと思うのだが、われは一団となって針路を南寄りにとって回避中である」

という申しつぎをうけた。そこで見張警戒をさらに厳にして航行しているうちに、敵潜水艦を振り切ったと判断したのであろう、部隊はまた予定針路に乗るように変針した。

ところが、午前三時すぎ、ドスンというにぶい爆発音を聞いた。と、「信濃」の右舷艦橋下から水柱が昇った。しばらく間をおき、やみをすかして見ていると、連続三回にわたって「信濃」の右舷に水柱の昇るのを見る。敵潜水艦の魚雷が合計四本、命中したのであった。

私はただちに戦闘爆雷戦を命じ、敵潜水艦の射点付近に爆雷十数個を緊急投下した。爆雷はきわめて迅速に何のよどみもなく、号令どおりに投射できた。たちまち海中は爆雷の爆発で灯をつけたように明るくなり、ズシンズシンと腹にこたえるような衝撃で、「雪風」の艦

尾はふるえた。

もちろん探信機により、敵潜水艦の位置を確実に捕捉して行なう必中攻撃ではないので、その効果は期待できず、手応えはなかったものの、敵潜水艦に再攻撃を断念させるくらいの効果はあったようである。

「信濃」は、やみのなかをいぜん航行をつづけているが、速力はわずかながら低下しているようである。

結局、わが部隊は三角形の二辺を航行したこととなり、その間に敵潜水艦は前程に進出して、魚雷攻撃に成功したわけである。

やはり浮上潜水艦を発見したときに、ただちに「雪風」を派遣して制圧し、その間に「信濃」は高速で西航すべきであった、とくやまれてならない。

この間にも「信濃」は航行をつづけているが、傾斜が少しずつ増大しているようであり、気がかりであった。しかし、もともとが、戦艦の船体であるので、米潜水艦の魚雷四本ていどでまいってしまうことはないであろう。

左舷に注水して、傾斜復原に当たれば傷ついてはいるが、紀伊水道にすべり込むことは可能であろうと、いのる気持で見まもっていた。

しかし、訓練をつんでいない艦の悲しさであろうか、それとも格納庫に満載している搭載物の重量に耐えかねているのであろうか、傾斜が復原するけはいはなく、大いに気をもませる。

夜が明けてよく見ると、「信濃」は十二ノットで航行はつづけているが、右舷への傾斜は刻一刻増大しているようである。

そのうち、しだいに傾斜が増大して、ついには右舷艦橋付近の罐室への吸気口までが海水につかり出したのをみて、最悪の事態になったことをさとった。

まもなく罐が消火して動力を喪失し、航行不能となった。

ただちに「浜風」「磯風」に曳航が命ぜられ、「雪風」はその周囲の警戒に当たった。「浜風」「磯風」からは、ボートが降ろされ、曳航用のワイヤーを「信濃」の錨鎖につなぎ、二隻で曳航を開始した。

二隻の駆逐艦の合計馬力は十万数千馬力であるが、海水が侵入して傾斜している数万トンの巨体は、なかなか目に見えては動かなかった。駆逐艦のボートがワイヤーにはねられ、一部の兵員が戦死するという事故もあった。

「信濃」の傾斜はさらに増大し、ここで艦長は総員退艦を決意したようである。「信濃」の乗員が、飛行甲板に上がってくるのが見られた。阿部艦長は、艦首の旗竿に体をロープでくくりつけて指揮している。

と、右舷への傾斜速度がにわかにはやくなり、艦尾の方から沈下しはじめた。そのうち最後のときがきて、「信濃」は大きく右舷に転覆し、赤ハラを見せて船底を上にし、艦尾を海中にして、艦首を見せて艦底を大きく水面から空中に突き立て、この世に別れを告げるかのように、ものすごい勢いで艦尾から海中へ引き込まれていった。

私は沈み行く「信濃」に対して思わず、挙手注目の敬礼を行ない、別れを告げた。涙が出てしようがない。位置は潮の岬の百度七十カイリの地点であった。

間髪をいれず駆逐艦三隻による溺者救助がはじまり、三艦で千余名を救助したが、阿部艦長以下四百余名が戦死したのであった。

溺者を救助しているとき、「雪風」の付近にひとりの青年士官が陛下の御写真を背中にくくりつけ、服装もキチンとして泳いできたので、上甲板に救助したところ、彼は「信濃」の甲板士官の沢本倫生中尉であった。彼の御尊父は当時の呉鎮府長官沢本頼雄大将である。

彼は兵学校で私の一級下であり、俊秀であった。私と一年間おなじ分隊にいたこともあり、相撲訓練ではよく取り組んだものである。彼は「信濃」のまえは駆逐艦「海風」の乗員であったが、そのときも泳ぎ、今回で二度目とのことであった。

その彼とは兵学校卒業以来はじめての出会いであったが、ぶじ元気な姿をみることができ、大いにうれしかった。

溺者救助後、駆逐艦三隻はスピードを上げ、豊後水道から内海に入り、翌日には呉に入港していた。

ここで私は、沢本中尉に心ばかりの見舞品を送り、武運長久をいのって別れた。

昭和十九年も暮れちかくになったが、日米の国力の差はいよいよ歴然とあらわれ、兵器の性能の差もいちじるしくなり、さらには日本海軍にまったくツキというものがなくなってしまったようである。

11 水上特攻出撃の前夜

昭和二十年正月は呉でむかえた。

この年もまた初頭からきびしい戦況がつづいた。一月初めにはリンガエン湾に米軍が上陸し、三月十七日には硫黄島守備隊が全員玉砕した。一方、マリアナを基地とするB29の本土空襲は、さらに熾烈化していった。

二十年正月以来、「雪風」は内海西部において、訓練に従事していた。艦隊の編制替えが行なわれ、「雪風」はむかしなつかしい第二水雷戦隊の、第十七駆逐隊の一艦となった。また、昨年戦死された谷井保司令の後任として、新谷喜一大佐が着任した。

「雪風」は自艦の訓練ばかりではなく、徳山の大津島において人間魚雷「回天」の訓練にも協力した。そのさいは主として「回天」の目標艦として行動した。

思えば昨年まで、太平洋上を機動部隊の一艦として、従横に走りまわっていたときのことを考えると、目標艦として内海を走るのは、何とも気のひき立たない感じがした。が、「回天」に搭乗して魚雷と化して敵艦に突入して散る特攻隊員のことを思うと、身のひきしまる思いであった。と同時に、すでに米海軍と対等の兵器で戦う時期をすぎ、海軍全部が組織的に特攻部隊に変貌しつつある現状をひしひしと感じたのであった。

またこのころ、土佐沖において夜間、T空襲部隊の目標艦としても行動した。Tとは台風の頭文字の意味であり、過ぐる元冠《げんこう》の役において、台風により蒙古《もうこ》の大艦隊が博多湾においていっきょに覆滅した故事にならって命名されたようで、それは夜間の航空攻撃により、狂瀾を既倒に廻《めぐ》らすことを念願し、夜間攻撃の猛訓練を実施する航空部隊であった。

このときは、「雪風」めがけて、航空機から投下される吊光弾の下をかいくぐりながら、航空攻撃の効果の判定に当たったが、夜間、「雪風」に対して四周から殺到してくる飛行機に対し、大いにがんばって練度を上げ、非勢を挽回してくれといのりながら走ったものである。

私は暮れの十二月一日付で大尉に進級し、年あらたまった二月一日には柴田砲術長の輸艦艦長転出にともない、そのあとをついで「雪風」の砲術長に補せられていた。

もともと私は砲術にかんしては、「榛名」の勤務で測的士、砲術士などをやっていたので、この配置にはおおいに興味を持っていたが、「雪風」の砲術長として、訓練の機会もなく、ただちに戦闘に当たらなければならないことになって、何としても不安が多かった。やはり経験を積み重ねなければ、と思った。年齢といえば若冠二十三歳であり、平時の艦隊砲術長に比較して十歳も若く、そのうえ砲術学校も出ていなかったのである。

三月十九日、わが艦が呉に在泊中、日本本土ちかくにしのびよっていた米ミッチャー中将指揮の高速機動部隊の艦載機による大空襲をうけた。

「雪風」は、呉の川原石の海岸ちかくの、前後係留のブイにつながれたままで、対空戦闘を行なった。もちろん、私にとっては初の実弾射撃であった。このとき「雪風」は、主砲および機銃弾を合計約一万五千発撃ち上げた。

さいわいに「雪風」は無傷であったが、他艦の被害は甚大であった。だが、呉市民の眼前でくりひろげられたこの戦闘は、やはり市民に衝撃をあたえたようであった。われわれ海軍軍人としては、海軍ははるか洋上の国民の目のとどかないところで敵を撃滅して、国民を護るのが任務であるのにこのしまつでは、と、何とも申しわけのないさびしい思いであった。

三月中旬から、沖縄に対する米軍の本格的な攻略作戦がはじまった。昨年十月の比島沖における捷号作戦で帝国海軍は壊滅的な打撃をうけ、このころ水上部隊として、いくらか艦隊らしいものといえば、一月十日付で改編された第二艦隊（戦艦三隻、空母二隻、巡洋艦一隻、駆逐艦十一隻）くらいのものであった。指揮官は伊藤整一中将であった。

航空兵力は第一、第三、第五、第十航空艦隊すべてを合わせて実用機千三百機、練習機一千機ていどであり、空母搭載機は皆無であった。しかも燃料は極端に不足しており、第二艦隊のうち作戦に充当できるのは、「大和」「矢矧」および駆逐艦十隻ほどであった。

われわれは心ひそかに、近日中に艦隊特攻として出撃するであろうことを予知したので、呉在泊中も荷物を整理して、知人の家にあずけ、後日もし私の戦死の報を聞いたなら、荷物を開いて処理されるよう依頼し、荷物のなかに、送付先の名古屋の父の住所と送料などを入れておいた。

ちょうどそのころ、父から、私の妹が一月三日に病死した旨の通知があった。そして、私もまもなく、特攻隊員として戦死することは確実であり、父母を二重に悲しませることになるであろうが、これも軍人として生をうけた以上、当然やむをえないことと思う。しかし、いまさらながら父母に対して何もしていなかったのが悔やまれた。

艦隊は呉において作戦の準備をおえて、四月はじめ、徳山の三田尻沖に集結した。勢力は「大和」をはじめ、第二水雷戦隊旗艦「矢矧」、駆逐艦八隻（第四十一駆逐隊の「冬月」「涼月」、第二十一駆逐隊の「朝霜」「初霜」「霞」、第十七駆逐隊の「磯風」「雪風」「浜風」）であった。

指揮官は伊藤中将、参謀長は元「大和」艦長の森下少将であった。この艦隊の特攻作戦にかんしてはいろいろと論議され、甲論乙駁、統率上、戦略戦術上からも、後世まで大いに批判されるところとなり、参加する指揮官のなかにもずいぶんと異論があったようであるが、当時としてはやむをえないところであったろう。

四月五日午後三時——連合艦隊からついに出撃命令が発令された。その日、連合艦隊参謀長草鹿龍之介中将が水偵で三田尻沖に飛来、第二艦隊司令部を訪問し、出撃命令について理由などを説明した。その作戦内容とは、「大和」以下十隻の艦隊は、沖縄周辺の敵海上部隊を攻撃、弾薬がつきれば陸戦隊として、陸上作戦に当たるというものであった。

航空写真によれば、沖縄周辺には大小数百隻の米軍艦艇が集結しているとのことであった。作戦は菊水一号作戦と呼称された。これは楠正成が湊川に出陣したとき、菊水の旗をかかげ、生還を期さなかった故事にならったものである。

ついでに各級指揮官が「大和」へ集合を命じられて、命令が伝達され、いろいろと説明が行なわれたという。参集した各級指揮官は、それぞれ一騎当千の最後の猛者ぞろいであったろう。

われわれには寺内艦長が帰艦されて、命令内容について説明があった。なお艦長の言によれば、草鹿参謀長の話が終わったとき、伊藤中将はうれしそうに、ニッコリうなずいておられたとのことであった。

特攻作戦を命じられたものの、「雪風」の艦内には特別の動揺などは感じられなかった。ただ特攻として必死の作戦に当たる場合、少ない兵力で大敵を倒すことによろこびがあり、満足があり、それが特攻作戦をささえているような気がする。

今回の艦隊特攻作戦は七千数百名が参加するのであるが、それだけの生命が犬死になることはないであろうか。過去のマレー沖のイギリス艦隊、ちかくは昨秋の比島沖海戦の日本艦隊の例によっても明らかであるように、航空機の支援のない艦隊が、いかに奮励努力しても、所望の成果があげえないことは明らかである。

はたして沖縄に突入できるであろうか、われを上まわる損害をあたえうるか。それはきわめて困難と思われる。この点が私の心に残った一抹のさびしさであった。しかし、軍隊の作戦においては当然、一部の部隊が犠牲となることによって、他の部隊が所期の目的をたっすることが大目標であるわけであり、命令をうけた以上、国に殉ずるかくごはみなの胸中にあった。

12　裸の艦隊突撃せよ！

寺内艦長からは例によって、かんたんに、

「武人にとって大事なときがきたように思う。各人はそれぞれ胸の中に期するものがあると思う。いままでにつちかってきた精神を発揮し、技量を充分生かすように……」

という訓示があった。

なお、特攻艦隊の行動予定は、四月六日午後、徳山沖を出撃し、七日未明、大隅海峡を突破して西航、ついで南下し、四月八日黎明を期して沖縄に突入する、というものであり、八日午前九時、高松宮殿下が天皇陛下の御名代として、伊勢神宮に参拝されるとのことであった。

出撃前にはなお、多くの作業があった。「大和」「矢矧」などには、ちょうど本年三月に兵学校を卒業した第七十四期の候補生が数十名乗艦していたが、将来のことを考慮して退艦が命じられた。

これには候補生は憤慨して、乗艦をせまったが入れられず、艦長以下に説得され、涙を流して退艦していったが、これはよいことであった。まだ兵学校を卒業後日あさく、艦隊としても足手まといになるのみで、ただ死を急ぐのは哀れであり、将来やるべきことは山積しているからだ。彼らが帽子を振り、退艦して行く姿をはるか「雪風」から見送り、われわれも、あとはよろしく頼んだぞという気持で、気分がかるくなったようであった。

各艦には燃料搭載が行なわれたが、もとより内地には油が枯渇していたので、駆逐艦には一部、大連から運んできた大豆油も搭載された。

機関長の言によれば、大豆油は馬力が二割がた低下するが、三十ノット以上は出せるとのことで、「大和」の護衛にはさしつかえないものと思われた。いずれにしても、豆を食って走るのであるからハトといっしょだな、と笑い合ったものである。

五日の夜は、艦内で最後の酒がゆるされ、艦長以下、恩賜の酒で乾杯をしたが、それはいつもの酒保開けの状況と変わりなかった。しかしながら、「雪風」も開戦以来、太平洋を縦横に走りまくり、幸運な艦であったが、これが最後の酒宴かと思うとみな、多少の感傷はあったと思う。が、それはあまり表面には出なかったようだ。

私はさきにのべたように、今回の作戦の成果が期待されないことに対する、一種のさびしさのほかに、最後の酒宴において、気にかかっていたのは当時、一般大学出身者である予備士官（年齢は私どもと同年輩であった）が海軍少尉として各艦に配乗し、砲術士、水雷士、電測士などという配置で乗り組んでいたことである。

その人たちは真に日本のエリートであり、大学でそれぞれ学問をし、それを通じて将来、国家に奉仕することを一生の目標にして真剣に勉強していた人たちである。たまたま戦局が苛烈となり、志願して海軍に身を投じた人々である。

私ども海軍兵学校出身者は、海軍軍人を一生の目標としているので、特攻攻撃は当然のことであるが、学徒出身の人には、自己の一生の目標としたのとはべつの海軍の社会で、特攻で果ててしまうのは大きな苦痛ではなかろうか、という思いであった。

しかし、酒宴のときの態度は平生と変わらず、何の動揺もなく、謙虚な態度であったことは驚異であり、つくづくおたがい同時代を生き抜いてきた、おなじ考えの日本人だという気がした。

彼らのうち、戦闘場面においてもその活躍ぶりはまことにみごとで、動揺もなく、士官として部下を激励し、勇戦敢闘したことは特筆大書すべきことであり、まこと敬服に価する人々であった。

第二艦隊特攻艦隊は、四月六日午後三時二十分、徳山沖を抜錨、豊後水道に向かった。出撃後、第二艦隊司令長官の訓示が、各艦にあて信号で送られてきた。

『神機まさに動かんとす、皇国の隆替繋りて此の一挙に存す。各員奮励敢闘、会敵を必滅し以て海上特攻の本領を発揮せよ』

午後七時五十分、艦隊は豊後水道を静かに出撃した。隊形は、「大和」を中心とする輪型陣である。だが、上空には常時、敵機が飛来し、わが艦隊の行動の全貌は、すでに出撃前から敵に明らかであった。その夜、大隅海峡にはいると、追従触接している敵潜水艦が、平文で連絡を取っているのが傍受された。

七日、日の出まえに艦隊は坊ノ岬の西南西数十カイリの地点を、沖縄めざして西航していた。天候は悪く、雲高は約七百メートル、ときおり細雨があり、対空射撃にはもっとも悪かったが、しかし一方、天候が悪いために敵の航空攻撃もうまく逃れて、沖縄へ突入できるかも知れないという希望もわいてくる。

午前七時ごろ、「朝霜」に『われ機械故障』の信号があり、みるみる後方にとり残されていった。

開戦いらい駆逐艦の活躍はめざましく、西に東に走りまわり、やすんで整備するひまも少なく、年間の行動日数は、平時のそれの十倍にもたっしていたようである。

その間、機械の故障は少なく、日本海軍の整備能力を誇ったものであるが、やはりこの時期となると、高力運転やたびかさなる至近弾などにより、船体、機関とも疲労し、このようなときに故障を起こすのであろう。「朝霜」が一刻もはやく故障を復旧して艦隊に合同してくれることを祈りつつ一路、西航をつづけた。(「朝霜」はのちに敵の航空攻撃をうけて沈没、全員戦死した)

艦隊の上空には、鹿屋基地から派遣された零戦十機が直衛に当たっていた。その直衛機も、この日、鹿屋から発進する特攻機の直掩に当たるとかで、午前十時、バンクをしつつ艦隊に別れを告げ、鹿屋に帰っていった。

それとどうじに、はるか西の水平線のかなたに敵PBY飛行艇二機が、わが艦隊に見えかくれしつつ、触接しているのが望見され、敵の空襲のちかいことが予想された。

艦隊は見張りを厳重にしてなおも進んだ。この悪天候がわれにさいわいして、敵の航空攻撃をうけることなく、あすの黎明、沖縄に突入できるかも知れないと奇蹟を願っていたが、それはムリな話であった。敵の飛行機、潜水艦に十重、二十重に包囲され、わが行動の秘匿《ひとく》などできるわけはなかった。まもなく爆弾の雨が、確実に降ってくるであろう。

13　巨艦「大和」沈む

射撃指揮官の経験は皆無にちかかったが、私は私なりにつぎのように考えていた。きょうの雲の低い状況においては、はやくから敵機を発見して、充分照準したうえで定石どおりの射法による射撃では、ほとんど効果を期待できないだろう。おそらく射撃が可能であるのは、敵機が爆撃コースに入ってから投弾するまでの、きわめてみじかい時間であろう。

一般に射撃においては、艦橋の上の主砲指揮所の方位盤で敵を照準し、それに諸種の射撃用データが射撃盤で計算され、それが砲側にある基針に伝わる。砲側の射手、旋回は砲を旋回俯仰《ふぎよう》させて、その基針に砲が合致するように追いかける。そして、方位盤射手が発砲のための引き金をひいたときに、基針と砲がうまく合致しているさいに発砲電路がつながり、弾は発砲される。

しかし、きょうは敵はアッという間に突っ込んでくるであろうから、そのような方法では間に合わない。したがって本日の射撃は、突入してくる敵機を方位盤で照準し、方位盤の引き金をひきっぱなしとする、砲側では弾薬を装塡したら、すみやかに基針に合致させる、そうすれば発砲電路がつながり、ドンドン発砲ができる。

弾丸は三式対空弾を使用して、その信管はあらかじめ千メートルに予調しておくこととした。こうして突入してくる敵機の眼前に弾幕をつくり、撃墜する。撃墜するにいたらなくても、弾幕により、敵の照準をくずし、あとは艦長の巧妙な回避運動と相まって「雪風」を守る、という胸算用でのぞんだのであった。

敵飛行艇を発見してから約一時間後には、敵空母から発進した攻撃機の大編隊がはやくも、わが四周を包囲しているのを知らされた。

そうこうするうちに、敵の攻撃第一波は充分な余裕をもって、それぞれ攻撃態形をつくり、艦隊から撃ち上げる砲火をくぐり抜けて殺到、攻撃を開始してきた。私もここをせんどと射撃をはじめた。喰うか喰われるかの死闘である。敵味方ともに、いまは弾を敵に当てることのみが頭の中にあるだけである。

それにしても、この日の敵の攻撃運動はきわ立ってすぐれていた。すなわち、まず「大和」の左舷側に対して、雲のなかから急降下爆撃機の編隊がすべり下りて爆撃をくわえてくる。爆弾命中により一瞬、左舷の対空砲火の威力が落ちるその間隙をぬい、つぎに被害の多いといわれる雷撃機が水面をはうようにして、左舷側から殺到するや、魚雷を発射して避退する。

この爆撃および雷撃の時差のタイミングがむずかしいのであるが、この日の敵は、この連携動作がきわめてうまかった。もちろん上空からの日本機の妨害もなく、身をかくす雲はあり、敵は充分余裕をもって攻撃目標を選定し、攻撃隊形をとることができるので、連携動作がうまくできるのは当然であるともいえるのだが……。

敵の第一の攻撃目標は、大型艦の「大和」「矢矧」にあったが、なにぶんにも満天をおおう敵機であるので、われわれ駆逐艦に対してもつぎからつぎへと、必殺の攻撃がくわえられた。私も「雪風」に乗艦していらい、この日ほど熾烈な、息づまるような爆撃を経験したことはなく、まさに特攻隊の最後をかざるものにふさわしいもの、とさえ思われた。

敵の数次にわたる攻撃機数は、のべ数百機にもおよんだであろう。

「雪風」に爆撃機が突入してくるやすかさず、下からドンドン撃ち上げる。喰うか喰われるかの必死の防戦である。三式弾の弾片、機銃の曳痕弾が火の玉となり、炎の尾をひきながら敵機にすい込まれるように飛んで行く。

敵機もまた、こちらの艦橋に機首を指向して照準し、翼前面の機銃を発砲しながら降下して、その機影はみるみる大きくなってくる。敵の翼端機銃から発砲される炎がよく見え、まるでわが砲弾が敵機に命中しているような錯覚さえ起こさせる。まさに息づまる一瞬である。

敵のパイロットにしても、目のまえに炸烈する三式弾の弾片や、機銃弾の曳痕が自身にすい込まれるように飛んでくるのをみると、それに頭を向けて照準するのは怖いものである。しかし、ここで舵をとれば照準は狂い、なんにもならない。恐怖心をおさえつつ、敵を倒す執念で照準をつづけながら降下する必要がある。

まさに艦と飛行機がツノを突き合わせて喰うか喰われるか、腹と腹の死闘である。その一瞬には、こちらも思わず顔をそむけ、頭を下げたいような気になるものだが、オレは兵学校を出たんだぞという意識が、どうやら私の頭を持ち上げていてくれたような気がしてならない。こちらの弾丸でなかなか撃墜できず、敵はさらに降下し、爆弾が機体を離れたあと、敵機の姿はさらに大きくなって、大きな爆音とともに頭上を飛び去る。

そのころには艦長の名操艦ぶりが発揮されて、艦はみごとな避弾運動を行なっており、爆弾は「雪風」をかすめて舷側に落下し、大きな水柱を奔騰《ほんとう》させる。その水柱につつまれて、一時、発砲も停止し、ザーッという水音のみで、浮いているのか沈みつつあるのかわからなくなってしまう。

それでも至近弾の弾片で、船体には多くの小破口を生じ、戦死傷者が続出する。私の戦闘配置の主砲指揮所のなかには、合計六名が入っているが、そのなかにも多くの破片、機銃弾が飛び込んできた。

私の後ろで私に身を接して立って測距をしている、三メートル測距儀の測手の目を機銃弾がかすめ、たちまち彼は、測距不能となり、血がボタボタと私の上にふりかかってくる。ただちに戦闘治療所（士官室）に送りこんで手当をうけさせるが、きょうばかりは治療所もゴッタ返していることであろう。

戦闘の合い間に、主砲指揮所から身を乗り出して四周を見ると、僚艦「浜風」が機械室に直撃弾をうけ、船体を真っ二つに切断され、艦首を刀のように水面に直角に立てて沈んで行くのが望見された。ついで「大和」はとみれば、いぜんとして中心に位置して、わずかに左舷に傾斜してはいるものの、力強い射撃を継続し、獅子奮迅の活躍中で、その姿はまさに日本帝国に刃向かう敵を片っぱしから撃墜して、国体を護持しようとする勇姿そのものにみえた。

例により、艦橋の天蓋から猪首を突き出した寺内艦長は、水柱を浴びてドス黒いスミを流したような顔でゆうゆうと、うまそうに煙草をすいながら、私と顔が合うとニヤリとして、

「おい鉄砲！　なかなか当たらんのう」

といわれる。私も思わずニヤリとして、

「はいッ、どうも申しわけありません！」などと言葉をまじえているうちに、またつぎの対空戦闘がはじまる。

防空駆逐艦の「涼月」「冬月」は、さすがに対空射撃はお手のもので、長十センチ高角砲の長い砲身をふり立てながら、はやい射撃速度で射撃している姿は自信満々であり、まことにたのもしく思われた。

ふと海面を見ると、スウーッと白いものが「雪風」にのびてくるではないか。なんと魚雷だ。私は急いで、指揮所から艦橋への伝声管で、

「右五十度魚雷、ちかい！」

と大声でどなる。しかし、もう距離がちかすぎる。回避の余裕はない。魚雷は艦橋付近めざして白い尾をひきつづける。もうこれまでと思い、私は吹き飛ばされるのを防ぐため、け

んめいに眼鏡の架台をにぎりしめる。あと三秒、二秒……どうしたことか爆発音はなし。運よく艦底を通過したのだ。

対空射撃の死闘をくり返しているうちに、午後二時三十分ごろ突然、「ワァーフウ」というような空気の振動を感じ、とどうじに顔面が熱く感じられたので、すわッと身を乗り出して見ると、それまでは左舷に傾斜しながらも航行をつづけ、けんめいな射撃を続行していた「大和」が、二番砲塔付近で内部から大爆発を起こし、黒煙が天に沖していた。

おそらく砲塔内で三式対空弾でもすべり落ち、爆発したのではないかと思う。その煙は空高く立ち上がっていた。その煙の切れ間から見ると、すでに「大和」の姿はなかった。世界の最大戦艦、二十世紀の奇蹟といわれた大戦艦の、無残にもあっけない最後であった。

私は、伊藤整一司令長官以下の乗組員に対して心の中で別れを告げる。とくにお世話になったあの懐かしい森下参謀長も、あの大爆煙とともに昇天されてしまったのかと思うと、さびしさがヒシヒシと込み上げてくる。しかし、明日は冥土でお目にかかることになるであろう。そのとき森下少将は、いつものようにクリクリッと目を開いて、

「やっ！　お前もきたな」

と、いたずらっぽくニヤリとされることであろう、などなど一瞬、頭の中に浮かんだ。

（森下少将はあの大爆発のなかでも生存しておられ、ぶじ駆逐艦に救助され、お元気であることが後刻判明した）

「大和」沈没のころから、敵の空襲はしだいに下火となっていった。これは敵の機動部隊が

「大和」をしとめるべく、奄美大島の南方にまで接近したので、これに対して九州の陸上基地の友軍機が猛襲をくわえたためであった。

「大和」の沈没位置は九州の坊ノ岬の二百六十度九十カイリ付近であり、これが日本海軍の最後の墓場となった。

14　孤影さびしき「雪風」

そのころ、海上にあって健在な艦は、「雪風」「冬月」「初霜」の三艦のみであった。「涼月」は前部砲塔付近に直撃弾をうけ、「磯風」は至近弾により航行不能におちいっていた。

伊藤司令長官は戦死、次席の古村啓蔵第二水雷戦隊司令官も、旗艦「矢矧」沈没で消息不明、結局、所在最高指揮官は第四十一駆逐隊司令吉田正義大佐であった。寺内艦長からその吉田司令に対して、信号で、

『このまま沖縄に突入されては如何……』

という意見具申をしたところ、おり返し吉田司令から、

『ひとまず、溺者を救助せよ』

との命令があった。寺内艦長はこの信号を見て、まさに怒髪天を突くものがあったとみえて、

「こんなだらしのない水雷戦隊を見たことがない。魚雷が残っているのに何事だ！」と憤懣やるかたない状況であった。しかし、命令とあればやむをえない。「雪風」も溺者救助をはじめることとなった。溺者の群れの風上で艦をとめ、風におされながら溺者救助をはじめた。ちょうどバリカンで散髪するようなかっこうである。

それにしてもなんと溺者の数の多いことか。「雪風」のちかくを泳ぎながら、負傷などのため残念ながら力つき沈んで行く者もあった。最初に「大和」の乗員を救助したが、厚い重油の海から引き上げられた人々は、まさに泥人形のようであった。

ついで「矢矧」の乗員の救助に当たった。すでに四周は日没後で暗くなりかけていた。「矢矧」の乗員は、すでに数時間も泳いでおり、相当疲労は大きかったと思うが、さすがに九州男子である、ジッとものもいわず黙々として泳いでいた。

このころ連合艦隊では「大和」の沈没を知り、特攻作戦の中止が令され、溺者を救助して佐世保に帰投することを命令してきた。

米軍パイロットも相当数が撃墜されて泳いでいたが、その付近の海はグリーン色のマーカーで色どられ、米飛行艇がそれをめがけて着水し、溺者を収容していた。

わが司令駆逐艦「磯風」は、勇戦力闘のすえ至近弾により、艦底中央部に亀裂を生じて行不能航になっていた。「磯風」に乗艦していた隊付通信士西銘登中尉（海兵七十三期、沖縄の産、柔道五段、現沖縄県選出西銘代議士の弟）は、郷里沖縄への突入作戦で大いに張り切っていたが、乗艦が傷ついたので、彼は裸になって海中に飛び込み、「磯風」の艦底を見てまわり、被害状況を司令、艦長に報告し、艦の放棄もやむをえないことを進言したところ、ようやく司令は「磯風」処分を決意し、はじめて僚艦「雪風」に「磯風」乗員の救助を命じたのであった。

そのころになると、すっかり夜となっていた。その暗い海上で、「雪風」艦長の「磯風」に対する接近運動は巧妙をきわめ、漂っている「磯風」の風下側から接近し、「磯風」の舷側、風下側数メートルのところでピタリと艦をとめてもやい、海水が浸入して重くなってくる「磯風」に軽い「雪風」にぶら下がるかっこうとし、ウネリで動揺する両艦をふれさせて破損することのないように間隔をとり、すみやかに司令、艦長以下全員を収容した。「磯風」の風下側にいるので、なんだか血のにおいが漂ってくるような気がした。「磯風」の乗員収容により、「雪風」に収容された者は、千名以上にもなった。

ついで「磯風」の処分が命じられたので、ひん死の同艦から距離を千メートルくらい離し、射撃により処分することとなった。灯照灯をつけ、照準して射撃を開始した。しかし、おどろいたことに、射弾が「雪風」にちかい目の前の海中に落ちる。

はじめはどういうことであろうかと理解できなかったが、しばらくして方位盤の眼鏡と、砲の軸線が狂ってしまっていることに気がついた。

射撃まえに、方位盤の眼鏡の視線と、砲の軸線は平行検査により整合してあるのだが、この整合がくずれてしまっていたのだ。発砲のための激動、至近弾の激動により狂ったわけで、いかに本日の対空戦闘、爆撃がすさまじかったかを物語っている。

こんなありさまであったので、砲撃にかわって、魚雷一本の発射を命じられたが、これも調整がくずれてしまったのか、残念ながら魚雷は「磯風」の艦底を通過してしまった。そこで再度、射撃による処分が命じられ、私は狂った眼鏡で照準点を少しずつ上げさせて行き、ようやく「磯風」の魚雷に命中させることに成功した。

命中と同時に九三式魚雷の大爆発音がひびき、火炎は天に冲し、その破片は千メートル離れている「雪風」にまで、ヒュンヒュンとうなりを生じて飛来した。あとで聞いたところによると、この火炎は百数十キロ離れている鹿児島県の坊ノ岬の見張所からも視認できたとのことであった。

なおも、探照灯を点じて見ていると、「磯風」は開戦いらい三年半あまりの勇戦力闘の輝かしい歴史とともに、静かに海中に没していった。

おそらく、「雪風」乗員や、救助されて乗艦している者は暗いやみのなかで、涙を流していたことであろう。もちろん「磯風」艦長も、わが「雪風」艦上から沈みいく自艦の姿を、断腸の思いで見ておられたことであろう。

しばらくして新谷司令から、「磯風」艦長に、

「艦長、これでよいか」

と一言あったとき、「磯風」艦長は、

「はい、よろしゅうございます」

と静かに返事をされた。これでまた「磯風」「浜風」を失い、一年前は五隻もいた第十七

駆逐隊は、とうとう「雪風」一隻を残すのみとなった。

駆逐艦に収容されて、指揮権を回復した第二水雷戦隊司令官、古村少将がふたたび残存部隊を指揮して翌八日、重い足をひきずるように佐世保に帰投した艦は、「雪風」「冬月」「初霜」の三艦のみであった。

それからだいぶおくれて、前部砲塔付近に直撃弾を受けた防空駆逐艦「涼月」が、前部船体破損のため後進で佐世保まで帰ってきた。ところが、佐世保入港と同時に船体の沈下が激しくなり、沈没のおそれがあるというので、ただちに入渠させてかろうじて沈没をまぬがれた。

「涼月」の先任将校、倉橋友二郎少佐に聞いたところによると、被弾後、艦内の灯火は消え、真っ暗な艦内で前部弾庫員は最後まで持ち場を守り、消火に当たったうえ、補強までして戦死していたことが、入渠して排水後にはじめて判明したとのことであった。まことに頭の下がる壮烈な最期というべきであろう。

佐世保帰投をもって、第二艦隊特攻作戦は終了した。この一回の特攻作戦により、十隻の艦のうち六隻を喪失し、二千七百余名の戦死者を出した。特攻部隊として、わずかになぐさめられることは、わが第二艦隊の犠牲により、敵機動部隊を九州方面にひきつけ、その機に乗じ、わが航空部隊が特攻作戦を敢行し、相当の戦果をあげえたことである。

その後も沖縄周辺に対する航空機による特攻攻撃は、連日連夜、間断なく敢行され、のべ二千八百六十七機が投入された。

一方、沖縄の地上部隊の勇戦敢闘により、敵に打撃をあたえ、そうとうな出血を強要したが、非勢を挽回することはできず、沖縄地上所在軍は六月二十二日、最後の突撃のあと連絡をたった。一部の部隊は、八月の終戦まで孤立した戦いをつづけたという。

五月にはドイツが降伏し、日独伊枢軸国のうち残るのは日本一国のみとなった。

15　陸岸三百の血戦に泣く

沖縄突入作戦において、旗艦「矢矧」以下、多くの艦を喪失した第二水雷戦隊は、四月十五日付で解隊されて、光輝ある歴史をとじた。

第十七駆逐隊で唯一の生き残りの「雪風」と、沖縄突入作戦で敢闘した第二十一駆逐隊の「初霜」の二隻で第十七駆逐隊を編制し、第三十一戦隊に編入された。この第三十一戦隊は、対潜部隊として訓練を実施していた部隊である。

佐世保に在泊中、残った駆逐艦のみで、もういちど沖縄へ突入作戦を実施するという計画もあり、船体、機関の急速修理整備につとめ、戦死傷者の補充交代を行なったりしたが、この計画はその後とりやめとなった。

当時、日本とソ連は不可侵条約を締結していたのであるが、ヨーロッパにおける戦争終結とともに、ソ連は日本の国力の疲弊に乗じ、虎視眈々と日本の空をにらみ、時いたらば条約をふみにじり、日本に攻撃をくわえ、漁夫の利をえんものと、ウラジオストク方面のソ連艦隊が蠢動しはじめた徴候があるので、これにそなえるためと、防空上の問題から「雪風」と「初霜」は五月下旬、舞鶴に回航された。

この舞鶴回航の直後、歴戦の寺内艦長が呉の防備戦隊に転出されることとなり、新任は古要桂次中佐となった。寺内艦長を失うことは当然、「雪風」乗員一同の悲しみであり、まことにさびしいかぎりでもあったが、それにもまして、これで「雪風」の守護神がなくなり、ツキもなくなってしまうのではないか、という気持がしてたまらない思いであった。しかし、寺内艦長は開戦前から、「栗」、その後、「雷」「雪風」とあまりにも長く、連続して艦隊の駆逐艦長を歴任されている。風雲急であるが、将来にそなえて一度おやすみを願うことも必要であったろう。

私自身は昨年二月以来、寺内艦長の下で各種作戦に参加することができ、その指揮ぶりや、温情に接したことは一生の喜びであり、ありがたいことであったが、なにしろ技量未熟のため足手まといになり、ごめいわくばかりおかけし、お詫びのしようもない、というのがいつわらざる気持であった。

私は寺内艦長を舞鶴駅までお見送りした。艦長は車窓からニッコリと笑顔を見せ、手をあげながら去って行かれた。戦争中のことであり、これが最後になるかも知れないが、不死身の「雪風」で勤務したためであろうか、いつの日にかまたお目にかかれるようないささかの安心感もあった。

それからまもなく第十七駆逐隊は、宮津湾方面の警備を命じられた。新司令松原瀧三郎大佐が着任され、「雪風」は司令駆逐艦となり、宮津湾を基地として訓練、警備に当たることとなった。宮津湾は文字どおり、日本三景の一つであり、風光明媚な天の橋立付近に停泊していると、戦争もわすれさせられるような気がした。

ときは七月の盛夏であり、水泳訓練も実施した。また余暇を利用して総員で釣りも楽しんだ。小サバが無数につれて、食糧の補給の助けとなった。

当時、日本内地はマリアナを基地とするB29の連日連夜の空襲にさらされ、夜間でも敵機はしばしば若狭湾上空に侵入し、宮津湾の入口も再三にわたって機雷が投下され、まさに十七駆逐隊は、袋のなかのねずみという状況になった。

七月三十日には、紀伊半島の南方に出現した敵の有力な機動部隊の艦載機による空襲で、若狭湾方面、とくに舞鶴、宮津方面にあった残存艦隊が徹底的にたたかれ、宮津湾の「雪風」「初霜」に対して、朝から一時間ごとに波状攻撃をくわえられた。

この日の朝、松原司令は、武人のするどいカンであろうか、機関の即時待機を命じられた。はたして空襲がはじまったころ、第十七駆逐隊はそうそうに錨を揚げて走り出すことができた。

敵は袋のなかのねずみを徹底的に殲滅しようとしていた。宮津湾の北方には潜水母艦「長鯨」もいた。敵はこの合計三隻に対して、一波二十数機ほどの攻撃を一時間ごとの間隔で行なった。

宮津湾のなかでは直進できないので、十八ノットくらいのスピードで舵をいっぱいとり、陸地に乗り揚げないようにグルグル回りながらしゃにむに撃ちまくった。

ときには陸岸の三百メートルくらいまで接近することもあった。

その日の「雪風」は、朝から数機を撃墜していた。天の橋立の付け根の文珠の町の海岸にも、撃墜した敵機が落ち、火災を起こした。

それにしても海軍が、内地のこんな陸岸ちかくで戦闘することは、なんとしてもさびしいことである。一部の下士官、兵の家族は、つかの間のだんらんのため宮津にきていたが、朝からの対空戦闘や、爆弾の至近弾で、「雪風」の船体にも多くの小破孔を生じ、また多くの戦死傷者を生じた。それらの人びとは空襲の合い間を見ては、戦傷者を陸上の病院へと運んでくれた。

陸上に運ばれ意識不明のまま、奥さんの眼前で息を引き取った者もあったと聞いている。肉親の目のまえで戦闘するのは、洋上で戦闘する場合とくらべ、乗組員の心の中にはそうとう違和感があったのではないかと思われるが、乗員は歴戦のベテランぶりを発揮して、よく戦った。

機銃の銃身は真っ赤に焼け、また裂けてしまったのも相当あった。

「雪風」には大小百数十ヵ所の破口を生じたが、もちろん致命的なものはなかった。幸運であったのは、水面下の糧食庫に、水面下の舷側からロケット弾が打ち込まれたが、爆発せずに庫内にとどまっていたことである。その区画はもちろん満水したが、艦内閉鎖が充分であったので大事にいたらず、しかも戦闘終了後に気がついたほどであった。またしても「雪風」には、幸運の女神が微笑したわけである。

僚艦「初霜」も歴戦艦らしく、抜群の技量と自信をもって勇戦奮闘し、敵機を撃墜した。さすがにいままで生き残ってきた艦は強く、たのもしかった。ただ、運わるく、水深の浅いところで、敵の敷設した感応機雷が爆発し、キールを損傷し、やむをえず陸岸に乗り上げ、艦首を残して艦尾は沈没した。艦長は重傷を負い、多くの戦死傷者を生じたのは残念であった。新編の第十七駆逐隊も三度、「雪風」一隻となってしまった。

この日は一日中、雲ひとつなく、夏の太陽はギラギラ照りつけ、艦内は被害局限のため、戦闘中は通風もとめており、焼けつくようであった。

一日の戦闘が終わり、太陽が西にかたむくころ「雪風」は、宮津湾の入口にある伊根湾に接岸して、船体を樹木で偽装して温存し、機銃などの武器を陸揚げして、防空砲台を構築し、若狭湾一帯の防備を命じられた。

ただ問題は、伊根湾までの間に入っている諸感応機雷を、いかにして突破するかにあった。結局、高速で突破することになり、宮津湾内から急速に増速して、いのるような気持で航走したところ、運よく機雷は作動しなかった。

三十日の夜間、伊根湾の陸岸に接岸して艦を固定し、漁村から漁網を調達して全艦をおおい、それに樹木を装着して、夜明けまでには緑したたる島のようになった。艦内から見ると、まさに密林を通して外界を見るようであった。

その後、乗員の不眠不休の活躍で、陸上の山の適所に防空砲台を構築し、そこへ機銃を取りつけた。かくして開戦いらい「雪風」の輝かしかった海上兵力としての使命は終わりをつげ、陸戦隊として日本本土の防衛に当たることとなったのであるが、ここにいたってはまさに感慨無量であった。

半月後の八月十五日、思いがけない陛下の玉音放送で戦争の終結を知り、全乗員は慟哭《どうこく》のうちにデッキの上に打ち伏した。なかには身をよじらせて泣いている者もあった。

数日後、「雪風」は舞鶴へ入港した。

かくして三年八ヵ月の太平洋戦争を戦いぬいて、帝国海軍はほとんど全部隊を喪失した。復員して行く「雪風」乗員の胸のなかに去来するものは、はたして何であったろうか。

多くの僚艦、戦友を喪《うしな》い、戦いに敗れた悲しさ、むなしさは当然であろうが、駆逐艦「雪風」の一員として勤務できたことを感謝し、誇りとし、上下うって一丸となって戦いぬき、みずから発揮した旺盛な敢闘精神、やるだけのことはやったという、ひそかな満足はやはり、心の底にあったと思う。

（昭和五十二年「丸」八月号収載。筆者は駆逐艦「雪風」砲術長）

地獄の海に記された「夕雲」奇蹟の生還記

ソロモン海の死線を越えた二十七人の奇蹟の敵中漂流秘録――及川幸介

1　暗やみの中の油地獄

いんいんととどろく砲声、身ぶるいに似た艦の動揺が、戦闘の激しさを艦底の罐室にまで伝えてきた。計器盤は全速力を指示している。

おう、やっとるぞ、しっかり頼みますぞ——と、口先まで出かけたとたん、百雷落下を思わす、ものすごい轟音とともに、艦は上下左右に激しくゆれ動いた。

一瞬、からだが宙に舞った。罐指揮所（第二罐室）に戦務中だった私も、とっさに〈やられた〉と直感、左室九名の戦闘員を見渡すと、ことごとく転倒、あるいはしりもちをついている。身近の柱にしがみついているのが、せい一杯だ。

各罐の計器を見ると、一、二、三号罐室とも異状はなく、最大燃焼をつづけていることがわかった。被弾は機関部以外と判断して、機械室に戦務中の機関長北条大尉に連絡をとった。

だが、伝令の返事は、

「機関室、応答ありません」

「それでは艦長に聞いてみろ」

「艦橋も応答ありません」

これはただごとではないぞ——在室の先任下士官に、上甲板の状況を見てくるように命じるとともに、伝令に一、三罐室の被害の有無の報告をもとめさせた。

「各室、異状ありません」

ほとんど同時に、上甲板の状況を見てきた先任下士官が、かけ降りてきた。

「汽罐長、大変です。艦橋から前部は左に折れ、猛烈な火災で、上甲板には海水が上がっています!」

ものすごい大声だ。上甲板に海水が上がっているということは、艦が沈みつつあることだ。一刻の躊躇もできない。ただちに伝令に、一、三罐室員は急いで上甲板に上がるよう指示し、同時に在室の全員を急いで上甲板に上がらせた。全員上甲板に退避したことをたしかめると、私も上甲板にかけ上がった。

なるほど上甲板は、ひざを没する海水があふれ、前部は艦橋もろとも左に折れ傾き、真っ赤な炎につつまれている。これで「艦橋も応答ありません」という原因がわかった。炎の明かりで、後甲板がわずかに海面に浮いていることもわかった。

「総員、後甲板に行けいっ!」

汽罐室からかけ上がった戦闘員は、ざぶざぶと、海水があふれる甲板を、後部へかけて行く。このとき右舷二、三百メートルの海面に、小山のような黒い影が見えた。てっきり救助にきた僚艦と思い込み、少々安心した気分になりかけたところ、いきなりバリッ、バリッ、バリッ！　と、数条の曳光弾をまじえた機銃掃射だ。畜生、敵艦か、にくいやつ！　いま艦とともに二百八十余名を、ことごとく海底深く葬り去ろうとしながら、なおかつ機銃掃射のはなむけとは……。

だが、これが戦争だ、より多く敵を倒せば勝つのだ。後甲板に向かって私の前を走っていただれかが、水しぶきをあげて倒れた。その前で、また一人、音を立てて倒れた。目の先を、ぴゅんと、いやな音を残して弾丸は右に飛んで行く。観念しながらも倒されてなるものかと、泳ぐように後甲板に走る。後部砲塔の入口で、下半身血だるまになった砲術長が、扉につかまりながら大声で号令を下しているのが、炎の光に照らされて悲壮に見えた。

弾丸は、ふしぎに自分をはずれて左舷に素通りだ。後甲板にたどり着くと、そこには五、六十名の戦友が、闇の中に右往左往し、機銃掃射にさらされている。〈あっ〉と一声残して甲板に倒れるもの、〈痛っ、痛い！〉と悲痛な叫びをふりしぼっているもの……。

だが、掃射はなおつづいている。そのうちに自分の足元まで海水につかってきた。容赦なく艦を呑みつつあるのだ。もはやこれまで——艦と訣別するときがきた。限りない哀惜をたち切って離れなければならない。

闇の甲板にためらっていた戦友たちは、反射的にざんぶ、ざんぶと、舷から海中めがけて飛びこむ。私も飛び込んだ。以後は無我夢中で泳ぐ。一刻も早く艦から遠ざからないと、渦に巻き込まれる。無我の境で力いっぱい泳ぐ。

二、三十メートルも離れたであろうか、ふと、うしろをふり向くと、猛烈な火炎につつまれていた艦橋付近も、ほとんど海中に没し、残光に照らされた軍艦旗は、ひたひたと海中へくぐって行く。思わず「万歳！」とのどからほとばしり出たとたん、私の声に呼応するかのように、海面のあちこちから「万歳！」と、艦に別れを告げる声が上がってきた。朝に夕にこれを仰ぎ、無限の誇りを感じさせてくれたわれらの軍艦旗も、ついに海中深く消え去ったのだ。

闇の海面にしばらく鳴り渡っていた万歳の声もやがてやんで、海面はスミを流したような暗闇に返った。ああ、ついに沈んだ。「夕雲」も、軍艦旗も……。

ともかく、もっと遠くへ離れよう。残油が浮き上がったら大変だと、反対方向をさして泳ぎはじめてほどなく、後方にぱっと光を感じた。つぎの瞬間、巨大な火柱が立ちのぼり、一面真昼のように照らし出された。みるみる一帯は、火の海になってゆく。とうとうやってきた！　残油は火炎をともなって浮上してきたのだ。そして私めがけて突進、背後に迫ってくる。

ようし、こんな火になめられてなるものか。力泳、力泳。だが、めらめらっと自分の後頭部が焦がされるように熱くなってきた。くぐろう、潜水だ。間一髪くぐる。頭の上を真っ赤な炎が追い越して前方にひろがってゆく。

ようし、負けないぞ！　無限にひろがってゆくわけでもあるまい。これに負けたらおだぶつだ。こんなことで死んでなるものか。がんばろう。だが、息が切れて苦しい、頭上は真っ赤だ。がんばれ。七、八メートル先が暗く見える。そこまで泳ぐんだ。がんばれっ。夢中で水をかく。

やっと頭上が暗くなった。ここまでは炎もきていない。ようし、ここで一息入れよう。海面に顔を出す。大きく息を吸い込む。よくもがんばり抜いたものだ。二、三回、深呼吸をくりかえしながら、うしろをふり向くと、一面火の海だ。その燃えさかる火の海面に、二、三の大きな水しぶきを立てながら泳ぎ狂っている一団の姿が見えた。しかし、やがてその水しぶきも消えて、そこには波紋だけが取り残された。

苦しさにたえきれず、火の海に顔を出したとたん、炎になめられ、沈んでゆく戦友たちの断末魔の情景なのだ。もうひとがんばりしてくれれば助かるものを、と思いながらも、いかんとも救助のすべもない。もちろん私も、海底に吸いこまれまいと、懸命に泳ぎつづけているのだ。何もできうるはずがない。だが、目前でこれら戦友たちの、炎の中にもだえつづけている姿を見ると、限りない哀れさがこみ上げてくる。

しばらく、生き地獄にも似た悲惨な絵巻をくりひろげていたこの情景も、残油が燃えつきることによって、ふたたびスミをとかしたような暗闇の世界にもどって、そこには自分の手でかかれる水の音だけが残っていた。ああ、これが戦争か?

かつては、われわれ二百八十余名の乗員ことごとくが、天下無敵の堡塁と信じ、日夜、洋上を東奔西走し、幾多の武勲をかさねてきた駆逐艦「夕雲」も、ついにソロモン海底深く葬り去られたのだ。ときに昭和十八年十月六日午後九時十五分。

2　波間にみた勇士の残像

思えば、その二日前の十月四日、ベララベラ島に残る七百余名の友軍救出の任務をおび、転進作戦援護の命をうけ、基地ラバウル港を抜錨したわが水雷戦隊駆逐艦四隻は、ガダルカナル島周辺の敵機動部隊を洋上に誘って挑戦し、その間に乗じ、味方船隊はベララベラ島に接岸、友軍救出の作戦は上首尾に進展して、その目的は遺憾なく達成された。

しかし当時、わが大本営発表にあるように〝わが方も駆逐艦一隻を失えり〟の該当艦に、われわれのもっとも親愛する駆逐艦「夕雲」がなろうとは、乗員のだれ一人として夢想だにしていなかったことだ。

母港（横須賀軍港）を出撃以来、キスカ作戦、南はニューギニア、ソロモン作戦と、太平洋せましと転戦し、いく度か敵胆を寒からしめ、武勲をあげ、その名を顕揚しつづけた勇姿も、ついにこのソロモン海の一角で、むなしく海底のもくずと消え去ったのだ。

信じ切れない。夢のようだ。だが現実だ。いま、自分は闇にとざされたソロモン海のまっただ中を、あてもなく泳ぎつづけている。おれたちの「夕雲」を撃沈されたために……これは、錯覚でも夢でもない、現実だ。朝夕誇らしげに仰いだあの軍艦旗も、静かに、静かに、海面から没し去ってゆく、その最後の瞬間まで、この目で見とどけてきたのだ。

夢じゃないんだ。「夕雲」は沈んでいったのだ。いま、おれ一人、まっ暗な海を泳ぎつづけている。どこに泳ぎつくあてもなく……。だが、まだ生きている。いや、生き抜かなければならない。死んでたまるか。生きられる方法は？　ないこともあるまい。あるいは僚艦が救助にくるかも知れない。いたずらに死を急ぐこともないだろう。強く生きるんだ。

それには体力だ。あたら体力を消耗することは、死をうながすだけだ。しかし、とにかく暗い。どうもならん。夜が明けるまで静かに浮いて、つとめて体力を保たせることだ。

はいていた靴と装着の防毒具は、海中に飛び込んですぐ、すてさって身軽だが、服はそのままだ。いつか先輩から、われわれ海に生きるもの、万一海中に落ちても、決して服はぬぐべからず、と教えられたことを思い出し、ぬがないことに決めた。体温の急冷は、いっそう疲労をよぶということだ。

そして、自分の浮力を維持するため、最低限に手足を動かしながらの浮遊だ。この状態なら、二、三昼夜は浮いていられるという強気の自信もわいてきた。ようし、これでがんばるぞ。ゆっくり、ゆっくり手足を動かしながら浮いている。

夜明けを待とう。朝になれば、あるいは目前に島が見えるかもしれん。泳ぎつくのだ。うとうと、眠気がもよおしてくる。こらっ、眠ってはいかん、と自分を叱りつける。艦をやられたことをくよくよ考え込んでも、ふたたび「夕雲」は浮いてはこない。別のことに思いをかえてやろうと思いながら、天を仰いで見る。そこにはこぼれ落ちそうに、幾百万の星がキラキラかがやいている。

ひとりぼっちの漂流だ。それにしても自分だけが、何かの錯覚で海中にとび込んで、こうして泳いでいるわけじゃあるまいな？　だが、二百五十余名、生存者おれ一人ということもおかしい。あるいはどこかにもっと多くの戦友が生存しているに違いない。

そうすると、おれ一人、仲間たちからはずれて迷い子というわけだ。そして、それら多くの仲間たちは、あるいは僚艦に救助されて、基地にもどっているかもしれない。迷い子のおれ一人が取り残されて、暗やみの中を泳ぎつづけているのか？

それにしても、先刻、「夕雲」が水面上に最後の姿を見せて、静かに沈んでゆくとき、軍艦旗に訣別の「万歳」「万歳」の声が、闇のあちこちから聞こえてきていたが、あの戦友たちはどこにいるのだろう。ほんとうに、僚艦に救助されたのだろうか、いや、そんなはずがない。あれから僚艦が救助にきた気配はなかった。かならず闇の中をどこかで泳いでいるにちがいない。

と――かすかに、ぽちゃり、ぽちゃりと、水をかく音が聞こえてくる。おやっ、だれか泳いでいる。なおも耳をすまして聞いていると、一人らしい。ようし、呼んでみよう、と思いながら音の方に向かって、

「おうい、だれかっ！」

と呼んだ。瞬間、水かきの音がはたとやんだ。また大声を張りあげて呼ぶ。返事があった。

「おう、〇〇です」

「おれは汽罐長だ。こっちに板があるから、きてつかまれっ！」

「丸太につかまっていますが、すぐそちらに泳いで行きまーす」

と返事があり、ぽちゃり、ぽちゃりと両方から近づいて、二人になった。たがいに喜び合いながら、艦がやられる直前からの話で、つぎからつぎへと果てしない。話に夢中になっていると、また闇の海面にぽちゃり、ぽちゃりと水かきの音がする。だれかが泳いでいる。

「おうい、だれだ！」

と、大声で呼ぶ。と闇の中から、

「おう、〇〇だ」

と返事がかえってくる。集まってくる。三人になり、五人、七人と、しだいにふえて、いつのまにか十四、五人のグループになっていた。このときは、もはや孤独感もどこかへ消えて、奇蹟的に玉砕の網の目からのがれ、生き抜いてきた僥幸《ぎょうこう》の体験座談会みたいになった。

この生き残った仲間たちの奇蹟談は、闇の中を漂流しながらにぎやかにつづけられ、なかなかにつきそうにない。そして、それぞれにみなは自分のいのち綱として、大なり小なり木片をさがし当てて、それにすがりついているようだ。このグループのなかに北条大尉の声もするので、

「機関長、大丈夫でしたか？」

とたずねると、

「おう汽罐長か、大丈夫だったか？　よかった、よかった」

といいながら、

「おれも大丈夫だったよ。かすり傷一つないようだ。ただ目に重油がしみ込んで、痛くてたまらんがね」

と、元気に話しかけてくる。

「軍医長の声もしたようだったが、軍医長はどうかね」

といわれるのを聞いて、はじめて軍医長もこのなかにおられることを知った。軍医長は相当の深傷を負っているようだ。

朝になれば味方が救助にきてくれるから、それまでは元気でがんばっていなければいかん、と励まし合っている間にも、これらの話し声を聞きつけて、闇の海面に、つぎつぎと戦友が集まって来た。およそ二十人ぐらいもいそうだ。

一団になったこれら仲間たちの話を聞いていると、ほとんどが傷を負っているらしい。そして、大小の木片をつかんでいることもわかったので私は、これらの木材を集め、イカダを作って、その上に負傷者をのせて休息させようと思いついた。さっそく仲間たちにはかってみると、

「うんそうだ。このまま各個に木材にすがりついていても、夜が明けるまでにはちりぢりに分散してしまうかもしれん。イカダを作ろう」

——ということで、全員賛成だ。さっそくイカダ作りにとりかかる。無傷組は率先して付近を泳ぎまわり、手さぐりで木片をかき集めてくる。なかにはロープの切れ端をひろってくるもの、綱の材料にしようと、パイナップル（綱でつくった防舷物）をひいてくるものなど、

たちまち協同の力が実ってイカダができあがった。

さっそく、そのイカダの上に、負傷者をのせてみると、ズブズブと沈みかけた。積載過剰だ。つぎに積載規定(?)を変更して、重傷者だけイカダの上、その他は周囲につかまって立ち泳ぎということにした。

重傷者と思うものは、イカダの上にのって休息——とすすめると、六、七人がこの上にのった。が、イカダは安泰。これで重傷者の脱落は防止することができた。

しかし、周囲につかまっている者の脱落防止策には名案がない。ただ隣り同士で監視しながら、眠らない、眠らせない、ということのほか方法がないので、おたがい隣り同士で注意し合いながら、夜の明けるまでがんばり抜こう、ということになった。

夜のふけるにつれ、押し寄せてくる疲労、空腹、眠気——それが、払いのけてもすぐまたやってくる。はじめのうちは、軍歌を歌うもの、冗談をいって仲間たちを笑わせるもの、あるいはオハコをうなり出すものなどもあって、にぎやかなうちに翌朝までの漂流も、さほど心配することもないと思われたが、これも長くはつづかなかった。押し寄せる疲労に打ちつぶされて、いつのまにか闇にとけこむ沈黙に変わってゆく。

気合い、沈黙、気合い、とくり返しているうちにも、脱落するものがあっては、と懸念されるので、人員点呼で確認しておこうということになり、各員番号を呼びかけると、端のほうから一番、二番、三番と順次呼称がつづいて、二十四番でとぎれた。念のため、再度やってみると、やはり二十四番で終わる。

イカダ上六名、周囲に十八名のグループだ。この二十四名は隣り同士で監視しながら、全員夜明けまでがんばり抜くんだ、ひとりも脱落するものがないようにしよう、ということで、団結をかためる。

それにしても、仲間たちの話を聞いていると、軍医長はじめほとんどの戦友が負傷しているようすだ。それなのに自分はかすり傷一つない。手足も満足に動く。体中どこにも異状がない。まったく無傷だ。

3　速成イカダを改造せよ

やっと待望の夜が明けてきた。昨夜九時に「夕雲」をやられてから、もう七、八時間はたっている。ずいぶん長い夜だった。

明るくなれば、ほんとうに僚艦が救助にきてくれるかも知れない。そのときはあんがい容易に生還の望みもかなえられるというものだ。また、味方の救助が望めないにしても、明るくさえなれば、他に生きて帰れる道も発見されないとも限らない。とにかく、暗夜の漂流は、いい知れぬ束縛感をどうすることもできない。

よかった。もうすぐ朝になる。きょうこそはわれわれ二十四名が生きて帰れるか、あるいはソロモンの藻屑と消えねばならぬかの判決の日になるのだ。さあ早く朝になってくれ、と東の空をみつめていると、刻一刻と明るさを増して、まばらに残っていた星も、ほとんど消え、かすかに水平線もわかるようになってきた。

「おうい、夜が明けてきたぞ。もうしばらくの辛抱だ、明るくなれば、味方が救助にきてくれると思うから、みな元気でがんばっておれよ。味方の艦が見えたら、さっそく位置を知らせるんだ。その方法は、みなで大声で呼びながら、片手で水をたたいて水しぶきをあげるんだ。それがおれたちの位置を知らせる信号だ。みな元気にそれをやってくれ」

と呼びかけると、みな元気に、

「はいっ、わかりました!」

とこたえている。

千秋の思いで待ちこがれていた朝がやってきた。鏡のようにないでいる海面には、おびただしい浮遊物がただよい、昨夜の海戦の激烈さを物語っている。「夕雲」一隻が撃沈されて、これだけおびただしい浮遊物があるのだろうか、と不審に思われるほどだ。これは、敵艦も一隻、ほとんど同時に同地点で撃沈されているので、二隻分の浮遊物だったことがあとでわかった。

すっかり明け切って、油を流したように凪《な》いでいるソロモンの海は、洋々とひろがり、視界にはまだ救助艦のそれらしいものも、また島らしい影も見えない。あせってもムダなことなので、まず周囲にただよう流木を集めて、イカダ補強のことを思いついた。みなに相談しようと仲間たちを見渡して見ると、これは驚いた。

「夕雲」沈没後、はじめて見る戦友の顔。遭難時に浮上した重油の中を泳ぎ抜いているので、みなまっ黒だ。だれかれの識別はまったく困難である。この悲惨な仲間たちも、みなイカダ補強の案に賛同して、一面にただよう浮遊物を物色する。

イカダの補強に適当とみられる木材などを発見しながらも、遠すぎるものは見送り、近いものはほとんどかき集めて補強した。イカダの浮揚力も見違えるほどに変わった。だが、全員でイカダの上で休息することはおぼつかない。立ち泳ぎ組が交代で、少数ずつイカダの上で休息しながら、余力の徒費を節減することにする。

このあいだに負傷の仲間たちを見舞ってみようと、イカダの上にはい上がってみると、そのほとんどが想像をこえる深傷を負いながらも、よくぞこれまでがんばり抜いてこられたものと驚かされる。

内臓がはみ出しそうになっている腹の傷口を、左手で押さえながら、がんばっている軍医長。左の胸に、穴二つがぱっくり口をあけたままの佐久間兵曹。内海兵曹の太股には、両コブシがはいるぐらい、肉をえぐり取られた穴があいている。夜半の漂流に片足を紛失した若林兵曹の傷口は、まるで熟したザクロのように、紫色に変わっている。だが、本人は、相変わらず剛気な精神力にものをいわせ、そばの負傷者たちを励ましている。

すべては目をおおうばかりすごい様相だ。これらはみな、戦争が残してゆく地獄絵だ。人間が人間を殺し合う戦争、これが最高の文明のなかに生きる権利をもつ人間が、おわなければならない宿命なのだろうか。

4　星のマークの白日夢

水平線を離れた太陽は、鏡のような海面に、ギラギラと暑い光を降りそそぎながら、静かに昇ってゆく。イカダの上に休息する重傷者も、また周囲につかまって立ち泳ぎしているのも一様に、暑い、暑いの連発だ。

重油をかぶったまっ黒な顔に、首に、腕に、照りつける直射日光は、ジリジリと、容赦なく焼きつけてくる。頭もたまらない。腕も、首筋もたまらなく痛む。ことに目にしみ込んでいる重油にさし込む光線で、仲間たちのほとんどが盲人のように目をとじて、痛い、痛いとうめいている。

風ひとつない海面には、相変わらずおびただしい浮遊物が一面にひろがり、静かにただよっている。

それらの浮遊物のあいだには、ときどき例の波紋を描きながら、われわれと同じ運命に突き落とされた、かつての強兵が、かろうじて自分の浮力を助ける木片にすがりついてただよっている。

「おうい、こっちに寄ってこーい。イカダがあるからきてつかまれよ」

と呼ぶが、答えようとしない。かわいそうなやつだ、一晩中、孤独で泳ぎまわって少々頭が変になっているのかも知れんぞ、と思いながら、あたりを見渡してみると、他にもぽちゃりぽちゃりとやっているのが見える。ははあ、われわれの仲間が相当生きているらしいぞ。もちろん二百五十余人の乗員のうち、われわれ二十四名だけが生存なんてこともあるまい。もっとこの付近に漂流しているに違いない。

昨夜、艦が静かに沈んでゆくとき、軍艦旗に訣別の万歳を叫んでいると、後部砲塔付近にも、なお相当の戦友たちがいるのが見えた。また、艦橋真下に雷撃をうけ、艦は前、後部に両断されたので、前部にいた戦闘員の生き残ったものは、そのまま前甲板から海中めがけて飛び込んでいるに違いない。それを思うと、もっと多くの戦友たちが泳いでいたはずなのだ。それが朝までがんばりとおすことのできなかったものは、夜明けを待たずに沈んでいったことだろう。

ふと、自分の耳を疑うように、すみきった空の一角から、かすかに爆音らしいものが聞こえてきた。しばらく耳をそばだてていると、やっぱり爆音だ。しきりに向きを変えながら、耳をすましてみると、南東から聞こえてくる。

だが、方向が気にくわぬ。さては敵機か。いや、味方機の音と思えばそのようでもある。だが、飛来する方向が悪いと思えば敵機かもしれぬ。とにかく、飛行機がやってきた。これが味方機だったら、われわれの悲願もあんがい容易に達せられることになる。また、反対に敵機だったら、われわれの生命もあますところ二、三十分ということになるだろう。

われわれ二十四名に、奇蹟の生還をもたらしてくれる味方機か、それとも海底に吹き飛ばそうとする敵機か。その幸運か不運かをわける瞬間が、刻々と頭上に迫ってきた。そのいい知れないさまざまの気分にかられながら、空を見上げていると、やっぱり南東の空からしだいに爆音も明瞭に聞きとれてくる。

なおも、音の方向を見つめていると、その一角から一点、二点、三点と、黒点が視界に入り、だんだん、その黒点がふくれあがってきた。

味方機であってくれることを念じながら、その黒点に見入っていると、五、六百メートルの高度から急に下降しはじめ、百メートルぐらいの高度で、われわれの頭上めがけて突入してくるように見える。

そして、またたくうちに、頭上に迫ってきた。一瞬、独特の金切り声のような音を頭上に響かせて、直上をかすめ去ってゆく。

あっ星だ、やっぱり敵か。

期待もむなしく、放心したようにこれを見送っていると、大きく旋回しながらなおも高度を下げて、海面二、三十メートルの超低空を輪を描きながら、何ものかを探し求めるように飛びつづけている。そのあいだに、いつのまにかきたのか、大型飛行艇一機がゆうぜんと旋回しながら、着水態勢にはいっている。これも胴体と両翼に星のマークがはっきり描き出され、その威力を誇示するかのように見える。

そのとき超低空の戦闘機が、さっきまでぽちゃり、ぽちゃりと波紋を立てていた付近に、小さなカン詰のようなものを投下しているのを見た。そのカン詰？　の落下した海面からもくもくと白煙が上がる。ははあ、発煙筒を投下しているぞ、とそれをながめていると、その白煙めがけて大型飛行艇が着水する。あっ、敵のやつ、われわれの仲間を捕虜にさらってゆく目算らしいぞ。

なおもそれを注意して見ていると、他のぽちゃり、ぽちゃりの連中が、やたらに片手を振りながら飛行機に合図を送っている。その合図を見て、白煙筒が投下される。白煙を見て、飛行艇が着水する。胴体の扉が開く。ぽちゃり組が泳ぎ寄る。

つぎに艇内からさしのべられる手で、胴体に吸い込まれるようにはいる。扉が静かにしまる。つぎの白煙に艇が走る。救い上げる。これをくり返している。

その救出、収容の手ぎわよさ。なお、それ以上に驚いたことは、胴体の扉が開いて、中から一人の水兵と、もう一人は純白の服につつまれた看護婦がいた。

へえ、こんな最前線の戦場で、看護婦さんにお目にかかれるとは夢にも思っていなかった。アメさんの女性も、すげえもんだね、と感心しながら、これらの救助作業を見まもっているうちに、どうもげせぬ不審がわいてきた。

というのは、さっきまでわれわれの仲間を捕虜にさらってゆくため、と思っていたが、そのようすを見ているとどうもおかしい。

われわれの仲間が、敵に手を振って合図を送り、敵の飛行艇に泳ぎ寄って救い上げられるなんて考えられない。

われわれは敵の捕虜になることが、軍人として最大の恥辱と教え込まれている。いま、救い上げられているのは「夕雲」乗員じゃない。たぶん敵のやつらに違いない。

こっちにイカダがあるぞ、きてつかまれ、と呼んでも、応答の気配すらなかった、あのぽちゃり、ぽちゃりの連中は米兵だったのだ。もちろん返事をするはずもなかったのだ。

やっと応答気配なしのナゾがとけた。

飛行機を見上げながら、やたらに手を振り、飛行艇を呼んで、易々とその胴体の中に救い上げられてゆくそのようすは、われわれの仲間としては、とうていありえないことだ。

やっぱり昨夜、「夕雲」がやられてまもなく、ものすごい火柱とともに轟音があり、自分の腸をむしりとられるような振動が水中を伝わってきたのは、敵艦轟沈の瞬間だったのだ。

やがて、戦闘機の旋回の輪もしだいに大きくなり、浮遊物の外周を二、三回して、順次その高度を上げ、救助作業終了をしめすかのように、南東に飛び立ってゆく。そのあとを追うように、飛行艇も舞い上がり、ぐんぐん高度を上げながら、機影が遠ざかっていった。

5　魚雷艇出現の悲劇

焦げつく炎熱に照らされて負傷、飢餓、疲労とおしよせる責め苦に悩まされながらのうめきは、この世の地獄もかくやと思われ、これも不運の星の下に生まれたものの因果応報か、とあきらめを感じながらも、生還の意気だけは燃えあがる。

「『夕雲』全員玉砕だなんてごめんだ、生きて帰るんだ。心臓の動きが止まるまでがんばり抜くんだ。この責務を果たすものはわれわれをおいて、ほかにはない。そして、なき戦友たちの霊に報いなければならない。気を落とすな、強く生きるんだ」

と、はげまし合う。

すると、油を流したようにないでいる水平線から、白波を押し分けながら、異様な舟艇が進航してきた。一隻、二隻、三隻……五隻だ。進航方向から敵艇と察せられる。〈ははあ、鬼畜ども、われわれにとどめを刺すつもりでやってきたな。ようし、覚悟はできている。いつでもやってこい〉と腹にきめながらも私は、まだこの敵艇の進航に気づいていない仲間たちにも、あらかじめこのことを知らせておかなくては、と考え、わざと落ちついた態度で、

「さっき敵機が救助作業を終わって引き上げたものと思っていたが、まだ生存しているものがいるとみえて、こんどは哨戒艇らしいのがやってきたぞ。五隻きたようだが、何もいまさらあわてることもないぞ。われわれの覚悟はできているんだから、落ちついて彼らのやることを見ておこう」

と話しかける。仲間の一人が、

「五隻じゃちょっと多すぎますね。一隻、二隻だったら、欺瞞《ぎまん》捕虜になって、それを分捕るという方法もありますがね。どうせ、われわれは生きられっこないんだから、死を覚悟でやれば、あるいは成功するかも知れませんが、五隻じゃ歯が立ちませんね」

と、もっともらしいことをいう。力強く感じられたが、遺憾ながら、これこそ蟷螂《とうろう》の斧《おの》だ。

もちろん、敵艇が二隻だったら、この名案が実行されたであろう。だが、敵は多すぎる。無為な抵抗はひかえ、静かに彼らのやることを見まもろうということで艇の進航を待った。

彼らは、一面に浮遊物の流れる海面に達すると、きわめてゆっくり巡回しながら、あちこちで相当の生存者を引き上げている。さっきの飛行艇に収容しきれず、残していった生存者を収容するため、艇をよこしたものらしい。各艇の甲板に両舷一本ずつの魚雷を装備しているところを見ると、哨戒艇でもない。万一、日本軍に遭遇した場合、即時会戦できるように魚雷艇をよこしたものと思われる。

多くの生存者が救出されていることから察すると、敵の損害も甚大だったことが想像される。戦死した戦友たちも、この道づれの多いことにほくそえんでいることだろう、と思いながら、静かに見まもっていると、彼らは、艇首をわれわれのイカダに向けてやってきた。しかも三隻だ。

その一隻はわれわれの周囲を、二百メートルぐらいの円を描きながら徐航している。つぎの一隻はイカダから五十メートルぐらい離れて停止した。二、三の兵が甲板で自動銃をかまえている。

残る一隻は、イカダに横づけする態勢で、徐航で近づくと、甲板の兵士が、腰だめの自動銃から二、三十発の威嚇弾をイカダの周囲にばらまきながら何か叫んでいる。銃声にさえぎられ、はっきり聞きとれない。このとき、昨夜からずっと私のそばで立ち泳ぎしていた機械部の蓮池兵曹（静岡県榛原郡相良町出身）が突然、

「汽罐長、やっぱりわれわれはだめですね。敵が、機銃を撃ちながら寄ってきたんじゃ、助かる見込みはありません。私は一足先にゆきます。日本の方向はどちらでしょうか」

といい出した。

「おうい蓮池、バカなことをいうんじゃない。早まった考えをもってはいかん。死ぬも生きるもみないっしょと誓ったのを忘れたのか。死ぬことは、いつでもできる。早まって短気を起こすな。肝っ玉を大きくもって、最後までようすを見ておれ。いいな、蓮池」

と、はげます。しかし、彼はすでに覚悟を決めていたらしく、

「いいえ、敵は機銃を持っているので、反抗してもむだです。やつらの弾丸に殺されるより、自分で死にます。その前に、一度だけ日本のほうを拝んで死にたいのですが、日本の方角はどちらでしょうか」

といいながら、あっと思うまに手を離して泳ぎ出した。

「おうい蓮池、引き返せ。みなといっしょにゆくんだから、もどれ！」

と叫んだが、彼の決意はかたく、ぐんぐんイカダから遠ざかってゆく。制止はきかぬとみえたので、

「おうい蓮池、日本はこの方向だぞ」

と左手を上げて指さしてやると、振り返って、こちらの指先の方向を見て、すぐその方向に体を向けた。そして、何ごとかさけんだかと思うと、そのまま海中に消えて、ふたたび浮いてこなかった。私がとっさに、このことを仲間たちに大声で知らせたところ、

「蓮池兵曹、ゆきましたか？　それでは私も、いっしょに死にます！」

といいながら、二人の仲間が、蓮池兵曹のあとを追って沈んでいった。そして三人の友は、ついにふたたびわれわれのイカダにはもどってこなかった。

6　鬼の顔にホトケをみた

瞬時にして、三人の仲間が悲しくも海底深く消えていった。やるせない惜別の情にかられているうちにも、敵の魚雷艇は近づいてくる。そして、ブリッジに立っている先輩に見える士官が、右手にメガホンをにぎって、何かしきりに叫んでいる。耳をすまして聞いていると、それはたどたどしい日本語だ。

「コウサンセンカ」「コウサンセンカ」

と聞こえる。と、これまでイカダにつかまって泳いでいた北条大尉が、やおらイカダの上にはいあがって、敵の魚雷艇に向かい、両こぶしをかたくにぎりしめながら、

「バカ野郎！　日本の軍隊に降参はない。さあ、その機銃でこの胸を撃てっ！」

と自分の胸板をこぶしでたたきながら、大声で叫んだ。もちろん、とっさのこの壮言が、彼らには通ずるはずはない。この早口の返答を聞いた敵は、降参の勧告に応じたものとカンちがいしたのか、甲板から網はしごを垂れ下げ、手招きで、「これを上がってこい」といっ

ている。

　これを見た大尉は、このはしごをつかむや、

「バカ野郎、こんなもの、上がって行けるか」

と、どなりながら、はしごを甲板に投げ上げた。これを見ていた敵の兵士たちは、イカダの上に休息している重傷者の、あまりの惨状に驚いたらしい。はしごを上がれる気力もなくなっているものと思ったのか、一本のロープを下げて、「この端をイカダにしばれ」と合図する。またまた北条大尉は、そのロープをつかんで、

「こんなものをしばったら、降参と同じじゃないか」

と、捨てぜりふのようにどなりながら、ロープを投げ返した。このとき、はじめて彼らも、こちらに降参の意思がないことに感づいたらしい。頑固に意地を張るジャップども、とでも思ったのであろうか、艇長が、兵士たちと何ごとか話していたが、そのうちの一人が、艇内にかけ込んだとみるや、長いパン一本と、水筒一個を持ってきて、甲板からイカダをのぞき込み、「オウ、オウ」と声をかけながら、それをぽいっとイカダの中に投げ込むと、そのままエンジンを始動して走り出した。

　ぼう然と見送るわれわれを、振り向いた艇長の顔には、「オウ、元気にがんばれよ」といいたげな、無言の激励の声がひめられているように見えた。他の魚雷艇も、この艇長に従うようにエンジンを増速して、またたくまに南東の水平線のかなたに遠ざかって行く。真昼に夢を見せつけられているように、みながぼう然と見送っていると、仲間の一人が、

「敵も、窮鳥ふところに入るときは猟師もこれを殺さず、ってことを知ってるとみえ、まんざら鬼畜でもありませんね。残虐非道は、彼らの茶飯事と思っていたが、彼らのなかには紳士もおりますね」

といいながら感嘆している。そのとき、私もまったく同じことを考えていたので、

「おれも同感だよ。ヤンキーを見なおさなければならんね」

というと、また他の一人が、

「鬼畜米英でもなんでもありませんよ。りっぱな紳士ですよ。もし日本の軍人があの立場になった場合、あれだけやりましょうかね。やっぱりすべてに余裕をもって戦争していると、精神的にもゆとりができるので、この惨状を見れば、自然と人間らしい愛情がわいてくるんでしょうね」

と感慨をこめる。仲間たちも、しばしこの話題に、身の苦しみも忘れて、花を咲かせた。

7　歓喜のあとの絶望

われわれとまったく同じ運命に突き落とされて、一晩中おなじ海域を漂流していた敵兵は、一夜明けると、一兵残らず救出されていった。ぼーっとして見ていると、つぎの瞬間は、一人の敵兵も残っていない。あっぱれなその早業、敵ながらうらやましくなってくる。敵の飛

行機も、水上艦艇も、電光のように現われ、電光のように消えていった。

一方、このすきに、味方の潜水艦が浮上してくれれば、これも一瞬のうちに全員救助されることはさほどむずかしくもあるまいに、なぜその手を打ってくれないのだろうか、などとひとり義憤（?）を感じながら、あたりを見回していると、ふと自分の目にボートの影がうつった。しかも二隻だ。私の錯覚だろうか、目をこすりながら見なおした。いや、錯覚ではない。正真正銘、二隻のボートが浮いている。距離は千四、五百メートル。

味方のボートは、こられるとは思われない。さてはまた敵がやってきたか。みつめていると、どうも人影らしいものが見えない。無人艇か、ありがたいぞ天の恵みだ。仲間たちが満身の力でイカダをこげば、近寄って分捕ることもできる。しめたっ。

「おうい、みんな、元気を出せ。ボートが流れているぞ。無人艇らしい。おれの指先のほうを見てみいっ！」

と大声で叫んだ。それまでひどい暑さに、まるでしかばねのように動かなかった仲間たちも、やおら頭をもたげ、

「ボートがありますか！　どこですか?」

と、痛む目をこらえながら、自分の指さす方向をながめる。

「なにか流れているようですが、あれがボートですか?」

「うん、ボートだ。二隻流れている。人間は乗っていないようだ。たぶん敵が残して行ったものだろう。どうだ、みんな元気を出して、あのボートを分捕り、味方基地に帰るか。われ

われの生還する方法は、ただあのボートを分捕って帰る以外にないぞ。味方基地にたどりつけば軍医もいる。水も飲める。食糧もある。みな助かるんだ。さあ、最後の元気をふりしぼって、あのボートを分捕ることにするか！」

賛否を問うと、もちろん即座に全員賛成だ。

「そうだ、そのボートを分捕りましょう」

と叫んでいる。そのとき、仲間のひとりが、

「うん、見える、見える。二隻流れていますね。だが、だいぶ距離がありますね」

とやや悲観そうにいうので、わざと距離感をちぢめ、

「なあに五、六百メートルぐらいだろう。あのくらいなら、みなで一生懸命こげば、さほど難事じゃない。もし、われわれがあのボートを分捕らないと、生きて帰ることはできない。どうだ、ボート分捕りを決行するか、それとも生還をあきらめるか」

とたずねると、みな声をそろえて、

「分捕って、どうしても帰りましょう」

と気力が盛りあがってきた。

「ようし、それではみな協力し合って、あのボートを分捕って、基地に帰ることにしよう。だが、ボートを分捕って帰ると、口でいうことはやすいが、いざ実行となると、なかなか容易な業ではない。第一、みな腹がすいて疲れ切っている。そのうえ負傷者が半分以上だ。どうだ、あのボートを分捕るまで、おれの命令、号令に服従する意思があるなら、おれが指揮

をとって、ボート分捕りを実行するが、みなはどうか」

と少々いかめしい口調で、仲間たちの意見をきくと、これまた即座に、

「どんな命令、号令にも服従しますから、ボートを分捕ってください」

と、宣誓でこたえてくれた。私は〈ようし、これならやれる〉と意を強くし、

「それでは、おれが指揮をとって、あのボートを拿捕することにする。そして、すぐ実行にとりかかる」

と前おきして、

「風が少々出てきたので、この実行は急がねばならぬ。まず、みなのなかから三名の先発隊を選んでボートに先行させる。この先発隊は先にボートに泳ぎ着いて、風のためにボートが押し流されぬように、艇首を風上に向けておくんだ。また艇内にカイがあったら、それでこのイカダに向かってこいでくるんだ。その間、こっちから全員力を合わせ、イカダをこいでボートに近寄って行く。これらのことをする先発隊を希望するものは？」

とたずねると、「ハイッ」「ハイッ」「ハイッ」と、六、七人の手があがる。そのなかから無傷で、しかも水泳の達者な鈴木信雄兵曹（静岡県出身）を長とする三人をきめて、注意事項をあたえ、さっそく出発させた。

距離は千四、五百メートル、あるいはそれ以上あるかもしれない。「夕雲」を撃沈されておよそ二十時間、飲まず、食わず、イカダにすがりついて一睡もせず、炎天に焦がされ、疲労は極限に達している。それを千四、五百メートル離れているボートまで、泳ぎ着くように

という自分の命令に、元気に復唱して行く三人のうしろ姿を見送りながら、途中、無事であってくれることを念じつつ、残る全員でイカダをこぎ出した。

負傷も、疲労もすべてを忘れ、ヨイショ、ヨイショと、掛け声に合わせて力を振りしぼる。そこには、歯をくいしばり、黙々とこぎつづける十八人の力の固まりだけがあった。

太陽は、すでに水平線にかくれ、焦げつく炎熱もどこかへ消え去って、遭難から二回目の夜が近づいている。波間に遠ざかって行く先発隊のうしろ姿を見失うまいと、前方をみつめていると、そのうちの二人は、しだいにイカダにもどってくるように見える。やっぱり無理だったか。もう暗くなりかけている。小波も立ってきた。

二人は、そのうちにイカダにもどり着いた。そして、

「腹がすいて、手も足も思うように動きません」

という。

「鈴木兵曹はどうしたか」

ときけば、

「鈴木兵曹は、私たちの前方をぐんぐんと泳いで行かれましたので、わかりません」

と答える。

鈴木兵曹は静岡県の海岸育ちで、漁師の経験もあることを知っていたので、先発隊長として先行させた。彼ならかならずボートまで泳ぎ着くに違いない。しかし、鈴木兵曹一人がボートに泳ぎ着いたとしても、どうもなるまい。もどった二人のかわりをと考えてみたが、も

う海面は暗くなっている。それに小波の状況は、海上の急変を教えていることに気づいたので、代人の発進を見合わせた。

そして、鈴木兵曹一人でもボートに泳ぎ着いてくれれば幸いだ、彼が泳ぎ着いてくれさえすれば、艇首を風上に向けておくこともできる。そのあいだにわれわれはイカダをこいで、ボートに近づくんだ、と考えながら、相変わらずヨイショ！　ヨイショ！　の掛け声を合わせてこいでいると、小波はしだいに白波に変わり、風を呼ぶ気配さえ感じられる。

スコールがくるぞ、と直感して空を見上げると、まっ黒い幕におおわれた空には、星一つない。ほおをなでる風もひとしお涼しくなって、スコールの襲来まぢかしを感じさせた。

私は大声で、

「スコールがくるぞ、スコールには突風がついてくるから、みなイカダにしっかりつかまって、もぎ取られぬように注意しろ！」

と叫ぶ。そのうち、風もしだいに勢いを増して、黒い空から、大粒の雨が三つ、五つ顔に当たった。つぎの瞬間には、ざあっとすごい大雨だ。風もますます強く、白波を横なぐりに顔にたたきつけてきた。

「おうい、みなしっかりつかまって、手を放したらいかんぞ！」

と声を張りあげながらも、先行させた鈴木兵曹がぶじであってくれればと念じ、代人二人を発進中止してよかった、とひとりごとをもらしている間にも、風雨はいよいよ猛威をふるってきた。

そのスコールの猛烈さは、まるでこの世の終わりかと思うほどすごく、すがりついているイカダも、大海の小シバのように翻弄されている。

われわれの目ざすボートも、このスコールを運んできた暴風に相当押し流されて、はるかに遠ざかっているかも知れない。ボート分捕りの願いも、あるいは、はかない夢か。いたずらにあせって、体力を消耗するよりも、むしろこぐ手を休め、スコールでのどをうるおしながら、体力を温存するほうが得策と考えついた。

8　転がりこんだ機動艇

海神の怒りのように荒れ狂っていた海面も、静まりかけ、白波も凪いで、スコールは通過した。そしてすっかり雨もやんだ。まっ黒な空の一角には、きらきら星も見えはじめてきた。

すごい猛威をふるっていたスコールのなかも、ぶじにみながんばり抜いた。そして、少々ながらのどをうるおすこともできて、何時間かはわれわれの命も延びられるというわけだ。

だが、われわれのめざすボートはどうしたろう。スコールの強い風に押し流されて、もう遠くへ離れているかも知れない。この暗闇のなかでは、その位置もわからない。夜が明けるまでは方法もあるまい。今夜一晩中、イカダにすがり漂流して、あすの夜明けを待つよりほかはあるまい。これも生きるための最後の試練と思って、がんばりとおさなければなるまい。

だが、負傷にあえぎつづけている仲間たちは、もう一晩がんばりとおせるだろうか。いや、これははなはだ危ないぞ。なんとか方法があるまいか、と考え込んでいたとき、突然、真昼のように照らす百万燭光の電光——これに照らし出されたボートの影、つづいて海面を打ちくだく雷鳴。ピカッ、ピカッ、ダーンととどろく電光のなかに、はっきり見えたボートの影。

私は雷鳴にまさる大声で、

「ボートだ、ボートだ！　すぐそこまで近づいているぞ。おれの声の向いている方向に、力一杯こぐんだ。さあ、元気を出してこぐんだ。元気を出して！」

と叫んでいた。なんとスコールのため、なかばあきらめかけていたボートが、目前二百メートル足らずの距離まで近づいているではないか。みなはいっせいに掛け声に合わせて、力一杯イカダをこぐ。スコールで少々生気をとりもどしていた仲間たちが、突然、稲妻の光でボートが見えたといわれて元気も百倍、ヨイショ、ヨイショとこいでいる。

およそ二十分もこぎつづけたであろうか、だいぶボートに近づいたころと思われたので、まっ暗な海面のボートとおぼしい方向に、大声を張りあげ、

「おうい、おうい！」

と呼びかける。と、暗い波間を通して、「おうい」と応酬があった。

「あっ、返事してるぞ」

すぐつづけて、叫ぶ。

「おうい、鈴木か？」

「おう、鈴木です」

「カイがあるか？」

「カイもありますが、機械がついてまぁーす」

という返事。これを聞いて仲間たちは、おどり上がらんばかりに喜ぶ。

「おう、ボートにエンジンがついているそうだ。すごい、すごい」

イカダの中は一段と活気が盛り上がり、ヨイショ、ヨイショの掛け声もますます力ついて、

さあすぐだ、がんばれっ、と気合いもろとも力漕だ。

そして、たがいの位置を誤るまいと、暗い海面に「おうい」と呼ぶ。「おう、ここだ」と

答える。その声も、しだいにはっきり聞きとれるように近づき、仲間たちの士気もいよいよ

盛り上がる。まるで負傷も、疲労もすっかり打ち忘れて、ヨイショ、ヨイショの掛け声ばか

りが、暗い海面にひびいている。

「おうい、ここだ！」

それは、敵の遺棄した救助艇だった。これで念願のボートが、われわれ二十一名の手には

いったのだ。

ボートにイカダを着けるや、ただちに移乗はじめ、だ。軽傷者は自力で、重傷者は無傷組

の協力で全員移乗。暗いので傷口をつかまれ、「あっ、痛っ、痛い」と叫ぶものもあり、困

難な移乗作業だったが、ぶじ終わってまずひと安心。これで海底にもぎとられる懸念も解消

した。

さあ、つぎは一刻も早く、この敵制海域を脱出しないと、いつ敵の哨戒網に引っかからないとも限らない。しかし、艇内にある二本のカイだけでは脱出行は不可能だ。もはや一様にカイをこぐ力は消耗しつくしている。どうしても備えつきのエンジンを動かすことに成功しなければならない。まっ暗で、しかも、不なれな敵のエンジンだ。だが、起動させねばならぬ。起動させなければ生還もできないのだ。

さあやろう、起動するんだ。敵製といえども、エンジンの理論に違いはあるまい。さっそく、闇のなかで手さぐりの機構調査がはじめられた。先発隊で泳ぎ着いた鈴木兵曹（補機部員）、飯沼兵曹（機械部員）の協力で、暗中の模索がはじまった。

シリンダーに通ずる細いパイプをたどって、燃料タンクの所在がわかった。フタをとって指をさし込んでみると、燃料は充満している。オイルタンクも、クランク室からのパイプをたどってわかった。これも満タンだ。

つぎにバッテリー発見の作業がやや手間どったが、ついに、これも発見した。端子をあっち、こっちと接触しているうちに、パチッ、パチッとスパークも発生し、電気も大丈夫だ。これで起動の条件が完備していることがわかった。

いよいよ起動の準備にとりかかる。まずクラッチ断をたしかめる。燃料タンク、オイルタンクのコックを開き、電気スイッチを入れる。これでつぎにクランクをまわせば、発動できる段階だ。空腹、疲労で残り少ない力を振りしぼってクランクをまわす。二、三回、力一杯回転する。案ずるよりやすく、ブルブルンとエンジンがかかった。

これまでの辛苦も、疲労もいっぺんに吹っ飛んでしまった。しばらく増、減速レバーで回転調節をたしかめる。いずれも好調。万歳！　発進できる。生きて帰れるのだ。イカダから移乗して、疲れた体を打ち伏していた仲間たちも、このエンジンの音を聞いて目をうるませて喜び合っている。

暗闇のなか、しかも不なれな敵のエンジンの起動に成功したのだ。そして、味方基地をもとめて、この敵の制海域を脱出するのだ。まるで夢のような奇蹟と僥幸がわれわれに恵まれたのだ。これも亡き「夕雲」の戦友たちの霊が、われわれを導き、かつ守護して下さったのだろう。ありがとう。これに報いるためにも、われわれは生きて帰らなければならない。さあ、発進しよう。長居は無用だ。

エンジンを起動し、クラッチを前進に入れてみる。ぐいっと体をうしろに取り残されるようなショックを感じさせて、ボートは走り出した。快調なエンジンの音が、艇首に打ちくだかれる波の音ととけ合って、闇の海面一杯にひびき渡って行く。

これでいよいよ生還できる道が開かれたのだ。夢のような奇蹟がわれわれの手に入ったのだが、この海域には、もっとたくさんの戦友たちが漂流しているかも知れん。ボートに乗れるだけ多くの戦友たちを救助して帰ろう、と衆議一決。面舵《おもかじ》旋回を令してボートは右へ、右へと大きな弧を描いて走って行く。

スコールの強い風もやんで、白波は消えているが、うねりは高い。この暗い海面のはてまでとどけとばかり、大声をはりあげて「おうい、おうい」と呼びつづける。敵の哨戒艇を懸念して、一周捜索ときめて、闇の海面に呼びつづける。はるかの波間から「おうい」という声がする。だれかいるらしいぞ、と艇内が張り切ってくる。声の方向にカジを向けて近づく。こんどは「おうい」という返事も明瞭に聞こえてきた。回転を下げて、徐航でその声に近寄りながら、「おうい、だれか？」と呼ぶ。

「おう、遠藤です。ここに四人おりまーす！」

うねりの波間に四人が励まし合いながら、「ここです、ここです」と呼びつづけているところへ着くと、丸太にすがりついている四人を、つぎからつぎへと艇内に引き上げる。四人とも極限まで疲れ切っているようだ。ボートに引き上げられて、余力もつき果てたのか、打ち伏したまま微動もしない。

まだ残っているものもいるだろうからと、ふたたびカジを右へ、右へと闇のなかを走りつづけながら「おうい、おうい」と叫んでいると、また闇を通して応答が聞こえてきた。それを頼りに、徐航で近づいて行くと、そこにも気息えんえんに疲れ切った三人の戦友が、木片にすがりついて救いを求めていた。艇内に引き上げるや、ああよかった、と一言、そのまま崩れるように甲板に打ち伏して、口をきこうともしない。いや口を開く力も、消耗しきっているのだ。

昨夜九時、「夕雲」を撃沈されていらい飲まず、食わずの一昼夜を、波のあいだにただよいながら、ただ生きんがための気力でがんばりとおしていたのだ。それがいま、われわれのボートに救い上げられて、ああこれで助かったのだ、と真から安心できたのだろう。口をきく力もうせて、仮死の状態にみえる。

ボートは大きな弧を描いて、遭難海域をほとんど一巡した。闇を通して大声で呼べど、人声らしい何ものも聞こえない。ただエンジンの快調音と、艇首にくだけ散る波の音だけが耳にしみ込んでくる。

9 あれがブインの星だ！

長さ十二メートル、幅二メートル半たらずの艇内は、いっきょに二十八名のぬれねずみのような仲間たちで超満員になった。これで海上捜索を打ち切り、急いで危険水域の脱出をはからなければならない。背後にせまる敵の緊迫を感じながら、急ぎ発進の準備にとりかかる。

まず配員の決定だ。無傷で経験豊富な今井、勝亦の両兵曹を操舵員に配し、エンジンには飯沼、鈴木（信）の両兵曹を選び、みずからは艇長となり、それぞれ、これに対する注意と重責を要請し、いよいよ発進の準備も完了した。

一刻のためらいもゆるされない。めざす生還の基地は、もちろんブーゲンビル島ブインだ。味方が駐留する最前線基地で、そこには軍医もいる。仲間たちのなかには、一刻を争う重傷者がふくまれているのだ。

だが、そのブインはどの方角に？　即時発進の準備は完了したが、めざす方向がわからな

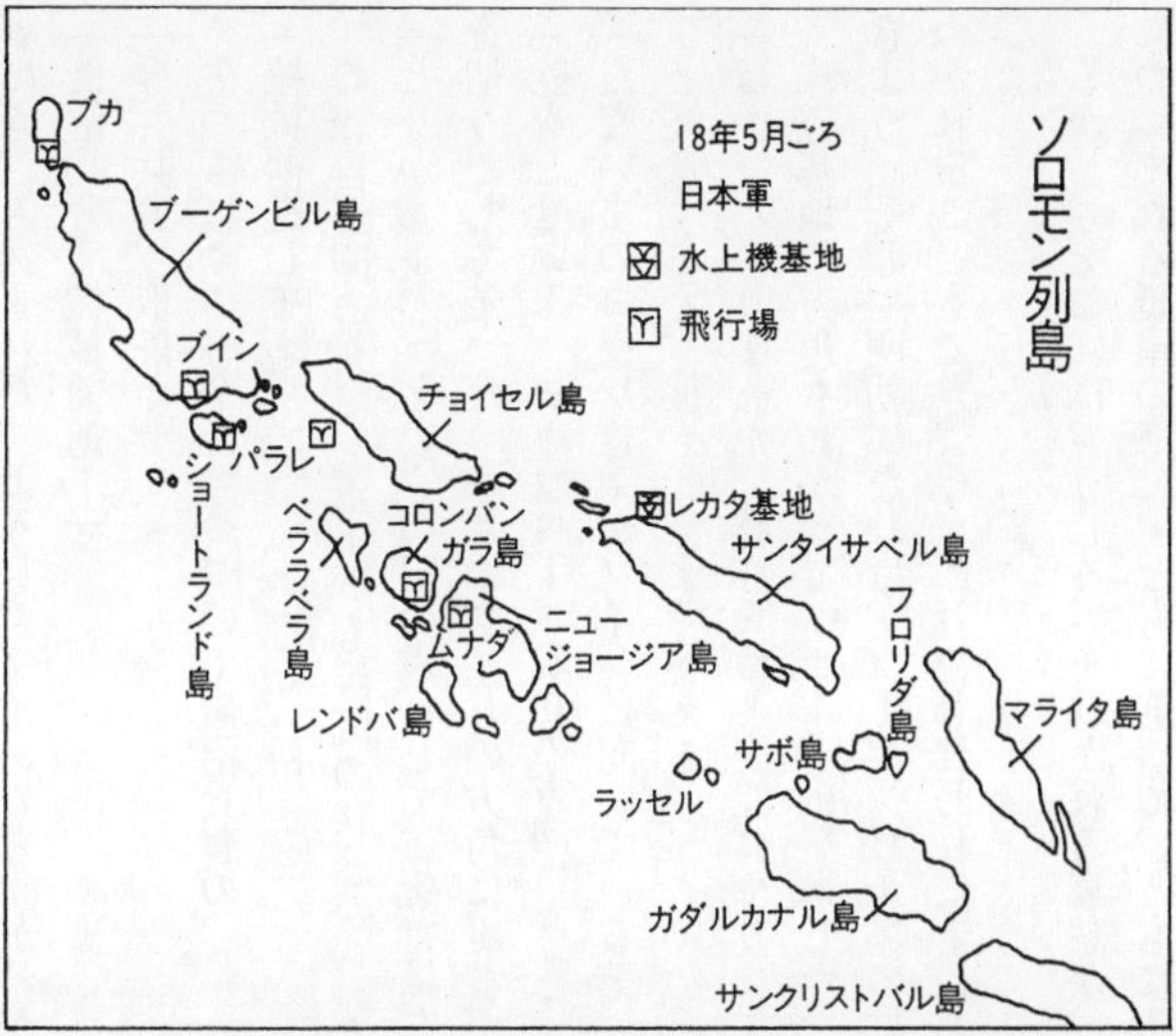

い。一寸先も見えない暗闇のなかで、あせりはつのるばかり。とにかく急いでここを脱出しないと——恐るべき危険が迫っているのだ。

あいにく、空にはさっきまで猛烈なスコールを運んでいた黒雲がおおいかぶさり、一粒の星もない暗黒だ。せめてこの雲さえなかったら、星を見て大体の方位もわかり、ブーゲンビルも見当がつくのだが、とあせる心を押さえながら、空を見上げていると、厚い黒雲が足早く流れ、その一角からかすかにうす明かりがもれはじめてきた。ようし、切れる雲間から星を探し出そう、と思いながらみつめる。と、天もわれに味方して黒雲の一端が切れはじめ、星空が顔をのぞかせた。

見えたっ、南十字星だ！　たちまち、一、二、三、四番星の配列が、自分の脳裏にきざみ込まれた。ようし、ブインの方向がわかったぞ。

「飯沼兵曹、機械前進！」

「今井兵曹、取舵！」

矢つぎばやの号令だ。つづいて飯沼兵曹の、

「機械前進しまぁーす」

の報告が聞こえて、ボートも漂流の状態から離れて、進航をはじめ、ついで今井兵曹の
「とりかぁーじ」という復唱の声もして、艇首は左へ左へとあざやかに弧を描きながら、波を切りだして走った。めざすブインの方角に艇首が向いた。

「舵もどせい！　ヨウソロー（現在の方向に直進）」と号令しながら、

「ただいまのヨウソローがブインに向いているぞ。今井兵曹、舵をしっかり頼むぞ」

と注意すると、彼も元気よく答える。

「はい、わかりました。勝亦兵曹と交互にやりますから、大丈夫です」

味方基地の方角もわかって、ボートは発進した。暗い夜のうちに、敵の哨戒水域を脱出できよう。そして明朝になれば、ブーゲンビル島の見える付近に達するので、敵の追跡からまぬがれることもできよう。これでわれわれ二十八名は、ふたたび祖国の土をふむこともできる。

しかし、そこには、うしろ髪をひかれる哀愁が、自分の頭にこびりついてはなれない。闇につつまれる艇尾の海に、ともに笑って、ともに語り、ともに戦ってきた二百五十余名の戦

友が、武運つたなく、護国の錨と変わり、海底深く眠っているのだ。

ボートは、暗い海面一杯に、エンジンの音をひびかせながら、進航をつづけている。われわれの、この悲願達成する救命主はエンジンだ。エンジンの好、不調はただちに、われわれの運命を左右することなので、飯沼兵曹にこのことを伝えると、彼もそれを了承していて、エンジンを酷使しない速度、すなわち巡航速度（一定燃料で最長距離を航走する速度）で航走し、燃料の節約とエンジンの延命に心がけて操作します、という心強い返事だ。

闇のなかに埋もれた艇内が、不気味なほどに静まりかえっているので、飯沼兵曹に艇内のようすを見まわってもらうことにした。彼はさっそく、暗い甲板の上に、ところせましと打ち伏している仲間たちのあいだを、ほとんどはうように手さぐりで、

「おうい、お前はだれか、大丈夫か？」

と見舞っている。仲間たちのなかには、

「うん、おれは大丈夫ですよ」

と答えているものもあるが、声を出すことも苦痛なほど、かすかに「うん」と体をびくつかせながら、答えているものもあるようだ。艇内を一巡した彼は、自分のそばに寄ってくると、

「いまのところ、別に変わったようすもありませんが、夜明けまで保てそうもないものもいるようですね」

と報告した。これを聞いて、自分もやるせない悲しみがこみあげてくるのだが、いかんせん、すべもない。

「おうい、みんな元気を出して、がんばり抜くんだ。夜が明ければ基地に着いて、傷の治療もできる。食糧もある、水も存分に飲める。生きられるのだ。痛い、つらいも、もうしばらくの辛抱だ。みな元気を出して、がんばり抜くんだ。いいか！」

と、なんどもくり返しながら、大声でどなった。だが、星の明かりにおぼろ気に見える艇内の仲間たちは、微動だにしない。沈黙したまま、期待した活気ある応答は何一つない。みな安心と、疲労のとりこになっているのだろうか。

日中、焦げつく炎熱に、のども乾ききっていたが、一滴の水もない。昼すぎ、敵の魚雷艇が恵んでくれた、パンの小片が胃袋に送り込まれただけだ。あるいは、このボートに応急薬ぐらいは備えつけてあるかもしれんぞと、ふと気づき、このことを今井兵曹に話すと、

「そうですね。日本軍では、ボートは救助艇に当てられますので、応急薬はかならず積んでありますから、敵さんでもきっと備えつけてあるでしょう。捜してみます」

ということになった。これを聞いて、鈴木兵曹も、

「私も前部から探してみましょう」

とただちに、艇内の前後部から捜索がはじめられた。星の明かりをたよりに、二人は仲間たちのあいだを捜し回っていたが、そのうちに後部のほうから、今井兵曹が、

「コンパスがありました！」

といいながら飛んできた。とっさに、ああ、ありがたい、と思ったが、残念、この星の明かりではその指度が読めない。せっかく航海の目にもひとしいコンパスが発見されたというのに、夜が明けるまでは使用できないとは惜しい。

その後の艇内捜索で、救急薬らしい箱と中身不明の筒三本が発見され、箱のフタをあけた瞬間、プーンと、薬の臭いがした。あっ、これは救急薬がはいっている、とわかったものの、星の明かりでは、なんともならない。残念だが、明朝明るくなって、手当をすることにして、負傷者も了解したが、なかには苦痛にたえられず、痛くてたまらん、早く薬を塗ってくれ、とだだをこねるものもある。また直径二十センチぐらいの、三本の筒の中身はただ、かさかさする音だけで判断できず、すべては夜明けを待つことにした。

せっかく発見したこのコンパスをなんとか使用したいもの、といろいろ考えていると、ちょうどそのとき、鈴木兵曹が、エンジン室の、計器盤のあいだに垂れさがっている、一つの豆電球を見つけた。これは計器を調べるときに、点灯するのにちがいない。

では、点滅用スイッチもあるはずだ、ということになり、その電線をたどってみると、途中で切断されている。スイッチがない。ようし、かくなるうえは、バッテリー直接といこう、ということで、電線をバッテリーの端子のあっち、こっちと接していると、パッと電灯がともった。

万歳、成功だ。遠くからながめる灯台の光のように、かわいらしい豆電球が、闇のボートの中を照らしている。さっそく、そのかわいらしい光の下に、コンパスを置いてみると、指針が読める。そして、ボートは「北西北」に向かって進航していることもわかった。めざす基地、ブインの方向だ。予想どおりのコースを突進していることを、このコンパスが立証してくれたのだ。

これでわれわれの悲願も、確実に達成できる。基地ブインは、「夕雲」沈没海域から、北西北に位置しているのだ。そのブインをさして、ボートは直進している。悲運のどん底からはいあがり、ふたたび生きて帰れる幸運が、われわれのものになった。この喜び、このすばらしい幸運のうずのなかにひたっていると、なつかしいブインの港や、桟橋、ヤシの木陰に点在する基地兵舎の面影が、走馬灯のように、目に浮かんでくる。

そして、司令部の上司をはじめ、多くの戦友たちも、「夕雲」生存者二十八名が敵のボートを分捕り、生還したという報告を聞いたとき、どんなに驚くだろう、と思うと、自分の疲労も、飢餓も、辛苦も消しとんで、身中ただブインあるのみだ。一刻も早くブインに着きたい。そこには軍医もいる。この激痛にあえぎつづけてきた重傷の仲間たちも、みな助かるのだ。

10　ルーズベルト給与だ

死んではならぬ、生きて帰るんだ。幾度もおしよせる辛酸も、すべてこれを克服し、がんばりとおさなければならぬ、とひとりコブシをにぎり、考え込んでいると、夢を破るような大きな声で勝亦兵曹が、「爆音!」と叫んだ。

「何っ、爆音?」とただすと、「後方から爆音が聞こえます!」とくり返す。

耳をすますと、まぎれもなく爆音だ。うるさいやつだ、これで三回目か、と音の方向を見つめていると、はるか水平線の上を、例の、青い灯の尾をひきながら、超低空で左から右へ、右から左へと舵行で飛んでいる。われわれの脱出に気づいて、しつこく追跡をくり返しているのかも知れない。

そこで、とっさにエンジンを停止させる。と、エンジンの音も水しぶきの音もぴたりとやんで、艇尾にひいていた白絹の帯も、すうっと闇の中に消えていった。そして星明かりの海原には、まっ黒な塊りのようなボートが一隻、浮遊しているのみ。もちろんコンパス用の豆電灯も消えて、艇内はまっ暗だ。

爆音はしだいに大きくなり、超低空の哨戒機は、刻一刻、頭上に迫ってきた。こんどこそ、とどめの一発をささされる運命なのだろうか。じっと、その青い灯の行くえを追っていると、やがて頭上にせまる。全身には、切ない緊迫感がみなぎってくる。かたずをのんで、不気味な爆弾投下の音を予感し、耳をそばだてた。そのうちやや頭上を通過した。だが、それらしい音はない。左舷に向けて飛んでいる。勝亦兵曹が低い声で、

「どうやら、こんども見つからんようですね」

とささやきかけた。これで三回におよぶ空からの脅威も、ぶじ切り抜けられた。いよいよ

幸運に恵まれている証拠だ。

青い灯の尾をひく爆音も、水平線に消えていったので、さっそくエンジン起動で続航だ。発進して、もはや六、七時間はたっているだろうか。エンジンはますます好調をつづけ、われわれの悲願成就も目前にある。艇尾に、あざやかな白線をひきながら、突進をつづけるこのボートの中には、苦闘に勝ち抜いた仲間たちが、騒々しいまでのエンジンのひびきのなかに埋もれ、あたかも慈愛の子守歌に眠る稚児のように、安息をむさぼっていた。

それにしても早く夜が明ければ、艇内捜索で見つけた救急薬で、応急治療もしてやれるのだが、と思いながら、空を見上げる。右後方の一角には、大きな星がまばらに輝き、付近の小さい星は、すでに消えている。もう暁か、と思いながら、他の三方を見渡すと、大小幾万の星が、きらきら輝いている。やっぱり暁だ、夜が明けてくるのだ。あまりのうれしさに私は、思わず大声で、

「おうい、夜が明けてきたぞ！」

と叫んだ。なおその一角を見上げていると、残る大きい星も、しだいに数少なくなり、まさしく夜明けの到来を告げている。遭難して二日目の夜明けだ。

艇内ではいぜんとして、負傷者がしきりにうめいている。そうだ。昨晩、艇内捜索で見つけた救急薬で、応急の治療をと思いついて、今井兵曹に軍医代行をたのんだ。彼は、さっそく救急箱を取り出して、その中身を調べていたが、あまりの内容の豊富さに驚き、

「やっぱり持てる国は、救急箱まで豪勢なもんですね」

と感心しながら、なれない手つきで治療がはじめられた。

「なんだ、これしきの傷、たいしたことはない。いま治療してやるからすぐなおる。元気を出せいっ、元気を！」

と励ましながら、治療をつづけるが、患者は、そばで手助けをしているものも、目をそむけたくなるようなみじめさだ。右足切断の若林兵曹の傷口は、まるで熟したザクロのように紫色に変わり、二十センチ以上も裂けた水谷軍医長の腹部からは、内臓がはみ出しそうにみえる。左乳の上下にコブシが入るような穴があいて、呼吸のたびに青い内臓がふくれ上がって見える佐久間兵曹（埼玉県出身？）、左モモに両コブシの入るような穴があいて、肉をえぐり取られている内海兵曹。その他七名の無傷組を除き、すべて頭、手、足など重軽の負傷者だ。よくぞこれまでがんばり抜いてこられたものである。

軍医代行の手で、応急治療も一段落して、ボートは相変わらず、快調な響きを立てながら進んでいる。ヨウソローの前方も、まったく明け切って、空には一片の雲もなく晴れ上がり、われわれの生還を祝福するにふさわしい好天だ。だが、前方はるかかなたには、島影らしいなにものも見えない。ただボーッと空と水がまったくとけ合って、鏡のように鉛一色だ。舵柄についていた勝亦兵曹も、少々あせり気味になって、

「汽罐長、明るくなったし、島も見えてもいいころですね」

と話しかけてきた。

「うん、そうだね。六ノットで走っているとして、だいたい六十カイリ以上走っていること

になるので、そろそろ島も見えていいころと思うが、夜半に三回も大休止をやっているので、予想より少々おくれるかも知れん。が、かならずブーゲンビル島さしていることは間違いないから、安心してもうしばらく待とう。もう二、三時間走ると、きっとブーゲンビルが見えてくるよ」

といいながらも、気にかかるのが、エンジンと燃料だ。

「飯沼兵曹、それは大丈夫かね」

「燃料は、心配することはありません。まだ三分の一ぐらい消費している程度で、この分なら、あと一昼夜走りつづけても平気ですし、エンジンの調子もきわめて良好、申し分ありません。絶対むちゃはいたしませんから大丈夫ですよ」

と、うれしい返事をしてくれた。ようし、それで安心だ。残る懸念はただ一つ、重傷者だ。これも代行軍医の手で、応急治療はしてあるというものの、ほんの気休め程度にすぎないと思われ、ブインに着くまで保てるかどうかが心配だ。しかし、これ以上ほどこすすべもない。残るは本人の鍛えあげられた軍人精神の頑強さに期待するだけだ。このとき、今井兵曹が、

「昨晩見つけた、中身不明の筒を調べて見ましょうか」

といい出した。あっ、そうだ。昨晩はその筒がかさかさするとか、あるいは時限爆弾でないか、などと物騒な意見も出て、解明は明朝に、ということで残してあるナゾの筒のことを思い出した。

さっそく、その中身を調べることにした。直径二十センチ、長さ約八十センチの、赤味が

かった筒三本が持ち出されてきた。日本軍で使用する二十センチ砲の薬筺に似ている。今井、飯沼兵曹は、慎重な面持ちでフタをあけはじめた。と、恐るおそるフタをあけていた今井兵曹がすっとん狂に、

「おうい、すごいぞ、中身は食糧だ」と叫び声をあげた。

「おうい、食糧がはいっているそうだぞ」

それまで目をあけることにも苦痛を感じていた仲間たちも、頭を上げて、うれしそうに顔をほころばせた。艇内には、たちまち歓声があがった。物資豊富を誇る敵さんの充実ぶりは、じつにいたれりつくせりで、感嘆するばかり。筒の中から出てくる食糧も、ビスケット、カン詰め、ソーセージ、チョコレート、チーズ等々、驚くばかりの豊富さだ。おう、ヤンキーありがとう！

ルーズベルト大統領から、豪勢な贈りものがぶじオレたちの手にとどいたぞ、よろしくお礼をいってくれ――としゃれてみたいほどうれしい。そばで見ていた仲間たちも、みな感心しながら、アメさん、なかなかぜいたくな携行食を持ってますね、と感嘆している。

さっそくこの贈りものを、仲間たちに分配することにした。遭難いらい第二回目（第一回は昨日の午後、敵の魚雷艇からわれわれのイカダに投げ込んでくれた一切れのパンだ。一人分は一口にもみたないぐらいだったが……）の食糧配給だ。もちろんその量は制限され、満足するにはほど遠いが、われわれの想像していたカンメンポウと違って、ビスケット、ソーセージ、チョコレート、チーズ、カン詰めなどの食物が、のどを通り、三十五、六時間ぶりに

胃袋も作業再開と相なったのだ。

ところが、せっかくこれらの貴重な食物が分配され、口中にふくみながら、食道を通らない。水分欠乏でのどが乾き切っているのだ。のどにつまって苦しんでいるものが、隣りの仲間たちに、背をなでられながら、カン詰めの少量の汁で、かろうじて通過、大きな涙をぼろぼろ流している。かわいそうにと思いながらも、一滴の水もない悲しさ、どうにもならない。

こんなとき、あの猛烈なスコールがやってくればいいのに、と思いながら、見上げる空は、一片の雲もない快晴だ。スコールの期待もはかない。ブイン入港が予想通りなら、あえて食糧の制限配給も不必要なのだが、万一を考え、食糧を長くもたせるため、量制限をしなければならなかった。

11　虎口で震える小兎一匹

真上に近づいた太陽を見ると、時刻は十時をすこしすぎたころと思われ、ますます強い光で容赦なく、われわれを照りつけている。負傷にあえぐものはもちろん、無傷のものも、無性に水がほしい。日陰がほしい。体内の水分がまったく蒸発しつくして、枯死寸前を思わす暑さだ。こんなとき昨夕襲来したようなスコールが見舞ってくれれば、どんなにか生気もよみがえることだろう。しかし、あいにく一片の雲も頭上にない。無限にわれわれをこらしめようとする、天のいたずらなのだろうか。

だが、これぐらいのことに負けてたまるものか、とみずからを励ましていると、はるか前方に黒い雲を見た。あの雲の下まで行けば、あるいはスコールにあえるかも知れぬ。かりにそれがなくとも、申し分ない日陰がある、と思いながら、その黒雲を見くみると、どうもただの黒雲ではないような気がする。あるいは島かな？　となおも見つめると、やっぱりただの雲ではない。雲の中に、一きわ黒く山の稜線らしいものがふくまれている。

しかも、その雲の中に現われる稜線は、くり返し見ても同じ姿だ。一瞬、私はみずからの目を疑ったが、どうやら目の錯覚ではない。絶対に島だ。あの黒い雲の下に島がある。そう確信がついたので、狂喜した大声で、

「島が見えるぞ！」

と叫ぶ。静かに眠りつづけていたようなボートの中から、たちまちこれに反射するように、

「えっ、島が？　どこですか、どこです」

と声がはね返り、上半身を起こし、目をこすりながら舷外をながめるが、痛む目には前方の雲すら見えないらしい。

前方の雲の中に、見えつかくれつする稜線から目を離すまい、と見すえていると、炎天に目をやられて打ち伏せていた北条大尉が、顔を上げて私にたずねた。

「汽罐長、どんな形の山に見えるかね」

「そうですね、不等辺三角をおいたような形で、ブインに入港するとき見なれていますから、

ブーゲンビル島に間違いありませんよ」

と答えると、大尉も安心した表情で、よろこびの声をあげる。

「よかった。みな苦労したかいがあったね」

「エンジンもこのとおり好調ですし、燃料もオイルもじゅうぶんですから、ブイン入港は確実ですよ。安心して下さい」

「おれはすっかり目をやられて、痛くてたまらん。汽罐長、よろしく頼みます」

ボートは、昨夜発進していらい、まったく好調さを持続し、たのもしいエンジンの音をひびかせながら直進している。そして、その艇首に割かれる海面は、際限なく両舷にひろがってゆく。しきりに願望していた島の発見は、自分一人の幻想でも、夢想でもない。現実だ。前方の雲間に見える稜線は、しだいにはっきりとその姿を浮かべ、消えようとしない。やっぱりブーゲンビル島だ。

不等辺三角をおいたように見える山の姿も、しだいに濃緑におおわれた南国の島に変わり、そのすそのほうに、白絹を敷いたように浜がつつぎ、ところどころにひときわ高くヤシのしげっているのも見えてきた。

なつかしい、まぶたに描いたブーゲンビルの島だ。大声で呼んでみたい気持だ。あきらめず、せいー杯がんばり通してきた苦労が、やっと報いられたのだ。みなには幾度か、押し寄せる死へ立ち向かいながら、死んでなるものか、がんばれっ、元気を出せいっ、と不屈の敢闘を強要し、ついにこれに打ち勝ったのだ。

海岸まで目測二キロまで近づいた。うっそうとしげる島の濃緑は、照りつける炎天のもとに、静かに眠っているように見える。ブーゲンビル島の東海岸にたどり着いたのだ。張りつめていた血潮が、いっぺんにとけかけてくるような気安さを感じながらも、司令部桟橋に纜《らん》索《さく》をとるまでは、ゆるめてはならぬと、自分をひきしめる。

なるべく岸に近く湾口に入ろうと岸に近づいて行くと、ただちに減速、ヨウソローの方向、岸から五、六百メートルの海面に、異様なものが浮いている。それが三十メートルぐらいまで近づいて見ると、なんと機雷ではないか。それが二、二、三十メートル間隔に、てんてんと海岸をとりまいている。

「おーい、浮遊機雷があるぞ。面舵いっぱい」

と叫びながら、つづけて、

「目の見えるものは総員、前方を見張れ！」

と声をふりしぼる。サビ色に塗られた機雷は、不気味な感じをただよわせながら、われわれの接岸をこばんでいる。白い砂浜と、濃緑の陸が、すきとおる海に映って、しおれかけた漂流者を、こよなく招いてくれる喜びにひたっているとき突然、

「機雷があるぞ、総員、前方を見張れ！」

と叫ばれたので、仲間たちも驚いた。

「えっ、機雷ですか？」

とこたえながら、舷外にのり出すように海面を見張っている。一瞬、ゆるみかけた緊張が、

ふたたびしまった。

「これから右岸よりにブインに回航するから、みなはボートの前方を注意して見張ってくれ! やっとここまでたどり着いて、触雷なんかで、こっぱみじんに吹き飛ばされたんじゃたまらんぞ。みなよく進路を見張ってくれ!」

というと、上半身を舷にのり出し、みな真剣な顔で海面をにらむ。ボートは、ゆっくり右に弧を描きながら、海岸にそって東進する。左に見える、白い砂浜のところどころには、高くしげるヤシが、大きな木陰をつくり、みるからに涼しそうに、われわれを誘っている。低速になったボートは、慎重に進路を見まもられながら、海岸にそって進んでいる。

と、ちょうど一キロぐらい左前方に、浅い入江が見えた。ようし、あそこで小休止を、と考えながら、その海岸をみてみると、ふしぎなものが目についた。それは、その海岸にしげっている大木の頂きに近く、人間のつくったと思われる小屋を発見したのだ。

おかしいぞ——ニューギニアには木の上に現地民の住宅があることは聞いているが、このソロモン諸島にはないということだった。それなのに、いまここで樹上に小屋が見える。そう思ったので、まずボートを停止して、そのことを仲間たちに話しながら、なおよくその付近を注意すると、驚いたことにその大木の、根元のジャングルのあいだから、二十センチぐらいの砲口がニューッとつき出てわれわれをにらんでいる。砲台だ。

そうすると、樹上の小屋は見張所に違いない。敵か味方か? 味方とも断定できない。敵の第五列部隊(日本の占領地にもぐり込んで、ときにわが軍に奇襲の戦果をあげている敵の小部隊）が、このブーゲンビル島にも上陸しているらしいという情報を聞いているので、あるいは敵の砲台かも知れない。だが、すでに遅い。砲台から一キロたらずにあるこのボートを、彼らも発見していないはずがない。

まったく虎口に飛び込んだウサギみたいに、もう逃げることもできない。万一、あれが敵の砲台だったら、いさぎよく覚悟するんだ、このボートが、敵には見覚えあるボートなので、相当近くまでは接岸できる。これがまた味方部隊であれば、敵兵と間違えられる懸念もあるから、いずれにしても抵抗する意思のないことを、彼らに知らせなければならない。

そう考えて、私は艇首に立って両手を上げ、「オーイ、オーイ」と大声を張り上げながら、徐航で砲台下へと近づいて行く。だが、砲口付近にも、また樹上の見張所にも、人影らしいものはなにも見えない。この静寂さは、アラシの前の静けさを思わせ、異様に血潮をひきしめる。砲口一閃、靖国行きか。その距離をちぢめ、海岸まであと百メートルぐらいまで近づいた。

12　日本兵がいたぞ！

なおも、オーイ、オーイと呼びつづけていると、砲台付近の緑の葉がゆらっと動いて、一人の男が飛び出してきた。これを見た瞬間、あっ日本兵だ！と直感した。それは、越中ふ

んどし一本の裸だからだ。（越中ふんどしは、海軍で一般に使用されていた）
　水ぎわに立ち止まったその男は、ボートに向かって、「オーイ！」と答えているので、矢つぎばやの早口で、一昨夜、ベララベラ島沖海戦でやられた「夕雲」の乗員で、敵のボートを分捕って、ここまでたどりついたんだ、みな水をほしがっている、水を飲ましてくれんか、と叫ぶと、裸の男は、「ようし、わかった」と返事するや、ジャングルの中に消えて行った。
　二、三分もたったであろうか、ジャングルの間から六、七名の兵が隠蔽してあるカヌーをひき出して、海上に浮かべると、なれた手つきでボート目がけてこいできた。やがて、ボートに着くと、
「ごくろうさん、ごくろうさん。よく帰ってこられたね。『夕雲』は全員玉砕のように聞いていたぞ。それがボートを分捕って帰られたとは、よかったですね。さあ、水を飲んでくれ、タバコもあるぞ、バナナも。これは先刻釣ったばかりの黒ダイをさし身にしてきた。食ってくれ！」

　と、カヌーから手をさしのべるその目には、涙さえうかべている。「ありがとう、ありがとう」と受ける側も万感の涙、涙。この兵たちは、目をおおいたくなるような、艇内の惨状を見て、

「こりゃひどい。重傷者ばかりですか？　よくここまで帰ってこられましたね」

　といいながら、こぶしでほおをぬぐっている。

「そうです。約半数が重傷者で、ここまでがんばってこられたのが、ふしぎに思われるくら

いです。ここで応急治療をしていただきたいんですがね」

とたずねると、

「お気の毒ですが、ここには軍医も、看護兵もいないんですよ。ここから二時間で司令部桟橋に着きますから、そこでじゅうぶん治療して下さい。ここは呉軍港所属の海軍第五特別陸戦隊山口部隊というんですが、医療班がありませんので、負傷でもされると、こまるんですよ。案内に一名つけますから、急いでブインに回航して下さい」

といいながら、一隻のカヌーは、砲台にもどって行った。と、すぐ武装した一名がそれに乗ってきて、われわれのボートに移乗するや、

「さあ、出発しましょう。一刻も早いほうがいいでしょう」

とせき立てる。このジャングルの中から、裸の兵が飛び出してくる姿を見るまでの瞬間は、あるいはドカン！　と一発、二十八個の肉塊がすっ飛ぶ場面を想像していたわれわれも、味方砲台兵の手厚いもてなしに、涙を浮かべながら、ごちそうのバナナや、さし身、水も、みな分け合って舌づつみをうった。「もっと水がほしい」とせがむものもあったが、「いっぺんに多く飲んではいかん」と今井兵曹にたしなまれて、不満そうに見上げていた。

まったく夢想もしなかった味方兵のもてなしに、仲間たちも、やっと気力がよみがえり、いよいよ司令部桟橋に向けて発進することになった。

「ありがとう、ありがとう」と砲台員にお礼の言葉をのべ、「元気にがんばって下さい、みなさんの武運長久を祈ります」と別れのあいさつをかわしながら、エンジン起動、発進しよ

うとしたとき、突然、仲間たちのあいだに悲しい事故が発生した。これまでみなと同じに、終始がんばりつづけてきた佐久間兵曹が、急に容態が変わり、戦死したのだ。

左の胸に二つも穴があいて、呼吸のたびに青い内臓がふくれあがって見える重傷だったので、仲間たちも、彼にはとくに注意をしながら見まもってきたのに、味方陣地にたどり着いて、「ああよかった」と安心したのだろう。張りつめていた心が急にゆるみ、負傷に敗れ、精根つきたのかも知れない。

砲台兵の持ってきた水をよばれて、「ああよかった」と、さも満足そうに、かすかな笑いを浮かべて、ふたたび打ち伏せていたが、間もなくのどが異様に鳴っているのに気づいて、私がそばに寄って、

「おうい、佐久間、大丈夫か？」

と呼んでみたが、返事がない。おかしいぞ、と思いながら、上半身を起こそうとすると、もはや呼吸する力もなく、かすかに脈はあったが、これもしだいに消えた。

「佐久間、元気を出せいっ、しっかりするんだ！」

と呼べど答えず、ついに息絶えていった。一瞬の出来事だった。さっそく、

「おーい、佐久間はいったぞ！」

と仲間たちに知らせると、

「ええっ、佐久間兵曹がいきましたか！　もうすぐ軍医のいる桟橋に着けるというのに、運のないやつだ。あんな深傷を負いながら、これまでがんばり抜いてきて、もう二時間もたて

ば、治療してもらえるのに、やっぱり運がなかったんだな。でも、味方の陣地にたどり着いて、ぞんぶんに歓待されて、満足していかれたんだから、不幸中の幸いかも知れん。まあ、安心して極楽へ行ってくれ！」

こうして仲間たちから惜別のことばを贈られつつ、彼はながい眠りについていった。二十八名全員、打ちそろって生還するんだ、とお互いに励まし合いながら、血をしぼる苦闘に打ち勝ってきたのに、彼はついに二十七名を残し、ひとり先立っていった。このうえは、彼の霊を味方司令部のあるブインに眠らせようと一決した。

ボートの中央になきがらを安置し、案内の武装兵と、仲間二十七名に見まもられながら……。われわれは、残る砲台兵たちに、「ありがとう、元気にがんばって下さい、みなさんの武運長久を祈りまーす」とあいさつをかわすうち、ボートは発進した。

先刻、樹上に小屋を発見してから接岸、ふたたび発進まで、ほんのわずかの時間しかたっていない。この生還の感激と、生死をちかった戦友散華の悲嘆と、悲喜こもごもの涙を乗せたボートは、徐々に回転を増して砲台を離れて行く。手を振って見送る砲台兵も、目にコブシをあて、見送られる二十七名もただ涙――。

ソロモンの最前線を守る山口砲台の戦友たちの、武運長久を祈りながら、しだいに遠ざかる。樹上の小屋も、枝の濃緑におおわれて、まったく、見えなくなった。ボートは相も変わらぬ快調さだ。武装兵の慎重な水先案内で、われわれもまったく安心し、左岸にしげるジャングルにこだますエンジンの音も、ひとしおさわやかに聞こえてくる。

味方陣地にたどり着いた喜びと、砲台兵のもてなしに元気をとりもどした仲間たちは、目の痛さも忘れて、岸べに繋るヤシの緑をなつかしそうにながめながら語り合っている。その顔は、これまでにまったく見られなかった明るさだ。

昨夕、このボートを分捕るまでは、生きて帰れる望みも断たれ、イカダにしがみついてただよいながら、きょう一日のいのちが、あすの光が見られるだろうか？　夜半に、秋の枯葉が散り落ちるように、一人ずつイカダからもぎとられ、朝には、なん人残っているだろうか……などと不吉な予感だけが、頭に充満した暗い顔ばかりだった。それがいま、つらさも、苦しさも、痛さも遠い過去の思い出のように忘れさってみえる。

あの砲台が、もし敵の第五列部隊だったら、われわれも、いまごろ黒ダイのエサになっていたろうに、と話しているもの、一升ビンの口にかぶりついて飲んだあの水のうまさ、体中まるで気付け薬がぴんときいてゆくように感じた、というもの、あるいは、タバコを一服吸い込んで、あまりのうまさで頭がぼうっとしたとか、一本のバナナがうまかったなあ、というもの、みなこの砲台兵のもてなしに、心から感謝の気持を語り合っている。

そして、佐久間兵曹も、蓮池兵曹たちも、もう一がんばりしてくれると、みなといっしょに生きて帰れたものを惜しいことをした、これも運命だったんだろうね、と口ぐちに残念がっている。

もう四時も近いと思われるが、照りつける太陽は、相変わらず暑い。だが、仲間たちもほとんどその責苦も忘れ、陶然と、左岸にしげる濃緑に見とれている。昨夜八時ごろ、ボートが発進しておよそ二十余時間、連続駆使されているこのエンジンも、その後ますます快調、しかも、その規則的にはき出す排気のリズムは、すっかり体内にしみ渡り、まるで心臓の鼓動にとけ込んでいるようにさえ感じられる。

ありがとう——われわれが生きてふたたび祖国の土をふむことのできるのも、すべてこのすばらしいエンジンのおかげだ。われわれを救ってくれた、いのちの恩人だ。ありがとう、ありがとう、と心から感謝したい気持だ。

砲台兵たちに別れを告げ、一時間あまり走ったであろうか。左舷前方にショートランドの湾口が見えてきた。入口両端の白浜には、高くヤシの木がしげり、さながら生垣を思わせ、中庭は広い湾内だ。武装の案内兵に、入口付近の機雷にとくに注意をするよううながされ、みな真剣に見張りながら、ボートはすべるように、中庭に入った。

広い湾内には、作戦のため出撃したのか、二、三の機帆船がイカリにつながれているほか、船舶は見当たらない。

その周囲の白浜の岸辺には、緑の帯をしいたように、ヤシの林がつづいている。

入口正面から、やや左寄りに、海中に突き出された木杭の桟橋は、浜の緑に映えてひときわ白く見える。あれがブイン桟橋だ。

「おうい、ブイン桟橋が見えるぞ」

と叫ぶ。仲間たちも、こおどりしながら、舷に立ち上がって、左前方を見つめる。

「ああ、見える、見える。よかった、よかった」

といいながら、隣り同士抱き合って喜んでいる。目と目、涙、涙。

先刻、山口砲台に着いて、さっそく『「夕雲」乗員一同生還』の連絡がブイン司令部にとどいているはずなので、司令部でも、さぞびっくりしているだろう、などと考えているうちに、ボートは快調な音を湾内一杯にひびかせながら、しだいに桟橋に近づいていった。

負傷者もその痛さを忘れて、上半身を舷にもたれ、上陸間近し、と桟橋を見つめている。が、そのまっ黒な顔に、落ちくぼんだ目の奥には、みな一様に、感激の涙があふれている。

これも二昼夜にわたりたゆみなく死へ挑戦し、辛酸を克服し、僥幸を勝ちとった感激の涙だ。そして、ついに生還の悲願は不撓不屈、敢闘をつづけたわれわれの手中に、しっかと結ばれたのだ。

いよいよ桟橋が目の前だ。桟橋の上には二、三十人の人影が、われわれのボートの近づくのを見つめている。三種軍装の肩に、金モールを下げた参謀の姿も二、三まじって見える。

司令部のおかれている基地だけあって、おえらいさんたちも、たくさん出迎えて下さるわい、と思いながら、エンジンの回転を下げ、ボートの左舷をぴたりと、桟橋に横づけする。

つなぎ終わって桟橋に上がると、そこには鮫島具重司令官はじめ、幕僚幹部も、大ぜい横隊に立ちならんで出迎えられている。さっそく、司令官の前に進み、直立不動、挙手の礼を交わし、

「司令官、一昨夜ベララベラ島沖海戦で撃沈されました『夕雲』乗員北条大尉以下二十七名、敵の救助艇を拿捕し、ただいま帰ってまいりました。艦を沈め申しわけありません。残る乗

員は不明であります。おわり！」

と報告を終わるや、鮫島司令官は、

「おう、よく帰ってきてくれた。『夕雲』は全員玉砕と聞いていたぞ。敵のボートを分捕って帰ったとは、よくやってくれた。ごくろう、ごくろう！」

とねぎらわれながら、挙手の答礼の目には、大きな真珠の玉が光っていた。


（昭和四十九年「丸」二月号収載。筆者は駆逐艦「夕雲」汽罐長）

ソロモン特急「早潮」ダンピールに死す

非情なる海戦劇の真相を赤裸々に描出した激闘の記録——岡本辰蔵

1 最後のカギをにぎる者

私は戦後、いくたの戦記物に目をとおしている。とくに外南洋部隊、なかでも駆逐艦によるガダルカナル島増援作戦にかんするものは、みずからも駆逐艦でこの作戦に参加し、ずいぶんとあぶない橋をわたってきた関係もあって、このんで読みふけっている。

しかし、これらの戦記はそのほとんどが、参謀とか艦長クラスのいわゆる高級幹部の苦心談ばかりであって、これら補給作戦の最後のカギをにぎっていたといっても過言ではない、揚陸舟艇隊の指揮官や短艇員の苦心談にかんするものがきわめてとぼしく、いつもざんねんに思うのである。

私がここにつづる記録は、けっしてみずからの〈はたらき〉を誇示するような気持からつづったのではない。だが、この作戦でたおれたいくたの戦友たちの冥福をいのる意味において、あえてこの一文を発表するしだいである。

もちろん、いま現在、一介の農家のおやじにすぎない私が農事のひまをみては、ぽつりぽつりと記憶をたどりつつ書きつづったものであるから、あるいは戦史的に不正確な部分があるやもしれず、また文章もつたない点が多々あるであろうが、ただ、当時の私が見たこと、感じたこと、あるいはみずからの行動をそのまま、なんのかざりもなく記した真実の物語であることには変わりないことを一言申しあげておきたい。

その作戦は、真っ暗いやみの夜に、かぎられた、わずかの時間内に決行しなければならなかった。

木製の小さなボート四隻に沖合にて、駆逐艦より数十トンにのぼる弾薬、兵器、資材、兵員を満載し、敵の飛行機や高速魚雷艇の目をかすめて、敵陣地の鼻さきに揚陸するものであった。

海岸の周囲には、蜒蜿とつづく環礁（リーフ）が水中にトグロをまいている。そのなかを暗やみをついて私たちは、短艇のツメざおをもち、リーフの切れ目をさぐり、突破して接岸しなければならない。もしも艇がリーフに接触でもすれば、木製の艇底はたちまち破れ、一巻の終わりである。

また、かぎられた時間内に帰投できなかったならば、人も艇も、そのまま深夜の敵前におき去りにされて、駆逐艦は行動予定どおりに帰途についてしまうのだ。

――そして、つぎにくるものは、飢餓と爆弾の洗礼である。海中にはソロモン名物のどうもうな人食いザメがえものをもとめて遊弋しているのであるから、どうみても助かる方策はない。

しかし、これが私たちの戦場だったのである。

2　艦橋できく作戦命令

駆逐艦「早潮」(基準排水量二千トン、最大速力三十五ノット、陽炎《かげろう》型の艦隊型駆逐艦)は、当時、外南洋部隊のガダルカナル島増援揚陸作戦部隊の一艦として、昭和十七年九月二十九日、トラック泊地を出撃、途中、水上機母艦「日進」を護衛して十月一日正午に、最前線基地ショートランドに入港した。

入港とはいっても、いつ敵機の来襲があっても対応できるように、ただ推進機が停止しているだけで、艦上ではとっさの戦闘にそなえて一時のゆだんもゆるされない、緊張がつづいていた。

翌二日はガダルカナル増援の陸軍兵と、その物資をつみこむのに大わらわとなった。

この間、私は忙中閑をもとめて舷側から釣糸をたれてみる。このあたりは水深があるので、えものはいわゆる深海魚である。かんたんなエサをつけ、数十メートルもの深さまで糸をのばし、ややあって糸をたぐると、手ごろな深海魚が、いともかんたんに上がってくる。

ただ異様なのは、水圧の関係からか、大気中に身をさらした魚は、いずれも目玉がとびだ

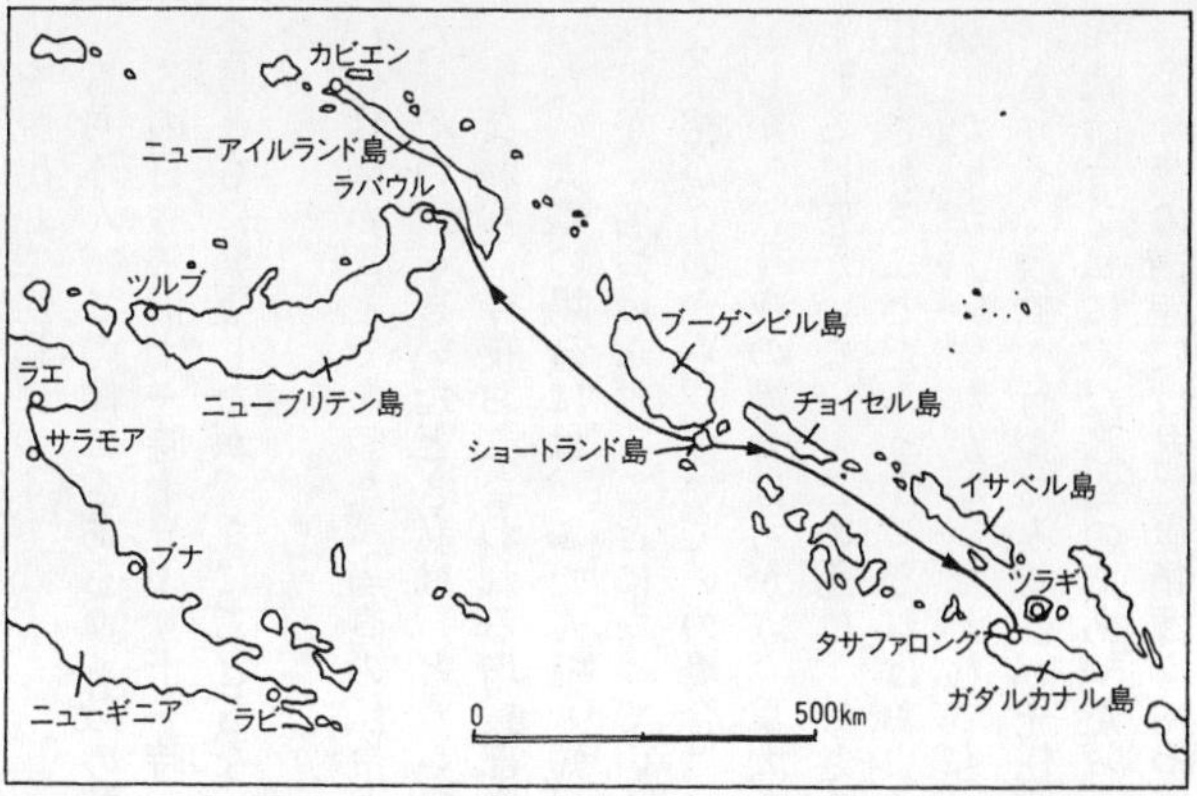

していて、姿かたちもめずらしい魚体を目のあたりにするのは、はげしい戦場生活をすごす私たちには、たのしみの一つであった。

ときたまおどろかされるのは、水面に上がってくるまでに、かんじんのエモノがサメのえじきとなって食いちぎられ、魚の頭だけがのこって上がってくるときであった。

このカタキうちは、いともかんたんである。「このやろう」とばかり糸をたらしていると、この小にくらしいクセモノは、えさにひかれておもしろいほどかかってくる。

明けて十月三日午前八時三十五分、「早潮」はガダルカナル島に向けて、単艦にて出撃した。

目的地であるガ島ルンガ岬までは、約三百カイリである。「早潮」はまっしぐらにガ島をめざし、さらに日没後は全速力を上げて突っぱしり、星ひとつない真っ暗なヤミ夜を利して揚陸をすませるや、日の出前後にはふたたび、百五十カイリの敵の飛行圏内を脱出して帰途につく。

もちろん、この間にもあらゆる敵の妨害をうけなければならない。

この日も午前十一時十分より十一時二十五分にかけて、はやくも敵大型機の接触をうけて全員ともに緊張したが、なにごともなく、それ以後はさらに警戒を厳にしつつ航行をつづけた。

昼食後のことであった。当直の伝令が、先任将校が艦橋で私をよんでいる、とつたえてきた。その声をきいたとき私は、とっさのうちに、それが何用であるかをさとっていた。

すなわち、今夜おこなわれる増援部隊揚陸のさいの、短艇の指揮官についてであろうと思った。大艦の場合には、ふだんでも短艇を派遣するときにはかならず、准士官以上の短艇指揮官が一名つけられることになっているが、駆逐艦のような小艦では、士官の数にそのような余裕がないから、たいていの場合は艇長まかせである。

しかし、今夜の場合はちがう。重大な揚陸作戦であるからとうぜん、正規の指揮官がつけられるにちがいない。この話は、けさも後部士官室で話題となっていた。いずれはだれかが任命されることだろうが、それはおよそ掌水雷長か、掌砲長の私くらいだろうということになった。が、いずれがなったとしても、私はさほど気にしていなかった。

さっそく艦橋へ行ってみると、先任将校は私のまえに海図をひろげて見せ、つぎのような作戦命令を私にくだしたのであった。

①今夜の揚陸には君に艇指揮をやってもらう。

②本艦は今夜十時ごろ、ガ島タサファロング沖約三百メートルまで進入の予定。ただちに揚陸を開始する。
③使用短艇は第一、第二内火艇および第一、第二カッター。ほかに増援部隊の携行する折りたたみ式浮舟二そう、計六そうである。
④揚陸地点には、あらかじめ青ランプが出されるはず。
⑤海岸より十メートル沖合には珊瑚礁《さんごしょう》（リーフ）が周囲をとりまいているので、このリーフに艇をのし上げないこと――そのためには、といって先任将校は海図をしめす――山の稜線に凹地が見える。それを目標にして艇をすすめれば、リーフの切れ目があるから、そこをぬけよ。
⑥本艦はだいたい午後十一時ごろ、出港の予定である。もし予定時刻まで帰艦できなかった場合は、本艦はやむをえず出港するので、そのかくごでやってもらいたい。
およそ以上のような作戦命令であった。

私は気がるに「はい！」といって艦橋をおりたものの、その任務の重大さを思うと、いまさらのように責任の重さを感じたのであった。

ガダルカナルの戦闘が遅々としてすすんでいないことは、くわしい状況こそ知らされていなかったが、うすうすながら私たちの耳に入ってきていた。そして、いまガ島の日本軍にとってもっとも必要なものは、一粒の米、一発の小銃弾であり、これこそ不可欠の大切な戦力となっているという事実だった。

どんなことがあっても、これだけは送り込まねばならぬ、と私はかくごをきめた。あらゆる艱難辛苦《かんなんしんく》をかさね、貴重な犠牲をはらって、はるばる日本内地からここまではこんできて、最後の一歩で失敗したとあっては、それこそ申しわけないことである。ここにいたって、私たち艇員の任務と責任はじつに重いといわねばならなかった。

そうときまって私は、さっそく一、二分隊の先任下士官を呼ぶと、艇員たちの選出にとりかかった。この点では艇長以下、みな短艇の操縦によくなれた猛者ばかりで編成することができた。

そして、つぎに艇員たちにたいして、さきほどの作戦内容をしめすとどうじに、こまかい注意事項をあたえたのだった。

また私も、万一の場合をかくごして、身のまわりの整理をおこない、防暑服を第三種軍装にきかえ、軍刀、双眼鏡、拳銃などいっさいの準備をととのえ終わって、いよいよ時のくるのをまつのみとなった。

3　暗やみにのまれた舟艇

そうこうするうちに薄暮が海面にせまってきた。この日は朝から敵大型機の接触をうけており、いつもであればいまごろは、とうぜんのように空襲をうけているはずであるが、いっこうに敵の攻撃隊は出現せず、とうとう日没をぶじにむかえることができたようである。

このころをさかいにして、艦は全速三十五ノットを発揮して突っ走りはじめた。

およそ敵機の行動範囲は百五十カイリである。そこでわれは日没になってから、この圏内に突入を開始し、そのあと全速で突っ走っても、目的地まで四時間はかかる。

到着とどうじに荷揚げをおこない、ふたたび全速でこの百五十カイリ圏内を出るまでには、往復十時間はどうしてもかかることになる。

もし、まごまごしていて日の出がすぎても敵の行動圏内にうろついていようものなら、たちまち敵機のえじきになってしまい、もとより生還はむずかしい。

これが駆逐艦のみでするネズミ上陸、大発を使用するアリ上陸の由来であった。すなわちネズミのごとく夜間のみ活動し、大発はアリのごとくノロノロと動く、からというわけである。〈トウキョウ・エキスプレス（急行便）〉は、米軍側が名づけた俗称であるが、日本側が名づけた〈ネズミ上陸〉のほうがけだし、当たっていよう。〈アリ上陸〉はその後、失敗におわって中止になったという。

かくしてわが「早潮」は、およそ予定時刻である午後九時五十分ごろにいたって、タサファロング沖へと進入を開始していたのである。

「両舷機、停止！」

その直後、艦の行き足をとめるべく若干の後進がかけられると、艦尾に白いウズがまいて、やがて艦は完全に停止した。

と、手ぐすねひいて待機していた艇員たちが、いそぎそれぞれの受け持ち短艇に乗り込み、ついで六そうの艇が「早潮」の両舷につけられるや、ただちに揚陸部隊の乗艇が開始される。まったくのところ、スミを流したような真っ黒な夜であったが、さいわいに海面はおだやかで、そのうえ駆逐艦のことであるから舷側もひくいので、乗艇にはそれほどの難儀はなかった。が、なにぶんにも兵隊たちの携行品たるや、限度いっぱいまで身につけているものだから、まるで雪ダルマのようなかっこうである。しかも命よりも大切な小銃をしっかりとにぎっている。

その陸兵さんたちも、やかましくドナリ散らされるうち、全員がぶじ乗艇を終えたようである。私は、第一内火艇で指揮をとることにした。

艦上では先任将校が、「よかったらはなせ！」と叫ぶ。その直後、六そうの艇はつぎつぎと離艦する。

陸軍さんのもち込んだ組立式浮舟には、せいぜい武装兵五、六人が乗りこんだところで満ぱいとなった。この浮舟は、一そうずつ内火艇が曳航することとし、カッターはカイでこぐ橈漕《とうそう》で行くこととなった。

私の内火艇を最先頭にして、ついで第一カッター、第二内火艇、第三カッターの順で隊列は、しゅくしゅくとぶきみな静けさのなかをすすんでいった。

私は第一内火艇の艇首にある操舵室の天がいをまたいで腰をおろし、それこそ目をサラのごとく見ひらいて四周を見張っていた。

艦をはなれたときから、ガダルカナル島の稜線が暗い夜空にうすぼんやりとみえていたが、私はその芒とした山かげを目標にとって針路をさだめた。その山の方向にすすんで行けば、そこが揚陸地点であり、そこでは青いランプが、私たちの到着するのを待っていてくれるはずである。

艇の針路は、艇長がしっかりと舵をにぎってとらえている。なんといっても、陸地までの距離はせいぜい三百メートルにすぎないし、海上の三百メートルなどはすぐそこである。

私はもっぱら四周の警戒に全神経を集中しつつ、後続する艇を誘導していった。まさか、こんなヤミ夜に敵機の来襲があるはずはなし、まずは大丈夫とは思ったが、しかしもっとも恐ろしいのは高速魚雷艇の出現である。

こんなマッチ箱のようなボートの列に高速で突っ込んでこられたら、それこそ目茶苦茶である。なんとしてでも、いまのうちに少しでも先にすすんでおこうと思っても、速力を出せば、曳航中のカメの甲型の浮舟があぶなっかしいし、それにもう一つ、カッターは手こぎなのである。

そうこうするうちに隊列は、だいぶ前方にすすんだようである。私はここで双眼鏡をあて、山の稜線に目をやってみる。しかし、山頂はアイマイもことして、さきに先任将校が海図で示したような目標になる特異点などを見きわめることなど、まったく不可能である。

そのうえ、もっともタノミのつなとする、揚陸地点に点滅する青ランプの光がいっこうに見えてこないのである。

海上の三百メートルはちかい、なにほどのことはあるまい。陸地まで一気にもって行こうと思っていた私のおもわくは、ここにいたって、ようやくゆるぎはじめていた。

後方をふり返ってみると、「早潮」の姿は、とうに暗ヤミのなかに消えてしまっていた。目に映るのは、ただ後続艇のたてる白波がうすく、後方につづいているのが見えているだけである。

私はしだいに不安がつのり、気まであせってきた。そこで、

「艇長、針路は大丈夫か！」

とどなると、さすがにベテランの艇長は、

「大丈夫です！」

とどなり返す。後続の短艇もはぐれることなく、必死にあとにつづいてくる。そのさまには、悲しくなるほどのイトオシサが感じられる。私はあせる心をおさえて、なおも前進をつづけた。指揮官たるもの、このような場面で、平常心をうしなってはならない。

4　危機のあとの危機

それにしても、いったいどうしたのであろう。陸地はなかなかに接近してくれないのである。気のせいだけではなく、やはりふしぎな現象というほかはない。

もとより内火艇といえども、羅針儀までは用意などしていない。いまは空も海面もただ黒一色で、なに一つ目標になるものはないのである。——私はこのときの暗ヤミの恐ろしさを、いまでもわすれることができないでいる。

いまはただ、カンによって艇をすすめているだけとなった。もしも方向がまちがっていたりすれば、それこそどんな大事を招来するか、さすがの私も、心中ひそかにおこる動揺を禁じえない。

が、天いまだわれを見すてず、であった。それからまもなくして、待望の青ランプの光が、うすぼんやりとみえてきたのである。その一瞬、心からほっとした。ワラをもつかむ心境であった私にとっては、まさに神さまホトケさま……であったのである。私は大声でどなっていた。

「艇長、青ランプがみえてきたぞ！」

「オッケイ！」

相も変わらぬ艇長の元気のよい返事である。

しかし、その青ランプの光る位置は、とんでもなく右の方によっていたのだ。ということは、わが舟艇の進路が左方によりすぎていたことになる。このまま進んで行けば、敵飛行場ちかくの海岸に、モロにぶっつかることになったにちがいない。

一瞬、ぞっとした冷気を背すじに感じつつ、私はおもむろに「オモカジ！」を艇にとらせると、右に変針した。

と、そのときであった。ゴリゴリという異様な音とともに、艇がガクンと震動して停止してしまった。サア大変である。艇の変針のみに気をとられているうちに、問題の珊瑚礁にのし上げてしまったのである。

これまでにも各艦の揚陸舟艇のうち、一そうはかならず、このリーフに接触したり、座礁したりしている。腹いっぱいに資材、人員をのみこんで吃水《きっすい》のふかくなった木製の短艇が、かなりの速力でリーフに座礁した場合、そのほとんどは衝撃で艇底を損傷したり、推進機を破損してしまい、ついには航行不能におちいり、陸地を目前にしながら涙をのんで、艇をすてて引き返すか、あるいはガ島に居残るはめになったりして、九仭《じん》の功を一簣《き》に欠いた例もすくなくないのである。

先任将校が海図をもちいてくわしく説明してくれたのも、この事故をおもったからであろう。また、こうした事故のため、これら上陸作戦の効果に疑問がもたれ、のちになってネズミ上陸はついに廃止になり、これにかわってドラム缶輸送が登場したわけである。

ドラム缶輸送とは、物資をドラム缶につめ込んでこれをロープでつなぎ、艦からはこのロープの先端を陸地にとどけるだけでコトがすむという簡便さがあった。

さて、水中をのぞいてみると、船底をかんだリーフ一帯は、プランクトンの一種が放つ光のせいか、ぎらぎらと光ってそれが蜒蜿とつづいている。

あらためて機械に後進をかけても、艇員にツメざおで艇を押し出させようとしても、そんなことではびくともしない。やむなく私は、艇員三名とともにザンブとばかり珊瑚礁にとびおりるや、半身を海水につけたまま、渾身の力をこめて艇を押し出した。

なにぶんにも、せいぜいが武装兵三十名あまりの定員の内火艇のことである。私たち四名が海にとび込んだだけでも、艇の吃水が浅くなったのと、死にものぐるいの私たちの馬鹿力が効をそうして、ようやくにして艇は、徐々にではあるが、離礁することに成功したのであった。

さいわいにして船底にも、推進器にも大した損害は見あたらず、ただ素足でとび込んだ艇員が、珊瑚礁で足をいためたていどですんだのはうれしかった。

ここで後続の短艇にも注意をうながし、速力もぐっとおとして、ツメざおにてリーフをつたいつつすすんだが、それからまもなくリーフの切れ目をさがしあてることができた。後続する短艇も、つぎつぎとこの切れ目から進入し、全艇ともぶじに接岸することができたのであった。

海岸は一帯の白い砂地であった。艇首をその砂地にふかくのし上げたところで、ただちに揚陸作戦が開始された。とにかく、途中で予期せぬ事故で時間をくったので、万事はいそがなくてはならなかった。

そして、これから先、いつの日につぎの物資、人員の補給があるやもしれず、陸兵にとって、あるいは現在身につけているこの携帯品だけが〝虎の子〟で、最後のものとなるかもしれないのだ。

それにしても、この陸軍の兵隊たちの姿は異様だった。まるで雪ダマルのごとく、およそ身につけられる可能性をためすがごとく、限度ぎりぎりまで身にまとったおかげで、その動作は私たち海上生活者にくらべると、カンマンきわまりないものがあった。

私はもうがまんできなかった。一刻をあらそう現在である。非情なる命令でも発せざるをえない。私は艇員に命じて、このノロマ組の兵隊を、かたっぱしから海に突き落とさせたのだった。

5　必死のホームスピード

さあ、いそがねばならない。私は揚陸をおわった短艇から順次、帰艦するように命じた。そして、三そう目が沖合をめざすのを見とどけてから、私の内火艇も離岸した。と、そのとき陸岸の方から私たちを呼んでいる人声をきいた。なにごとであろう。元気のない、まるで蚊のなくようなかすれ声で呼んでいるのだ。

私はふたたび陸地へ飛び上がると、声のする方向へ走っていった。と、そこには夜目ではっきりとはわからなかったが、五人ほどの陸軍の兵隊が銃をツエにして、あやうげな足どりでこちらにやってくる姿があった。彼は口ぐちにいった。

「どうか、われわれをあなたの軍艦につれて帰ってください」

というのである。

異様な臭気、やせおとろえた体駆——彼らはいずれも負傷兵や戦病患者のようであり、ともに栄養失調でもはや現地においては治療の方法もなし、と判断されて後送されてきた兵隊たちばかりであった。

私はこの緊急のときに、こまった連中に出会ったものだと、内心まごついたが、いまはちゅうちょしている場合ではなかった。ただちに艇員に手つだわせて、彼らを艇に収容すると、ようやくにして帰路についたのだった。

このころになって、なんとなくあたりがすこしずつ明るくなってきたようである。月の出がちかづいたのだ。月が出たとなれば、危険度もましてくる。敵機や魚雷艇の姿が、ふと私の脳裏をよぎる。

前方に目をすえると、そこにはいぜんとして「早潮」の姿があった。このときのうれしさは、とうてい言葉では表わせないものがあった。わが艇は、カッターを曳航して、全速で沖合をめざして突進していった。まさにホームスピードである。

一気に艦がちかづいてゆく。見ると先着の内火艇や、第二カッターは、すでに収容準備ができているらしい。上甲板いっぱいに、短艇の引き揚げをまつ兵員がすずなりとなり、まるで登舷礼式さながらに、私たちの帰艦をまちあぐんでいた。

艦橋でも、艦長以下、さぞかし私たちの帰艦をじりじりとしてまっていたにちがいない。メガホンを口にあて大声で、

「はやく、はやく！」

となっている。

すでに「早潮」は、前進微速で除航をはじめている。そのなかを舷側にへばりついた四隻のボートが、つぎつぎと短艇ダビットで引き揚げられていく。

「用意、引け！」

いまは艦の側も、ボート上も、必死の面もちである。「早潮」の行き足は、徐々にではあるが速まってゆく。

ようやくにして、四そうの搭載艇は、艦上におさまることができた。しかし、またも月が顔をのぞかせてきた。「それ、くるぞ！」とだれかが叫ぶと同時に、数機の敵機が爆音たかく夜空をついて現われるや、つぎつぎと爆弾を投下してきた。

一瞬、水煙りが「早潮」をおおった。しかし、ときおりのぞかせる月明下では、さすが敵機も目標捕捉ができなかったのか、艦はさほどの被害もなく、危機を脱することができた。

しかし、私はこのときの、いまだに苦笑を禁じえない場面を思い出す。

この敵機の爆弾投下のさなか、カッターの引き揚げにかかっているさいちゅうの若い兵員が、思わず短艇索を手ばなして、いちはやく三番砲塔の下部にもぐり込んでしまったことである。

一瞬の恐怖のなせるわざであろうが、見のがせぬふるまいである。私は情け容赦なく、この兵隊を引きずり出すと、思いきりビンタをはったのであった。まだ十六、七歳の若い兵隊であったけれど、やむをえない戦場のオキテであった。もとより、このあと私は艦長にいっさいを報告した。

6　人知るや先兵の嘆き

かくして私は、どうやら大任をまっとうすることができたのであるが、しかしこの作戦に当たって終始、おかしな心理状態にあったのはたしかであった。私は私なりに大いに心をいためるもととなった「一事」である。このために私は作戦をとおして、つねにみずからの気持に〝あせり〟を感じたものである。

それは、もちろんわが身にかかった重責のゆえもあったが、正直いって、万が一にも時間にはぐれたなら、私たちはガダルカナルにおき去りにされてしまう、あるいは「早潮」ともこれが最後になるのではないか、という不安に終始つきまとわれたことである。

それにしても、先任将校が私にくだした作戦命令のなかに、

『本艦はガ島タサファロング沖三百メートルまで進入する』

とはっきりいったことである。海上の三百メートルはちかい、とはすでにのべた。呼べば「オー」と答えがくる至近の距離である。だから、私はなにほどのことはないと、たかをくくっていたのだった。ところが事実は、すすんでもすすんでも陸地はほど遠く、ちかよってきてくれないという椿事である。

また、本艦がこの海面に進出したのは、このたびがはじめてであった。この未知の海面は、いくらヤミ夜とはいえ、目と鼻のさきには敵の飛行場があって、昼夜わかたず厳重な監視の目がひかっているのだ。

そのうえ島の周辺には、船舶にとってもっとも危険なリーフがとりまいており、しかも潮流が特別にはやく、こんな危険な海面にいくら任務とはいえ、あえてこのような冒険をやったのであろうか、という疑念についてである。

任務も大切だが、その任務についた艦も、二百五十名の乗員の生命も大切なはずである。

私はまた〈三百メートルの距離〉についても、いまだに納得のいかないところがある。それは、あの青ランプの一件である。

陸上では私たちの補給をそれこそ、一日千秋の思いでまちあぐんでいたのである。たとえ敵前において、彼我の連絡がとれないとしても、陸上でよく見張っていればかならずや、三百メートルくらいの距離なのであるから、私たちの進入のもようがわからないはずはない。それなのに、わが艇が陸岸にまぢかくなってようやく点火された——ということは、本艦の進入距離がかなり遠方で、そのために確認ができなかったからではないのか、と思われるふしがあるのだ。

戦場にあっては、このような誤差はいくらでもありがちで、あえておどろくにはあたらない。ただ、私がこの問題にこだわるのは、とにかくはじめての作戦であり、そのうえ真っ暗なヤミ夜でもあり、また時間に制限があったので私も、いささか心に動揺をきたしていた。

そのため一種の異常な真空状態をうみ出すこととなったからである。作戦の完遂のためには、もうすこし慎重な配慮が必要ではなかろうか。

つぎに「早潮」が参加した第二次以降のガ島増援揚陸作戦についての行動を列記してみよう。

十月五日＝午前四時三十七分、敵機五機来襲。午前三時四十五分、出撃、カミンボ岬にむかう。午前六時三十分、敵機の接触をうける。午後八時五分、カミンボに進入。午後八時四十五分、揚陸作戦開始。午後十時、帰途につく。

十月七日＝午後十二時三十分、ショートランド帰投。

十月九日＝午前七時五十分、出撃。午前十一時十分、午前十一時二十五分、敵大型機接触。午後八時二十五分、タサファロング進入。午後八時四十五分、揚陸開始。午前零時、帰途につく。

十月十日＝午前四時十二分、敵機四十五機来襲、主砲二十四発、機銃六十発発射。撃退。午後八時五十分、揚陸開始。午前零時、帰途につく。

十月十一日＝午前四時十二分、敵機四十三機来襲、主砲十四発、機銃六十発発射。午前四時五十分、撃退。午前八時三十分、敵陸上機二機来襲。主砲一発発射、撃退。午後十二時十五分、ショートランド帰投。

以上のように前後三回にわたり、まったく息をつぐまもないくらいガ島増援作戦に従事し、そのつど私は、揚陸舟艇隊の司令官を命じられたが、最初の一回だけはすでに記したように、ずいぶんと苦心したものの、そのかいあって、以来一度の失敗もなく、ぶじ任務をはたすことができたのであった。

7 つかのまのラバウル

昭和十七年十一月二十三日、陽炎型一等駆逐艦「早潮」は単艦で、わが海軍の前線根拠地ラバウル港にその勇姿を現わした。

外舷のところどころは赤くさび、船体には白い塩がふき出し、灼熱の陽光がはえてぎらぎらと照りかがやいていた。まこと戦場をかけめぐってきた歴戦艦そのものの姿である。

事実、「早潮」はショートランドよりガダルカナル島への増強作戦に、死にもの狂いの戦いをつづけてきたのであったが、そのさなかの思いがけない、その日のラバウル入港であった。

つぎの任務については、なにも知らされていない兵員たちは、この不意の入港に久しぶりの〈休養〉があるかもしれないと期待するむきもあったようである。事実、私もその一人であった。このころのラバウルは、まだまだ平穏であったのだ。

しかし、入港したといっても、錨を投じての停泊ではなかった。いつ空襲があっても、ただちに行動がとれるように、ただ艦の推進器が回転をやすめているだけである。

もっとも私たちもこの四ヵ月間というもの、せっかく港にはいっても、心身ともに一時といえども安らぎはえられず、つねに緊張をもとめられてきたのだった。

とにかく、ひさかたぶりに「入港用意」の気まえのよいラッパが鳴りひびいた。この艦が停止するまでのわずかな時間に、乗員たちはそれぞれに、直観的に、ラバウルの街角に立つみずからの姿を思ったにちがいない。

遠くには活火山がたかくそびえてみえ、それは一幅の絵画のように白い煙をはいていた。そのふもと一帯は、ふかい密林におおわれて、そのまま、濃いみどりが港までせまっていた。人家の屋根屋根もまた、樹々にかこまれて、いかにも熱帯地らしい風景である。

ちかくに見える上陸桟橋のそばに、赤さびた船体をさらし、擱座したままの商船の残骸は、敵のものだったのか、あるいは味方船団の一隻だったのかは不明だが、最初にわが日本軍が占領した当時の遺物であるらしい。街なみの中ほどに、一部、茶褐色にこげたような街路樹が散見されるのも、過去の戦闘の跡であろう。

うっそうとしげった小高い丘の中腹に赤十字旗がひるがえって、わが海軍病院の白い建物も見える。うわさによると、ここには慰安施設まであるというが……。いずれにせよ、港内のようすも前線基地としては意外なほど静かで、行きかう小艦艇の姿にも、どこかのんびりした風景がうかがえた。

激烈だったガダルカナル島増強作戦に明け暮れていた私たちには、まるで母港にでもかえってきたような心の安らぎがあった。動かない大地を思いきりふみしめてみたい、という欲望が、しぜんとわきでてくる。

が、夢のような一時も、つぎの瞬間にはみごと吹きとんでしまった。街のたたずまいも、港内の静けさも、私たちの「早潮」が入港すると同時に一変して、火事場さながらの戦場風景が現出したのだった。

まず私自身についていえば、掌砲長の任にある以上、戦闘で消耗した弾薬の補給に大いそがしとなったことはいうまでもないが、燃料・糧食などの積み込みに、てんてこまいさせられたのであった。

そのうえ、私が砲術科倉庫長と作業員をつれて、陸上の弾火薬庫より弾薬の供給をうけて艦に帰ってみると、なんと数隻の大発艇が舷側に横づけされており、多数の特別陸戦隊の兵士たちが諸物件の積み込みに大わらわのさいちゅうであった。

また、いつのまに入港したのか、ほかに数隻の駆逐艦がわれとおなじく、積み込み作業にけんめいに当たっていた。

聞けば、この陸戦隊は東部ニューギニアのラエ、およびサラモア両地区への増強補給部隊ということで、「早潮」艦長を指揮官として、四隻の駆逐艦とともに、今夜半にラバウルを出撃するのだという。

とにかく、数時間にしかすぎなかったこのラバウル入港中のいそがしさは、またかくべつであった。休養などはおよびもつかず、そのうえ予想もしなかった乗員の定期補充交代まで行なわれたのである。

第一分隊長で砲術長の先任将校が退艦することになったほか、分隊長のなかにも若干の異動があって、その人事についても私は、分隊士としてきりきりまいをさせられたのだった。

しかし一方、ひさしぶりに内地からの郵便物がとどいており、みな大よろこびとなった。しかしながら私には、まったく思いがけない悲報がもたらされたのだ。それは郷里にある母の病死の知らせであった。これにはさすがの私も、びっくり仰天であった。

母は当時七十五歳、若いころからの苦しい労働からくる過労もあってか、わりあいはやくから老衰の気配がみえたが、しかし、こんなにはやく亡き人になろうとは思いもしなかったし、またこんなところで母の訃報に接しようとは意外も意外であった。

六人兄弟の末っ子として生まれた私は、母にとっても一番かわいかったらしい。私にもそれがよくわかっていただけに、なおさらの悲しい知らせであった。しかも、訃報は死後三十五日をすぎていたのだ。

しかしながら、いまの私には、母の死を悲しんでいるような余裕はなかったのである。

8　開幕した悪霊のドラマ

十一月二十三日の夜半、おりからの暗やみをついて「早潮」以下、総数五隻の駆逐艦は、敵に探知された気配もなく、静かにラバウル港を出撃した。

明くれば昭和十七年十一月二十四日、この日こそ運命の日であったろう。この日は天気晴朗、風もなくカガミのごとき海面であった。いつもきまったようにやってくる敵の哨戒機にも出合わず、魚雷の航跡にも見舞われることなく、ちかごろにない平穏な警戒航行であった。

陽光は艦の鋼鉄をこがすばかりであるが、しかし上甲板だけは、艦が高速で走っているのできわめてすずしい。上甲板にところせましと山積みされた陸戦隊の携行物資の上には、彼らが思い思いの姿勢で、涼をとってやすんでいる。

彼らもまた、日本内地を出発してからすでに幾十日をへているのであろう。いざ出撃といってもはっきりとした行きさきはしめされなかったであろうし、また命令一下、北半球から遠く赤道をこえてこの南半球へくる間には、いくたびか敵機や敵潜におびやかされて、すくなからず損傷をうけているのであろう。

しかし、その不安な旅路も、いよいよ終着がちかづいたようである。彼らの上陸地点は、どうやらニューギニアのラエ、サラモアの両地点と決定されたようである。ニューギニア中央部にそそりたつオーエン・スタンレー山脈をへだてて、南側には敵の要衝ポートモレスビーがあり、最近は兵力の増強にいちじるしいものがあるとうわさされていた。

それだけにいま、彼ら陸戦隊員の脳裏に去来するものはいったい、いかなるものであっただろうか。内地のこと、肉親のこと、あるいはこのさきどのような運命が待っているのか、思いはみなおなじこもごもであったろう。それにしても、はたしてぶじ上陸できるであろうか。

私は今回もまた、上陸舟艇の指揮官を命じられた。それだけに苦しかったガダルカナル島作戦時の体験にもとづいて、昼食事のひととき、陸戦隊の下士官を後甲板にあつめて、上陸時の注意事項を達したのであった。

その間にも、平穏な警戒航行はつづいた。日本海軍特有のスマートな艦型をもつ駆逐艦五隻は、みごとな編隊をくんで、いまニューブリテン島北方はるか海上を、指揮艦「早潮」を先頭にして、高速三十ノットで一路、目的地にむかって航進している。

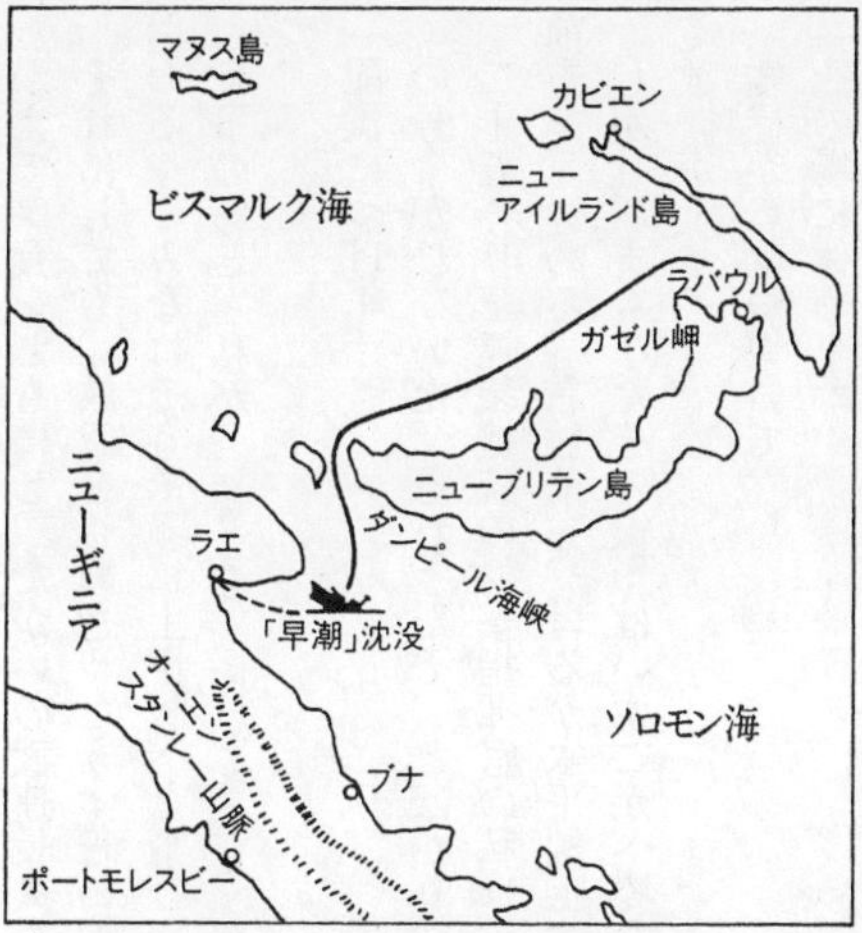

相変わらず海面は、カガミのごとく静かであるが、先頭艦の発した大きな波のうねりに、後続艦はときたま艦首をうねりに突っこんで、その白い海水の飛沫が滝のように艦橋をあらっている光景はすばらしく、勇壮そのものである。

——だが、この勇姿が、この五隻のうちの一隻がこの日、最後の一瞬をむかえようとは、だれが予想しえたであろうか。

日没がようやくちかづきつつあった。後部士官室では、陸戦隊の准士官以上四、五名をむかえて夕食をともにし、たがいの武運長久をいのって乾杯する。

それにしても、舷窓をしめきったうす暗い艦内の暑さにはうんざりである。そこで食事がおわるや、みなはそうそうに上甲板へと飛びだしてゆく。

食事のあと、私が、〝きょう一日、さいわいにぶじだったなあ〟と思っていると、とたんに、

「配置につけ！」

の号令がひびいた。それきたぞ、とばかり総員はただちに、それぞれの戦闘配置につく。

二十五ミリ三連装機銃の射撃指揮官の私は、左舷二番機銃台のちかくに位置し、双眼鏡で前方をみつめる。右舷前方、はるか水平線上すれすれに飛ぶ一機の飛行機を発見する。

しかし、まもなくその機影はいずこかへ姿をけした。はたして味方機か、単機で哨戒につく敵機か……。

艦橋からはつづいて、

「その場に休め！」

の号令が発せられ、みなは対空戦闘配置についたまま待機をすることとなった。

対空配置のまま、しばらく緊張がつづいたが、どうやら敵機らしき機影も現われず、艦はさらに速力をまして、しだいに目的地にちかづきつつあるようだ。

待機をつづける私には、さらに上陸舟艇の指揮官としての任務がくわわっていた。しかもそのときは刻々と切迫していたのだ。艦が陸岸に接近するとどうじに、私にかせられた重大

任務が、いよいよスタートすることになる。

昼間の平穏な状況から判断したところでは、どうやら今夜の上陸作戦は、およそだいじょうぶのように思えていたが、正体不明の機影が出現したとあっては、そうは問屋がおろしてくれそうにもない。

まずはこれまでのように、ガ島なみに一通りの出発準備はしておかねばならない。私はやむなく戦闘配置をはなれると、準備のため後部士官室におりていった。甲板の下は推進器の軸が二本、全力で回転し、鉄鎖の舵索が通っていて、そのうるさいことおびただしい。甲板上での出来事はもとより、号令さえもここまではとどかないだろう。

愛用の軍刀と拳銃などはあらかじめ、上陸舟艇の第一陣として出発する第一内火艇に積みこんである。

まず、服装を艦内防暑服から、陸戦隊用の軍装にきかえる。その他もろもろの身のまわりの整理をおえたところで、後部士官室の一角にどっかりと腰をおろして一息ついた。と、そのときであった。

突然、カチンという異様な金属音が耳にとびこんできた。思わずはっとして立ち上がってよく見ると、私の左脚のかかとのあたりに、小指大の長方形をした弾片が当たって、コロリと足もとにころがり、白い糸のような煙がすっと立ちのぼってきた。

そらっ、おいでなすった——私はとっさのうちに身をひるがえして、上甲板へとかけ上がっていった。

9　魚雷が誘爆するぞ！

後部士官室の昇降口のある甲板は、ちょうど二番砲塔の真下にあり、その下方の弾薬庫からあがってくる弾薬は、この甲板で砲塔内へ供給することになっている。

私がこの昇降口へ飛び上がってきたとき、砲塔内より流出した鮮血がすでに、この弾薬供給室の甲板をぬらしていたのである。

外はすでに暗くなっていた。後部魚雷発射管のスチール甲板をとおって左舷にまわり、二番機銃台にいたるこの一帯の甲板は、暗がりであったが、私の足にふれ、手にさわるものことごとくが戦死者と、重傷者ばかりのように感じられた。

そして、私の指揮下にある二番機砲台でさえも一部が破壊され、すでに使用不能におちいり、射手のA一等水兵は、機銃座についたまま戦死しているという惨状を呈していた。

A一水は、この十一月に海軍砲術学校を卒業した掌砲兵で、このたびの定期補充交代により、きのうラバウルで乗艦したばかりであった。

いったい、これはどうしたことだ。私が後部士官室におりているあいだに、敵機の襲来があり、しかもわれの虚をつくように、進撃する艦の後方より急襲してきたとみえ、あっというまにこの惨状となったらしい。

それも至近弾によるものと判断できた。いくらやかましい後部士官室でも、直撃弾をうけたとなれば、その衝撃で、私にも損傷の瞬間はわかったはずである。至近弾によるすさまじい爆風と波の破壊力に、大艦にはくらべようもない駆逐艦の艦橋構造物は、乗員もろともなぎたおされたのであろう。

私は想像を絶する大きな被害におどろいたものの、ただちに残る一番機銃を指揮して、襲いくる敵機と交戦をはじめた。

しかしこの間、ふしぎなことに主砲の十二・七センチ砲は一発も発射されなかった。（あとでわかったことだが、敵機出現と同時に一弾を発射したが、その直後に損傷をうけ、その後の発砲は不能となった）私は掌砲長として、また分隊士として、これはたしかめる必要がある。そこで、敵機来襲の間隙をぬって、機銃を射手にまかせると指揮所をでて、砲台の状況をしらべるべく、まず気がかりな二番砲塔内にはいってみた。

暗い予感はずばり的中していた。砲塔内の状況は、まさに悲惨の一語につきた。砲身は左舷後方に指向されていたが、うすい鋼板の砲廓を突きやぶった弾片は、せまい砲塔内を縦横にあばれまわったらしく、数名の戦死者と重傷者がおりかさなり、砲台と射撃指揮とをむすぶ通信装置は故障して、射撃不能におちいっている。

つづいて三番砲塔に入ってみた。ここでは砲員はぶじであったが、射撃通信装置に故障をきたしており、これではヤミ夜に鉄砲である。とくに夜間の対空直接照準発射は、至難のわざである。

私が三番砲塔をでたとき、わが「早潮」の右舷前方の中空には、敵機の投下した数発の吊光弾があかあかと燃えて、海面一帯を照らしていた。

敵機は、この明かりによって目標を捕捉し、また弾着を観測するため赤、青色の曳痕弾をまじえた機銃掃射をつづけている。これら青、赤、黄三色の弾道が、黒い大きな「早潮」の艦影に、まるですいこまれるように撃ち込まれてくる。

私はこの機銃弾をさけて左舷をまわり、戦死傷者の間をとおりぬけ、ようやく艦橋下までたどりついた。そして、前部士官室に入ってみた。

そこでまず目に入ったのは、うす暗い室内のソファーに、頭部全体に包帯をした一士官が横たわり、ちかづく私を見て上半身をかろうじて起こすや、ただ一言、

「掌砲長すまん、たのむ……」

といった。なんと砲術長の伊藤中尉ではないか。私はおどろいてかけよった。

この人もこんどの補充交代で一昨日、航海長から砲術長に栄進したばかりであった。そばにかけよった私が、

「砲術長、しっかりして下さい……」

と声をかけたが、すでに表情はなく、最期のときがまもないことを告げていた。

第一分隊長であり、私の直属の上官であるこの若き砲術長伊藤中尉とも、まもなく訣別のときがきた。

私は悄然として、その場を去った。

同時にこのとき、私は全身にかるい身ぶるいが走るのをおぼえた。それは、危機にひんするこの「早潮」をすくうもの、いや本艦そのものの運命を決するのは、私の指揮するたった一基のこされた一番機銃、二十五ミリ三連装機銃のみであることをさとったからであった。すでに本艦ゆいいつの有力な対空攻撃兵器である主砲十二・七センチ砲も、いかに高性能を有するといえども、射撃指揮官すでにたおれ、その通信指揮装置まで故障してしまっている現状では、まったく無力といってよい。

ここにおいて私は、これ以上、艦内の調査をつづけることの無意味をさとり、断念すると同時に、ただちに機銃射撃指揮所にたちもどるべく外にでた。

外部には、さきほどまでこうこうと海面を照らしていた吊光弾の光もなく、いまはただ暗やみの夜空に、相変わらず走る三色の閃光と、ぶきみな敵機の爆音、それに僚艦のはなつ銃砲声が入りみだれ、錯綜する轟音のうずがあるばかりだった。

私は敵弾をさけるため、こんどは右舷側をぬけていった。まもなく一番煙突の真下にさしかかったが、このとき、いそぎ足の私の左足首のあたりを、ぐっと両手で抱きしめたものがあった。

ただでさえ暗い甲板であり、煙突のかげでさらに暗さをましたその場所で、不意をつかれた私は、あやうく倒れかかりながら、思わず、

「だれだ！」

とどなりつけていた。足もとには、うずくまるように黒いかげが動いている。

「甲板士官か、オレはもうだめだ、……魚雷をすててくれ！」

声こそかすれて小さかったが、りんとした語調であった。なんとその声は、掌水雷長の花本謙一少尉（山口県光市出身）であった。

私はおどろき、とっさのうちに花本少尉の上半身を抱き起こしていた。あたりはもとより暗かったが、半そで、半ズボンの防暑服姿の少尉の体には、それほど大きな負傷は見当たらないようであった。私は、

「掌水雷長、傷はかるい。しっかりして下さい！」

と叫ぶや、ちかくの治療室に少尉をはこびこむため、かかえ上げようとした。すると少尉は、私の手をつよくはらいのけ、

「オレにはかまわず……魚雷をたのむ！」

と絶叫した。この時点で私は、よもや瀕死の重傷にあるとは思っていなかった。しかしながら、この一言が、少尉の生涯における最後の叫びとなったのである。

そのときだった。あたりが急にイナズマをうけたように明るくなった。と、その瞬間、大音響と震動が全艦をゆり動かし、私の体はまりのように転倒していた。なにごとか――。

ようやく身を起こした私は、少尉の体を、通路をさけて煙突と前部水雷発射管のあいだにひきずり込んで横たえるや、かたわらの発射管室へ飛びこんでいった。そして、いきなり大声で、〈魚雷放棄処分〉を発射管員に下令した。

「早潮」の搭載するこの六十一センチ九三式酸素魚雷の高性能は、わが海軍独特の水雷戦術

とあいまってあまりにも有名であり、列強海軍のひとしく脅威のまとであった。しかしながら、一発の命中よく巨艦を轟沈せしめるこの魚雷も、場合によっては自艦にとって最大の悪魔と化す。

全主砲が沈黙したいま、敵機群はさらに大胆な攻撃をしかけ、本艦にとどめをさすべく猛攻をくわえてくるであろう。そして、そのうちの一弾が、われの搭載する十六本の酸素魚雷のうち、一本にでも命中すれば、一瞬にして、人も艦も木端みじんに飛びちって、海底のもくずと化すのは必定である。

現にさきほどの轟音と衝撃は、艦の一部に爆弾が命中したものであろう。花本少尉が死を寸前にして、私にむかって叫んだ「魚雷をたのむ！」の一言の意味するものが、刻一刻と現実としてせまってきつつあるのだ。

しかしながら、この発射管室の内部の光景もまた悲惨であった。たんに波浪と雨雪をしのぐためにつくられた発射管室のうすい鋼鈑の側壁と天がいは、至近弾によりもろくも打ち破られ、せまい発射管室は、戦死傷者でうずまっていたのだ。

しかも、この魚雷放棄作業は、乗員のだれにもできる技ではない。直径六十一センチ、長さ十メートルもあるこの危険な、やっかいなしろものは、水雷科員だけしか手をかけることができないのである。

いまや「早潮」は危機一髪である。私は非情のようではあるが、血みどろの水雷科員に情け容赦なくどなりつけ、〈処分〉を下令したのであった。

10 絶望の火炎地獄の下で

私が発射管室をでたとき、上甲板のあたり一面は状況が一変していた。かねて危惧《きぐ》していたとおり敵弾が艦橋と、一番砲塔の中間ふきんに命中していたのであった。

被爆——となると、その後にかならずといってよいくらい起こってくるのは火災である。それに命中箇所が悪かった。その場所の真下は士官室、兵員室をはさんで一番砲塔の使用する弾火薬庫があったのだ。

艦橋のかげになって、現場のようすはこれ以上くわしくはわからないが、発生した火災はすでに艦橋をつつみこんで、さらに両舷へとひろがり、しだいに弾火薬庫にせまりつつあった。

それでも艦は、最初の至近弾で左舷機使用不能となりながらも、まだ必死の運転で航走していたが、その風にあおられて急速に火の手がまわったのであろう。

このような場合、担当の応急指揮官にかわって応急作業の指揮をとる任務のあるのは、私と掌水雷長である。掌水雷長は艦の前部、私は後部甲板の受け持ちであるが、掌水雷長がたおれてしまったいま、当然、それは私の役務となっていたのである。

そこで私は、機銃射撃の指揮を思いとどまり、さっそく火災の消火にあたるべく作業員を集合させた。

その間にも火勢はますます増大し、右舷士官室にいたる通路に山積されていた、陸戦隊の野砲の弾薬に、火がうつったのであろう、猛烈に誘爆をしはじめた。弾丸はつぎつぎと炸裂して、あたりかわまず弾片がとびちる。なかには上甲板を打ちやぶって、上空で花火のように炸裂するものもある。もはや、こうなっては危険でちかよることもできない。もとより手をくだすには万策つきたといえよう。

おそらくは、この通路のおくの士官室に横たわっていた、傷ついた砲術長も、さきほどの直撃弾で絶命してしまったであろう。

力のかぎり、けんめいに消火につとめたのであったが、火勢のつよさはいかんともしがたく、いっこうにおとろえることがなかった。

一方、左舷側の火の手はすでに炊事場にうつり、どんな可燃物があったのか、紅蓮の炎がいきおいよくふき出している。

炊事場のまうえにはカッターが常置されてあったが、火はこの木製のカッターをひとなめし、さらに風にあおられた炎の舌はうずをまき、ひくく甲板をはうようにして、発射管に装塡された、みがき上げられた魚雷の頭部を、あたかもなめまわすごとく襲いかかってきた。

常備排水量二千五百トンの駆逐艦「早潮」艦上に、いままさに生き地獄が現出しつつあった。暗黒の夜の海上にあって、それがいっそう凄惨さをくわえていった。爆音、彼我のはなつ銃砲声、閃光、炸裂音、火災、誘爆などなど、これらがせまい艦上に一時に爆発したのである。

鮮血で朱に染まった甲板上には、戦死者の屍が、腕が、脚が散乱し、重傷者がのたうって苦悶している。その間を右往左往する面相も一変した兵隊たちの顔は、閃光に照らされるたびに陰影ふかく、明暗めまぐるしく変化し、瞬間、それはまるで赤鬼のごとく、青鬼のごとくみえる。まさに生き地獄以上である。

どす黒い、底しれないこの海面には、人を喰うという有名なソロモンのフカがそのするどい歯牙をみがいて、よきエモノござんなれと、周囲をとりまいているにちがいない。

私は是が非でも、この火災だけは消火しなければ、とあせりにあせった。私が声をはり上げて作業員の兵隊をよぶが、応ずる者はきわめてすくなかった。じっさい、戦闘はまだまだつづいていたのである。生存する乗員の全員は、それぞれの配置についているのだ。それに、この戦闘配置をはなれるには、艦橋からの指令によらなければならない。比較的、直接戦闘配置のない主計科員も、いまは負傷兵の収容、看護にまわされているのであろう。

だが、本艦には、戦闘配置のない多くの陸戦隊員がいるはずであるが、それさえなかなか集まってこないのであるから、まったくお手上げである。

それにしてもふしぎなことに、この火災を眼下にみながら、艦橋からは消火の指令がさっぱり出されてこないのである。私はあせった。かんじんの海水ポンプの吐水口も蛇管も、暗やみと散乱する陸戦隊の諸物資と戦闘の混乱とで、どこにあるのやらもわからない。炊事場の側壁には赤く色をぬった移動ポンプがかけてあっても、火災の勢いのため手をつけることもできなかった。

敵機はこの火災によって、本艦の所在がいやまして明確になったのか、息もつかせない猛烈な機銃射撃をあびせかけてくる。ああ、万事休す、である。

それからしばらくしたころ、ついに艦は停止してしまった。たったいままで猛りくるって甲板をなめていた火災も、こんどはむきを上方にかえて舞い上がりはじめた。

一瞬、ほっと一息ついて目を一番機銃台のほうにうつすと、指揮官がいなくとも、訓練されたこの一番機銃射手は、間断なく有効な対空射撃を続行していた。——のちの戦闘記録によれば、このときの発射弾数は約五百発であった。

この一台の機銃射撃により敵機にあたえた損害は不明であるが、孤軍よく奮闘し、容易に敵機をして本艦にちかよらさせなかった功績は、きわめて大きなものがあったことはいうまでもない。

それからまもなく——「総員退去！」の号令があった。いよいよ来るときがきた。残念ではあるがいまのいま、やむをえない処置といえよう。

最後の号令が下ってのち、配置をすてた兵隊たちがしだいに中部甲板に集まってきた。

この間、私はみずからの職務がら、左舷中部におかれた第二内火艇の安否を調べてみたところ、至近弾にて破壊されており使用不能、艦橋両舷に常置されていた第一、第二カッターもすでに灰燼化していたが、さいわいにして右舷の第一内火艇一隻だけは奇蹟的にぶじであった。

気のはやい兵隊のなかには、はやくもスッ裸になって海中へ飛びこんだ者もいる。

私は分隊員に命じて第一内火艇を水ぎわまでおろさせた。そして、そばにいた水兵に手伝わせ、ひん死の重傷を負った掌水雷長花本少尉をはこんできた。たった一隻の内火艇は、その場に居合わせた負傷者ばかりを収容して、はやくも満載となった。

私はみずから着用していた陸戦隊の軍装用の長いゲートルをといて、これで花本少尉の上体をくくり、徐々に内火艇へ移乗させたのであったが、このときは、少尉の容態はおろか、その生死さえ確認する余裕はなかったのである。

このあとまもなく、艦長がやってきた。頭部いっぱいに包帯がまかれ、まるで意志をうしなった人のように私には見えた。艦長は無言のまま、燃え上がる火災ごしに艦橋の方をじっとみつめていて、いっこうに退去しようとしなかったが、かたわらの先任将校にうながされてようやく内火艇に移乗したのであった。それを最後に内火艇は、はやくも「早潮」の舷側をはなれていった。

11　鋼鉄のひつぎと化して

艦長が退艦していったあと、残った私たちは、いそぎ後甲板にはしった。私は途中、甲板にあった約二メートルばかりの板きれと、機関科員がぬぎすてていった煙管服をひろうと、後甲板からざんぶと暗い海面に飛びこんでいった。

とにかく、一刻もはやく艦から遠ざからなければならない。ふと気づくと、私のそばを掌機長が泳いでいた。彼のとりついている板きれは小さく、なんとなく泳ぎにくそうなので、私の抱いていた板きれに二人してつかまることにする。

しばらくいったが、しかし、どうしても泳ぎかたが変である。そこで私が、

「掌機長、どうかしたのですか」

とたずねると、

「じつは腰のあたりを負傷していて思うように動かない」

という。これはこまったことになったと私は思った。つまり「総員退艦」のあの場合、なにはともあれ、はやく艦から脱出しなければと、みんなむちゅうで海に飛びこんだ。そしてひたすらに泳いだ。――だが、はたして私たちは救助されるのであろうか、という疑問が、このときになってふとわいてきたのである。そこへ、掌機長の負傷である。しかし、いまの私にはどうすることもできないのだ。

私についていえば、幼いころより日本海の荒海で泳ぎをおぼえ、育った海の子であるだけに泳ぎには自信があるが、泳ぎつく終着点もなく、救助されるあてもないとなると、話はまったくちがってくる。

真っ暗い、鼻をつままれてもわからないフカのいる魔の海になげだされ、どちらに陸地があるのか方向さえわからないのだ。しかも戦闘はいまもなおつづけられている。僚艦に救助

される以外に助かる方法は、万が一にもないであろう。

私の知るかぎりいままでこうした場合、およそ遭難者は救助されていないのが通例である。となると、あせってなにになる、である。ひらきなおるしかないのである。しかしそれは、およそ諦観にはほど遠いものであったろう。

とにかく、みんなが泳いでいるところまでは泳ぎつこう、死なばもろともだという一念で、けんめいに足をかいていた。

そして、ようやく気をとりなおした私は、「早潮」と艦上にのこされた人々に最後の別れをつげるべく、後方をふり返ってみた。いぜんとして、艦をこがす火は炎々と燃え上がり、暗黒の海上にその一点だけが明るく、大きな火柱がいままさに中天に立ちのぼろうとしていた。

駆逐艦「早潮」の最期の一瞬である。昭和十二年九月、国際情勢の危局に際して計画起工され、十四年十一月に完成した陽炎《かげろう》型十八隻中の一艦として、日本海軍の最精鋭と称され、大戦の勃発と同時にその名「早潮」のごとく太平洋にインド洋へ、はたまたこの南太平洋へと所せましと敵をもとめて無尽にかけめぐり、いくたの戦功をたてた「早潮」もここにいたり、ついに栄光の幕をとじ生涯を終わらんとす。まさに感無量である。

しかしながら、いまは鋼鉄のひつぎと化したその艦上には、砲術長伊藤大尉以下、数十名にのぼる戦士の遺体がおさめられているのである。

たとえ海底に埋没するとも、これら勇士の久遠の墓標として、「早潮」よ、わが海軍戦史の一頁をかざれ――そう願わずにはいられなかった。そして、生きながらえ、すえは老廃艦となり、一片のくず鉄と化するよりは、〈軍艦《いくさぶね》〉として本懐をとげる、またこれにすぐるものはなし、もって冥すべきであろう、とも思った。

私はなおも二度、三度とふり返り、片手を上げて還らざる勇士と「早潮」に最後の訣別を告げたのであった。

――記録によると、二二三五（午後十時三十五分）船体に大震動あり、駆逐艦「白露」の弔砲によりて撃沈さる。時に昭和十七年十一月二十四日二三〇五、「ラエ」二十七カイリふきん、とある。

12　奇蹟のあとの恐怖

しばらくして前の方でだれが歌いだしたのか、軍歌が水面を流れてつたわってきた。と、それに和してみなが歌いだした。いや、歌うというよりも、どなっているという方が適当のようだ。そのせいかみな勇気づけられて、なんとなく元気がでてきた。この一寸さきもわからない闇の夜とおなじ自分たちの運命を前にして、よくもこんな大胆な芸当ができたものだと思った。

それにしても、この音頭をとった人はよほど、頭のよい男にちがいない。とにかく全員が声高らかに声をだして歌うことによって、みなの士気が鼓舞された。と同時に、もし僚艦の救助艇が派遣されてきたとき、暗い海面で私たちを捜索するのは困難だろうが、歌声により容易に救助することができるはずだ。じつに一石二鳥の効果をねらったグッドアイデアである。

だが、この軍歌も合唱もいつのまにか消えた。そして幾時間がすぎたろうか……そう長い時間ではなかったと思うが、前方でかすかに内火艇のエンジンの音がしたようだった。オヤ？　と思って顔をおこして前方を凝視したが、敵機の爆音に消されて判然としなかった。

しかし、ようやくにして前方でつぎつぎと僚艦のだした救助艇によって救助作業がおこなわれているようであった。内火艇の艇首の白い波頭が、かすかに暗い海面に見えてきたのである。いよいよ救助艇がやってきた。私たちは勇気百倍、救助艇にむかって必死に泳いだ。

だが、私たち漂流者がようやく救助艇にちかづいたときには、すでに救助艇は満員だった。艇長が大声で、「もう乗艇はダメだッ！」「危険だッ」とどなっている。

それでもみなは、必死になって艇にしがみつき、手を離すどころのさわぎではなかった。私も軍人である、ここであまりぶざまな行為はしたくなかったが、自分のそばにはキズついた掌機長がいた。私はこの掌機長だけはぜがひでも収容しなければと決心し、大声で、

「ここにキズついた掌機長がいる。なんとかして救助してくれ。たのむ……」

とさけびながら、掌機長の体を押しあげるようにして、ムリに艇尾の方に乗せた。艇の吃水が深かったので、それはかんたんであった。そして、そのハズミに、まったくハズミに私

も乗艦してしまった。もちろん、私を最後として救助は打ち切られたのである。

実際、「白露」の救助艇に乗りこんでみると、上舷は海面とギリギリで、すこしでも動揺すると浸水する危険な状態であった。そのとき一本の長い円材につかまって泳いできた信号科の下士官と、ほかに二名は、せっかくの努力も水のアワで、ついに収容不能であった。そこで一計を案じた。救助艇は、円材を曳航しようというわけである。こうしてどうやら、円材の曳航は成功したのだった。運命の岐路とはこんなことをいうのであろう。

はじめキズついた掌機長といっしょになったときは、私もちょっとこまったと思ったものの、結局、この人といっしょだったがために私は、いささかムリを通してであったが助かったのである。もしあのとき、私が掌機長といっしょでなかったら、艇長（内火艇長）のいうままに、あるいは乗艦しなかったかも知れない。

それ以後、救助艇はついに一隻もやってこなかった。

私が腰をおろしていた救助艇の艇尾には、真っぱだかの兵隊が全身、焼傷してもだえ苦しんでいた。私がその兵隊に気をとられているうちに、いつ曳索が切断されたのか、あるいは彼らの腕の力がつきて流れ去ったのか、円材にすがって曳航されていた三人の姿もなかった。

やがて艇は「白露」に到着した。私たちは舷側に取りつけられた索梯子につかまると、疲労しきった体に渾身の力をこめて艦上にはいあがった。上甲板は真っ黒であったが、「早潮」に似た特型駆逐艦のゆえに、この艦のようすはよくわかっていたので、さっそく私は後部士官室に入りこみ、ビショぬれになった服のまま、身体をまるで投げつけるようにして甲板にたおれこんだ。

この甲板の真下には、両舷に二本の推進機の軸が回転し、その中央にクサリの舵索が通っているので、たえずゴロゴロガラという音がつよく耳にひびく。ふだんはべつに大して気にしなかったのに、直接身体を甲板にふせていると、神経にさわる、なんともいえない不快音であることがわかった。

私はこのときになって、妙に物事におびえるようになった。

そのころ「白露」の艦上では、まだ対空戦闘が継続されていた。敵も必死になってわが軍の補給を食いとめるべく、入れかわり立ちかわり執拗に食い下がってくるのだ。艦はそのたびに、自艦への被爆をさけて、急角度の変針をする。それによって船体は三十度ちかい大傾斜となる。

と、そのつど金属製の洗たくオケにためてあった応急用水がこぼれ、カラになったオケは、右に左にところげまわる。私はその音にもおびえるようになっていた。

またさらには、艦が発砲する衝撃と砲声にもおびえるようになり、ついにそれは恐怖心にまで変わっていったようだ。自分でもどうしていいのかわからない。私は頭をかかえこんで、ただ恐怖におののいていた。

そのとき、私の心の中でもう一人の私が、こんなことでどうする、キサマは帝国海軍の軍人ではないか、としかった。ハッとして腹に力をこめ、頭をあげてみる。われながらこの心の変化がふしぎであった。

それにしても、ひととき前まで「早潮」艦上で、あの凄惨な修羅場におのれをわすれて戦ったあと、暗黒の魔の海にほおりだされても平気で泳いでいた自分が、いまになって、どうして恐怖心にとりつかれてしまったのか。それを考える余裕もなく、もう自分自身さえわからなくなっていたのだった。

しかし、それも冷静に判断してみると、こういうことだったのではないだろうか。つまり「早潮」のときは、自分の職責を果たすという張り切った心、すなわち責任感が他のすべてをわすれさせていたのであろう。

ところが、「白露」に救助されたいまの私には、なんの職責もない、いわゆる便乗者である。そうした心のスキ間に、生にたいする執着から恐怖心がわいてきたのだろう。

さきに「早潮」で火災が発生したとき、私は声をかぎりに消火作業員を呼んだものだが、そのとき「早潮」には多数の便乗陸戦隊員がいたにもかかわらず、しかし彼らはひとりとして消火作業にあたろうとしなかった。

それがいま、自分が彼らとおなじ便乗者という立場になってみて、はじめて陸戦隊員の気持がわかるようになった。やはり彼らは恐怖心がさきだち、とっさのうちに判断し、危険な作業をさけたのだろう。

いま、私が寝ころんでいる甲板は、機械室からモロに熱気がつたわってくるので、まるで温室でもいるように温かい。そのため冷えきってつかれた身をやすめるには、絶好の場所であった。私は両手で耳をふさぐようにして音をさけ、体をまるめて横になっていた。そして、いつのまにか深い眠りにおちいっていた。

13 〝歴戦の猛者〟のくやみ

それからどのくらいの時間が流れたのだろうか。推進機軸のゴロゴロという音や、舵索のガリガリという音でふと目がさめた。

こうして悪夢の一夜はあけた。戦闘がいつごろ終わったのか。あたりはぶきみなほど静かであった。艦内はシーンと静まりかえっているが、艦のゆれぐあいで、高速航行中だとわかる。脳裏には昨夜の出来事が、つぎからつぎへと浮かんでは消えてゆく。

しばらくして「総員起床」があったあと、まず最初に花本少尉の安否を知ろうと思って、艦橋にいってみた。しかし、「早潮」の第一内火艇で運んだ遭難者は、本艦（「白露」）には収容していないということがわかった。

それと同時にここでわかったことは、このたびの増強作戦は中止となり、艦隊はふたたびラバウルへ帰港中であるということだった。

朝食がおわったところで私たちは、被服の貸与をうけた。私は下士官用の冬服を借用し、ぬれた服を着がえてサッパリとした気持になることができた。それからラバウル入港まで、なすこともないままに、昨夜の戦闘をふりかえり反省してみた。

まず第一に考えてみると、なぜに充分な対空戦闘をまじえないままで、あんな悲惨な結果になったか、ということである。

つぎに、きのう日没前、「早潮」前方にあらわれた一機。あれがあやしい。この一機を視認したとき、ただちに戦闘配置についたのであるが、結局、敵味方不明機ということで待機となった。じつはこれは敵の哨戒機だったのではないか。

敵の哨戒機は、わが軍の行動を探知すると、日没を利用して姿を消し、ポートモレスビーの陸軍機に連絡。たくみな誘導により、比較的見張りの困難な「早潮」の左舷後方からいっきょに来襲して、数発の至近弾を投下したのだろう。

「早潮」では、この不意討ちをくらって、アッという間にかんじんの艦橋がやられ、主砲は射撃不能におちいり、左舷機が故障した。これはまったく致命的な一撃であった。私はこのとき、出発準備のため後部士官室にいたのだが、「戦闘」の号令も、「配置につけ」のブザーはもちろん、自艦の発砲音も聞かなかった。つまり艦橋では、それらの発令を出すいとまがないくらいの不意討ちをくらったのである。

ではなぜ、こんな失敗を演じたのか。

「早潮」が、このソロモン海域の作戦に参加した八月中旬以降においては、毎日が対空戦闘にあけくれていたといっても過言ではない。

しかもラバウル出撃の二日前まで、あの苛烈きわまるガダルカナル島作戦を、無傷で戦いぬいてきた〝歴戦の猛者〟である「早潮」が、なんで不意討ちをくう結果をまねいたのか。

勝敗は戦争のつねであるとはいえ、あまりにも残念であった。だが、そこにはいろいろな素因がある。われわれはその点を深く反省すべきである。

まず容易に考えつくことは、あの骨身をけずるようなガ島作戦のつかれが乗員一同にあったことだ。戦艦や空母などのように大艦にくらべて、駆逐艦のような艦艇では、とくにそういうことがいえる。

つぎにこんどの増強作戦で、私たち乗員に気のゆるみがなかったか、ということである。それというのも、ニューギニア方面の戦況については一般に知らされていなく、したがって、ガ島方面の戦況のように、深刻で激烈なものでないという思いが、みなの心中にあったのではないか、と思われるのである。

事実、ガ島の場合は途中、いつでも敵の哨戒機が飛び、魚雷の航跡に追いまわされて、まさに戦場ということばが、ピタリあてはまるようなところがあった。しかし、こんどの場合は終日、平穏な航海であった。この平穏な航海が大きな落とし穴だった。

また、われわれの行動は敵に知られていない、という考えが気のゆるみにむすびついたともいえる。すなわち、敵襲についての判断を誤り、もっとも大切な見張員の報告が遅れたこと、などである。

現に私自身も、その夜の上陸はまず大丈夫だろう、というあまい考えをもっていたこともたしかなのだ。

そのつぎにラバウル出撃の当日になって、幹部以下乗員一般に定期補充交代がおこなわれたことである。内地であれば十一月そうそう、乗員の補充交代がおこなわれるのは通例であって、なんの文句もないのであるが、この戦地で、しかも大事な作戦を前にして、乗員の補充交代がおこなわれたのだ。

艦長につぐ先任将校の砲術長が、転出になって退艦した。そのあとがまには経験のあさい中尉の航海長がすわる。また、その航海長のあとには兼務といったぐあいに、乗員一般にわたって新旧の入れかえがおこなわれたのである。このことは平時ならばさして支障がないかも知れないが、いざ戦闘となってみると、非常に大きな影響をきたすことは当然のなりゆきであった。

たとえ、それが運命という人の力ではどうすることもできないことであったにせよ、新任の砲術長は、交代してわずか二十四時間もたたないうちに戦死してしまった。私があのとき、前部士官室に入るや、重傷の体を半身起こしてたった一言、「掌砲長、すまん……」といった。それが砲術長の最後の言葉であった。

そして、おなじく出撃まぎわに乗艦した二十五ミリ二番機銃射手も、一発のタマも発射することなく、戦死してしまった。この補充交代を二日間あとにして、この作戦が終わったときにおこなわれていたら、「早潮」の戦歴は、もっと変わっていたかも知れない。

たった一日のちがいで、命びろいをした前任砲術長は翌二十五日、われわれがラバウルへ帰港したとき見舞いにきてくれた。しかし、この砲術長も昭和十九年、サイパンにおいて戦死した。

つぎにあの場合、陸戦隊員の多数の便乗者が、いわゆる烏合《うごう》の衆化したことである。彼らは、あのような混戦の場合、大事な応急作業実施にあたって、結局、せまい艦内ではジャマにこそなれ、なんの役にも立たず、また、これがために艦内の指揮統制がじゅうぶんにおこなわれえなかったことも事実である。

14 勇者花本少尉の最期

こんなことをくりかえし、くりかえし考えたあげくのはて、またも花本少尉のことが思い出されてくる。

「オレはもうダメだ。オレにかまわず、はやく魚雷の処分をたのむ」

といって、私の脚をしっかり抱いてはなさなかった少尉の悲壮な一言を思い出すにつけ、体を横たえて寝ころんでいた私は、思わずエリを正したいような気持にかられた。

いま思うと、あのとき私はなぜ思いきって少尉を病室に運び、応急手当をうけさせなかったのか——いま、それが一番くやまれる。しかし、たとえ少尉を病室に運んでいたにせよ、緊急の「総員退去」のさい、だれが少尉を病室からつれだして、内火艇にうつしえたであろうか。

それを思うと、また胸がいたむ。事実、「早潮」が沈没したときには、多くの重傷者はまだ息のあるまま、病室のなかで艦と運命をともにしたのである。だれも重傷者をつれだす余裕もなかったし、たとえつれだしたとしても、内火艇に収容できたかどうか疑問である。

なにはともあれ私は、少尉が元気で僚艦に収容されていることを、ただただ祈った。僚艦に収容され、一時的にでも手当をうけておれば、あとはラバウル入港と同時に海軍病院へ入院すればいいのだ。

それにしてもきのう、後部士官室で陸戦隊の准士官以上と夕食をともにし、おたがいの武運長久を祈って別れ、花本少尉は上甲板にあがっていった。私が目にした花本少尉の、それが最後の元気な姿であった。

それからあと花本少尉は、自分の戦闘配置である前部水雷発射管の左舷側に待機休憩していたにちがいない。

そこで最初の至近弾で重傷をうけたが、日ごろから責任感のつよかった花本少尉は、戦況が容易ならざることを察知すると、自分の重傷にひるみもせず、すぐ部下に危険な魚雷の放棄処分を下令すべく決心をした。

しかし、そのとき魚雷発射管は、すでに左舷戦闘に指向されていたので、やむなく第一煙突の前方をまわって右舷側の発射管の入口まで這いながら進んだのにちがいない。

だが、出血多量でついに力つきて発射管入口に達することができなかった。そこで右舷通路に倒れたまま、通りがかりの者を待ったのであろう。ああ、なんという勇敢なる行為であろうか。

そして十一月二十五日の昼さがり、「白露」は、ふたたびラバウルに入港した。だが、そこには当然、「早潮」の雄姿はなかった。

私たちは、救助された「白露」の乗員たちにあつく礼をのべて、黙したまま艦を去った。夏服、冬服まちまちの服装をした丸腰の私たちは、武装を解除された捕虜のようなかっこうで、上陸桟橋にあがったのであった。

——私たちを救助した「白露」も昭和十九年六月、ミンダナオの北東岸ちかくにおいて油槽船清洋丸と衝突沈没した。

ところで、私はこの桟橋で、まったく思いがけない人に出会った。桟橋でまごまごしていた私に、

「オイ、岡本さんではないか」

と声をかけた者がいた。私はオヤと思って声の主をよくみると、その人は私の郷里の出身で、竹馬の友の山本信光君であった。

なんという奇遇であろうか。私はこの山本君が海軍に入っていることすら知らなかったし、まして戦争とはいえ、日本を遠くはなれたこの異郷の地で、竹馬の友に会うなどとはまるで夢のようだった。

彼は、異様なかっこうをして桟橋をあがってくる私たちをみて、これはただごとではないぞと思ったという。最初、私を見たとき、竹馬の友に似ているが、人ちがいではないだろうかと迷ったともいった。

私もまた、声をかけられて彼の顔をみたとき、ちょっと合点がいかなかったくらいであった。それにしても、充分な時間がなかったため、ゆっくり語り合うこともできなかったが、おたがいの境遇を語り、健康を祝し、ともに今後の武運長久を祝ってわかれた。彼の話では、太平洋戦争勃発と同時に海軍に応召され、いまは小さな漁船に乗り組み、海軍の特殊な任務について、ソロモン方面にきているということであった。

そして翌日、山本君はさっそく私をたずねてきてくれたが、あいにくと私は留守であった。しかし、手みやげにビール六本をおいていってくれた。私はこのときのうれしさ、世にいう〝地獄でホトケ〟とはこういうことをいうのだろうと思った。このビールの味は、終生わすれることはできない。

これは余談であるが、私は昭和二十一年四月、復員して帰郷するや、まず最初に山本君の家をおとずれてみたが、彼はもうこの世の人ではなかった。留守家族に聞いたところでは、彼はラバウルで私と別れてまもない昭和十八年そうそう、ラバウル近海で戦死したという。私のほおを一すじの涙が伝わって落ちた。「山本君、安らかに眠りたまえ」――私は心の中でつぶやいた。

さて、私たち生存者一同は、ラバウル海軍根拠地隊に集合することになった。救助された者はつぎつぎ集まってきたが、私がもっとも気にしていた掌水雷長花本少尉の姿は、ついに見出すことができなかった。

花本少尉の姿が見当たらないとわかったとき、私はにわかに胸さわぎをおぼえた。そして胸を圧迫されるような重苦しさにおそわれたのだった。

そして、あせる心を押さえて、あのときの第一内火艇の艇長を呼んで、その後の花本少尉のもようをたずねたのだった。

艇長の話によると、花本少尉は、内火艇が僚艦に到達したときには、すでに息が絶えていたという。駆逐艦においては、いかに貴重な内火艇といっても、定数以外の艇の収容は困難である。まして戦闘中ということでもあったので、同乗の「早潮」艦長の命により、花本少尉の遺体は、第一内火艇に固縛して安置され、艇とともに水葬に付されたということであった。

私はもう、それ以上はなにも聞く必要はなかった。

私の必死のねがいもむなしく、花本少尉はついに還らなかった。しかし、少尉が残して逝った愛国の精神、それは永遠に消えることはないであろう。


（和五十五年「丸」八月号収載。筆者は駆逐艦「早潮」掌砲長）

駆逐艦「神風」電探戦記

最新鋭電波兵器を駆使して海戦を生きぬいた四年間――雨ノ宮洋之介

1　オッさん水兵の出陣

「神風」という駆逐艦は、第二次大戦に無傷（?）で生き残って、かつてその戦った当の相手《アメリカ海軍潜水艦》の絶賛までえた。また、いままでにも何度かはなばなしい対潜戦闘記録が発表され、『深く静かに潜航せよ』という映画にまでなった。

つまり、名艦といわれる存在である。

映画といえば、私は海戦の映画はほとんどのがさず見ることにしてきた。『眼下の敵』だとか『Uボート』とか、しかし、これらの映画のなかにも、あるいは他の戦争記録にも、レーダー（電波探信儀＝略して電探といった）の戦記があまり見られないのは、残念な気がしてならない。ドキュメント『戦艦大和の最後』に一部、電探の活躍と、その終焉のありさまが記されてはいるが……。

そこで私は、かつて「神風」の電探員として戦った記録を書いてみることにした。

ところで電探、または逆探とは、いずれも電波を利用して目標である《敵》を探知したり、その敵までの距離を測定する電子工学応用の兵器のことである。日本では、当時の連合軍側と比較すると、この面で十年以上のおくれがあるといわれた。

こんにちの日本はエレクトロニクス技術にかけては、当時とはくらべものにならないほど進歩している。

日本軍が敵側の使用するこの最新兵器に直接ぶつかったのは、シンガポール陥落のさいといわれるが、戦利品となったトレーラー式の電探が、横須賀久里浜の海軍通信学校にはこばれて、貴重な教材として使われていた。

駆逐艦「神風」の対潜、対空戦における数々の戦功はすばらしいものがあり、感状は何度ももらった。しかし、私の書きたいのは、単にそれだけではない。当時の日本海軍の電探がどんなものであったのか、それを海軍が私たち兵隊にどのように教えこみ、どのように実戦に使ってきたか、また、私自身が下級下士官として、どのように電探と取り組んで、「神風」ではどうだったのかを記してみたいと思う。これは私でなければ書けないことだから……。

それに、私のこれからつづる戦記は、あるいは期待されるほど勇ましいものではないかもしれない。

――ある日、それこそ否応なく私は召集され、当然のこととして国のため、私たち日本人自身のために戦った。だれもがそうしたように……。今でもそのことに後悔はしていない。

昭和十八年六月一日。私は第二乙種補充兵として海軍に召集された。

横浜に住んでいたから、甲府連隊区司令部の命令で、行く先がまさか海軍とは思ってもみなかった。満年齢二十九歳、小さな自営の機械設計事務所の所長で、結婚後一年余の妻と当歳の娘がひとりいた。張り切った志願兵や、現役兵の多い海軍に補充兵が入ったのは、おそらくはじめてだったのではなかろうか。

どこへ行っても、「なんだ、第二補充か」とか、「おい、オッサン」などと軽蔑の声でよばれたものである。また人間とはふしぎなもので、周囲から普段そう呼ばれつづけると、いつかそのとおり自分はモタモタしたオッさんで、使いものにならない半端人間なんだ、と思いこんでしまうものらしい。

2 生きている〝八犬伝〟

入団当日――一日じゅう越中ふんどし一つの丸はだかで、海兵団のしょぼ降る雨の営庭をスミからスミまで行ったりきたり、かけ足させられっぱなしで、まずドギモをぬかれた。やがてついでデッキ（居住班）での作法に、目の玉がとび出るほどにしぼり上げられた。やがて官給の身のまわり品が渡されるまでに、身体はもちろん、身につけて行った私物類いっさいが、ペシャンコにつぶれたトランクの中で、くたくたのボロに様変わりしてしまい、それは、いままで自分のたどってきた人生そのもののようにまったく情けないかぎりだった。

カラス──新兵のことを海軍ではそう呼ぶ。黒い水兵服の両袖に、なんのマークもつかない二等水兵だから……。統制のとれない、ただオロオロ追いまわされるだけの群れは、まったくカラスと呼ぶにふさわしい。

生まれてこのかた、経過した時間のはやさにくらべて、この当時はなんと一日が長かったことだろう。苛酷な時間というものはなかなか、たやすくすぎては行かないものらしい。

基礎訓練が終わるかおわらないうちに、こんどはさらにきついといわれる実施部隊へ、それぞれにふり向けられた。

これまでに一応、整列だ、行進だ、水泳、カッター、手旗、軍歌演習などと、ひと通りは教えられてきたが、もちろんこれで、戦争の現場にかり出すわけにはゆくまい。おそらく戦国時代のにわか足軽《あしがる》ていどにも使えないにちがいない。したがって、受け入れがわの実施部隊では、さらに必要な訓練をきびしくたたきこむわけであろう。

戦争のなりゆき自体がはげしくなっていたこのころの海兵団には、つぎつぎに新規に召集された壮丁《そうてい》が、毎日、蝟《い》集してきた。流行歌手の霧島昇が私たちのつぎの召集兵になってきているのを、食卓番のときに、烹炊《ほうすい》所にならんだとなりの列にいるのを見たことがあった。

私たちは、横須賀警備隊付となった。

どこか他所へ出かけて行くのかと、多少の期待をいだいていたら、おなじ建物つづきの兵舎だったのには、すくなからずガッカリした。それにほかの実施部隊へ行けばきびしくはあるが、多少の余裕もあたえられるときかされていたのだが、おとなりの〝横警〟はなかでもとくに訓練がきびしいらしくて、ときおり垣間《かいま》みたところでも、あまり住みごこちがよさそうにはみえなかった。

が、とにかく私たちカラス集団は、〝移転〟した。そして前よりははるかにつらい訓練にたえなければならなかった。私たちの教班長は気むずかしく神経質な男で、なにかというとよく殴った。

私は殴られない方だったが、それでもカッターの練習のときに長い樫《かし》のツメ竿《ざお》で力いっぱいひたいをたたかれ、ひたいこそ割れなかったが、あわれ私の眼鏡はワクもろともに粉々になった。

ある夕食後の軍歌演習のときには、「もっと声を出せ！」と、ゲンコツであごへアッパーカットを入れられて、奥歯がグラグラになったこともあり、〝軍人精神注入棒〟と書かれた〝バッター〟の経験もした。

ここで二ヵ月ばかり経過したある日、突然、こんどは一人ひとりが教班長室へ呼びつけられ、さらに配置がえの通告をうけた。

私をふくむ数名が、千葉県の城山砲台行きと決定し、砲台からむかえにきた若い下士官に引率されて浦賀へと向かった。浦賀から機帆船で東京湾を横断し、房総半島の突端ちかく洲ノ崎航空隊の館砲《たてほう》（館山砲術学校）桟橋に着いた。そこから六〜七キロ南東、館山市の市外の丘が城山だった。

衣嚢を肩に、汗まみれのカラスたちは坂を登った。砲台といっても、特務中尉一人が指揮する小さなもので、小高い、どこからも海の見える丘の所どころに隠蔽して十センチ高角砲数門をすえ、連装機銃と聴音機、探照灯一基をすえつけ、展望のよい高地には指揮所があり、そこのトーチカの中には射撃盤が秘匿《ひとく》されていた。

私たち新兵班は、むかえにきた若い進級したばかりの下士官を教員として、訓練のつづきをうけた。訓練の合間にカワヤ番や掃除番、靴みがきなどをやらされ、やがて担当配置をきめられた。私の配置は探照灯の伝令だった。

教員の塚本二等兵曹は、同じ探照灯の旋回手でもあったから、なにかと他のふるい兵たちから庇護《ひご》されたが、砲台で任官年度の一番若い下士官の子分になったので、一面、目のかたきにされやすいソンな立場でもあった。

とにかく私は何ごとにつけてもけんめいにやったし、暗記力もそのころはおうせいだったので、数十種類の伝令用モールス信号を、一晩のうちに全部おぼえてしまい、大ゲサにいえば砲台じゅうのちょっとした話題になったものだった。それがまた、いい標的になった。

「雨ノ宮一水、きてるかッ」

生意気だというので、夜の甲板整列では、かならず私の名前が呼ばれ、

「城山の月はむかしから有名なんだ。ようく見ておけヨ」

バッターをふる前に、兵長連中は、代々いいつがれてきた名文句をはいた。

『八犬伝』か何かで有名らしかったが、こちらはそれどころではなく、極度におびえていた。

やがて、ひととおりの訓練が終わるころ、私たちは一等水兵に進級していた。

だが、このころになると、南方全域の戦況はしだいにはげしさの度をまし、兵隊の耳に入る情報も（ほとんどが詳しく知らされていなかったが）景気のいいものばかりではなかった。海軍部内にも悲観的な予想をするものがあり、この城山砲台にも、たびかさなる海戦で、はやくも戦傷をこうむった下士官もぼつぼつ送りこまれていた。

そういう人はやはり厭戦《えんせん》的となり、勤務時間以外は酒びたりで、

「この砲台はまったくゴクラクだよ」といい、

「だが、この極楽もいつまでつづくかわかったもんじゃねえ。敵の艦砲射撃で、たちまち木端みじんになるぞォ」

と、たちの悪いおどかしをかけたりしておもしろがっていた。

ゴクラク――とまでは行かなかったが、たしかにここはよいところだった。丘の斜面は芝で、ビワの木がしげり、草花が花を咲かせ、公園のように整備された坂道を夕食がすむと、仲間と談笑しながら配置に登って行く――薄暮訓練のためである。

三方が海で、北西は東京湾口から相模湾と富士、城ケ島、三崎。北に観音崎、遠く富津岬、鋸山、半月形の保田、北条海岸と那古船形の漁港。眼下には館山航空隊の全貌が見えた。

探照灯の配置はけっしてわるくなかった。いや、むしろたのしかった。砲台長の外出したある夜のことだったが、指揮所からのふざけた命令のままに、探照灯を俯角《ふかく》いっぱいにとって、館山の街に照準をすえ、

「目標、松之屋の二階！」

一軒の飲み屋に、いましも遊興している先任下士たちに向けて、

「照射はじめッ！」

と、強烈な光芒をあびせたりした。秋草の生いしげる砲台南うらの断崖ぞいの抜け道からは、毎晩のように『脱《だつ》』（脱柵）をして遊びに行く古兵たちがあったのだ。

私たち新兵は、しこたま配給される甘い物などをかかえて、待機所や探照灯小屋に集まり、寝そべっては世間ばなしなどをやりとりした。

さて、さきに電探戦記などと広言しておきながら、なかなか〝電探〟が出てこないと、読者諸兄は半ばあきれておられるかもしれないが、もうすこしごしんぼういただきたい。

この砲台で砲台長の当番兵の任務についているとき、私はある通達を盗み見するチャンスにめぐまれた。そして久里浜の海軍通信学校で、『第七次電波探信儀取扱講習生募集』が行なわれることを知ったのである。それは明けて十九年正月そうそう実施されるもので、私はさっそく砲台長じきじきに受講志願を申し出た。

「お前はたしか、神奈川工業卒業だナ」

砲台長の中尉はこういって、

「電探か？　普通科練習生もかなりむずかしいものらしいが、お前ならできるだろう。……しかし、ここのようなのんびりしたぐあいにはいかぬぞ」

といって笑った。そして、

「ここも前線だが、いちばん後方の前線だ。だが、さて電探講習を受ければ、こんどは本当

の最前線に送り出されるのはまちがいない。かくごをきめて、まアしっかりやれ」というのだった。私もそれをきいて内心、《はやまったかな》とちゅうちょするところがなかったとはいえない。

3　二度目の地獄行き

日ならずして私の願いは受諾され、ここへきたときとはちがって、こんどはたった一人で、久里浜へ向かうべく機帆船に乗ったのだった。

城山砲台を別れるときは、海軍式に当直番をのぞく砲台員全員が、風の吹く砂利じきの坂道の両側にならんで帽を振ってくれたが、そのなかに、

「オレもこのつぎの講習に行くぜ」

とよってきて、

「きっと行くから待っててくれ」

と、うらやまし気に見送る一等水兵がいた。ふだんからあまり親しくしてなかった兵隊なので、べつに特別な感情などいだかないままに別れてきたが、この小柄な平野一水とは、彼が約束したとおり数ヵ月後に海軍通信学校で再会することになった。それればかりでなく、二人の縁はそのさきまでもつづくことになる。

正式に海軍通信学校第七次電波探信儀取扱講習生となってみて、とたんに私は後悔した。

練習生は下は一等水兵から、上は下士官まで、それぞれにグループ（班）を作っていたが、そのきびしさはいままで経験した訓練のどれともちがった、峻厳なものだった。極寒に向かって白い作業衣姿も寒ざむしく、汐風の吹きまくる校庭の整列からはじまる絶え間ない駆け足、教場でのかたくるしい態度、居住区でのうるおいのない日常——。城山砲台とは天と地ほどのちがいだったし、また城山にいて想像していたものとは、まるで大ちがいだった。

暖房費節約のためか、コンクリートの建物全体が冷えきっていた。この火の気のないところで、一日じゅう私たちは追いまわされ、『極秘』と記された教科書（赤本）をだいじに小わきに抱えて走りまわった。かりにも「私にはわかりません」という言葉など口にすることは絶対ゆるされなかった。

「わが海軍がお前たちにどのくらい期待しているか——つまりお前たちが、この講習を一刻もはやく終了して一日もはやく実戦に役立つことを、だ。どのくらい期待しているかが、わかるか？」

「ハイ、わかります！」

「わかる？　ウソつけッ。わかるはずはない！」

「ハイ！」

「わかるはずがなくてもよろしい。わかる気になれッ！」

「ハイ、なります！」

「よし、だったら、死んだ気になってやれ」

「やります！」

こんな非論理的な応酬がしょっちゅう行なわれる。原理として理解しようと質問すると、

「原理？　そんなものはどうでもいい。そう思え」

といわれる。

「そう思ったか？」

「ハイ、そう思いました！」

「よしッ」

となる。したがって受講態度の不まじめなものは、はげしい制裁をあたえられた。制裁の主なものは、学科以外の生活上のことの方にむしろ多かった。答弁のしかた、整頓、教具のあつかい方などなどにおよび、電探講習だけにかぎらず、軍隊ではつねにこんな形で、いわゆる軍人精神を鼓吹されるわけであって、それが講習生にすこしばかりきびしかったにすぎない。

ほかのことは知らぬが、とにかく、この電探にかんしては、教える側も相当に尖鋭化していて、そのようすから教えられる側の私たちは、自分たちはいまや容易ならぬ立場にいるのだ、という激しい危機感にさらされて毎日を送ったのだった。

起床ラッパから巡検、消灯後の「煙草盆出せ」までの一日、脳ミソはまさに電波づけの状態だった。一時間また二時間の授業（？）が終了するつど、かならずその時間内に教えられ

たことがらについてテストをうけた。テストの成績のわるいものは、食事ぬきで再教育をうけさせられた。

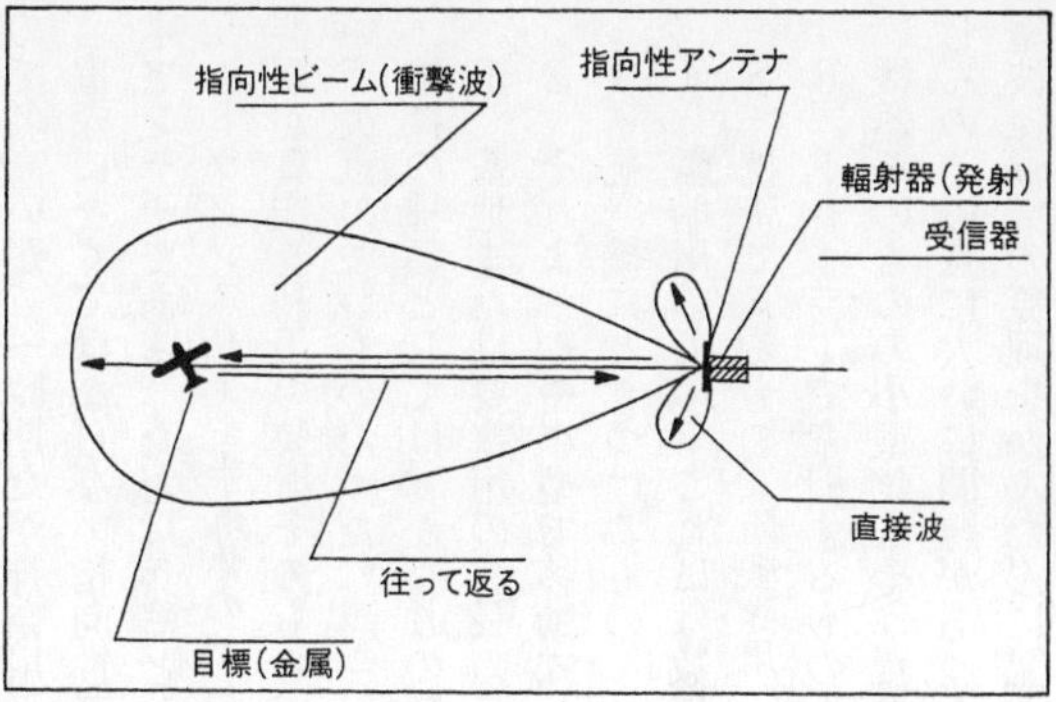

〝赤本〟は当番が、員数はもちろん、ページ数までいちいち確認したうえ、出したときとおなじように金庫に格納する。赤本といっても仮綴《かりとじ》の教科書は、何代もの講習生の手アカとアブラ汗でかなりいたみがはげしかった。点検のつど、のりで補修され、そのうち『赤本修理』という特別の時間が設けられ、全員でその作業をやる日もあった。

電探は日本がシンガポール陥落で入手する以前から、もちろん日本の専門家や学者、権威らの手で研究開発されてはいたのだが、先を行く連合国側にかなりの水をあけられていたようだ。しかし、必死に追いかける努力をしていたことは事実だった。

私の出身校が神奈川工業学校だということは前に書いたが、大正十二年ごろ（当時から二十余年もむかしにさかのぼって）、文化勲章の受賞者の一人、電子工学の高柳健次郎氏（海軍少将待遇）はテレビの前身を発明したので名高いが、一時期だが神奈川工業の教員をしていたことがある。

電探になくてはならない指向性アンテナは、まぎれもなく日本の八木《や》博士の考案になる八木《ぎ》アンテナである。ただ、兵器としての応用面においておくれをとっていたので（今日のようにトランジスターや半導体のごときべんりなものはまだ世に出てなかった）、いっさいの機器類が真空管利用の装置そのものであり、それがカサばって持ち運びに不便な、こわれやすい、欠点の多いものだった。

電探の種類としては、かなりの数にのぼった。
1　基地または要塞用の波長の長い電波をつかった固定型のもの（遠方の航空機）
2　それよりやや小型で移動式（艦船設置別）のもの（対航空機ほか）
3　航空機にとりつけるもの
4　艦船用のもの、これには数種類がある
5　携帯できるもの（陸戦隊用）
6　トレーラーで牽引するもの（対空）
機器そのものの小型化もそうだが、機能の正確さと堅固さが何よりも必要とされた。かんじんのその点に大いに問題があったわけだ。さて、ここでしばらくがまんしていただいて、電波探信儀の原理をかんたんに記させてもらいたい。

いま、発信機から電波（波長三メートルから十センチまで）を発射する。その電波を八木式指向性アンテナを通して、ある方向だけにむけて射出する。それはちょうどゴム風船をふ

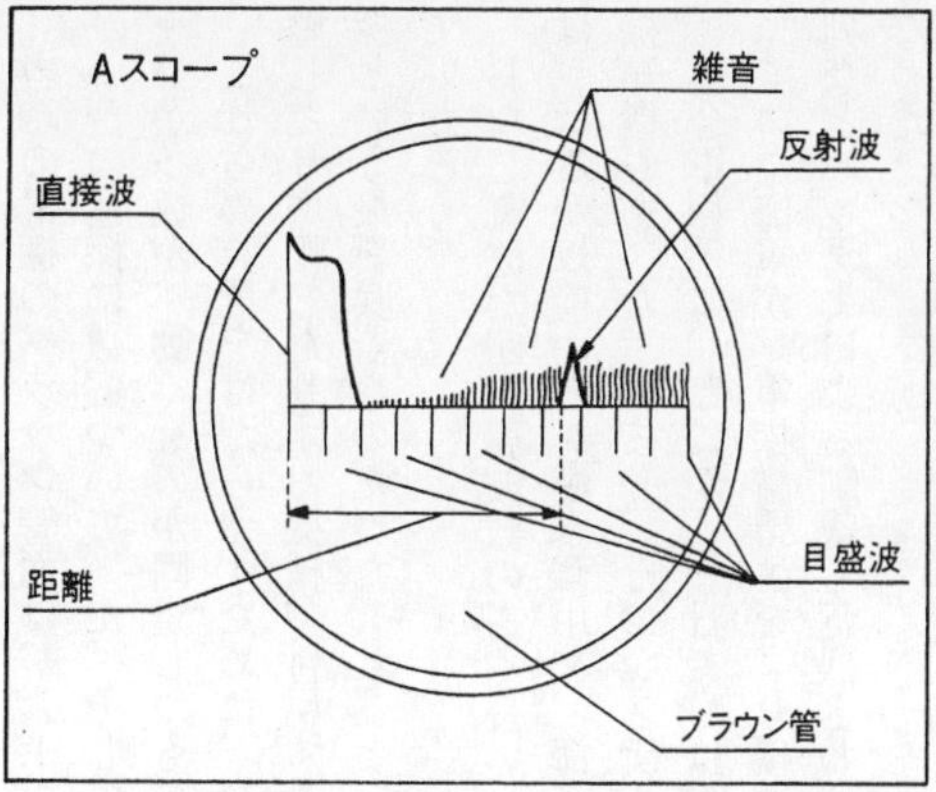

くらました形に、何秒かおきに何分の一秒間だけ発射する。(この電波を衝撃波《インパルス》と称する)

そのいわばナスビ状のパルスのかたまりをビームともよぶのだが、それを敵方へ向けてやって、そのナスビの中に入った反射物からの反射電波を受信する。

それをブラウン管に写し出してみると、発射した自分の電波(直接波)と、返ってきた電波(反射波)の両映像の間には、時間的なズレが見られる。この両方のズレの差をはかると、電波が往って返ってきた距離になる。この仕組みを使って、目標の位置、進行方向、速度、それが何か、を分析、判断するわけだ。

現在の発達したレーダーのようにクルクルと三百六十度回転する式《PPI・ディスプレイ》のものや、物体の映像(絵)がはっきり写し出せるものなどは、当時はまるっきり予想もつかなかった。

ブラウン管の写し出すものとては、幾何学的な螢光線の線図《オシログラフ》にすぎなかった。ちょうど、いまのテレビでスイッチを切ると、瞬間、映像が消えて後、スーッと一本の横振り線になる——あの形に似ている。

当時の電探のブラウン管面は、六センチから十センチぐらいの直径しかなかったが、それが一台の電探に数個ついていた。そして反射波の微妙なちがいから、目標が船か航空機か、一つか多数か、動くものか固定したものかを見わけるのだった。

これらの装置をはたらかすために、発電機やその電圧を一定にたもつ装置、電波を清流調整したり増幅したりする機械、付属する接断器類、そんなものの一かたまりが、すなわち電探という最新兵器なのだった。兵器というよりは実験機器とよんだ方が、もっとピッタリしていたろう。

おなじ電波だが、周波数のごく長い（音波にちかい）ものを水中に向けて使う水中探信儀《ソーナー》は、はるか以前から対潜水艦用や、海底深度測定用に使われていた。水中音だけを聴く水中探知機もあった。つまり、そのシステムを、そのまま空中向けにしたものが電探なのだ。

連合軍相手に、とにかく一日でもはやく、おくれた技術のとりもどしをはかって必死になっていた海軍が、電探講習生をより優秀な取扱員に仕立て上げようとしてか、毎夜の甲板整列などバッターによる制裁も苛烈きわめ、私たちは終日、体罰ぜめに追いまくられることとなった。

4　人間を狂わすもの

予定どおり第七次講習が終了すると、それぞれに基地へおくりこまれる者、艦船に配置される者などさまざまだったが、どこへやられるかまるで見当もつかない待機残留組は、不安と期待をないまぜのまま、通信学校定員分隊に所属させられた。

私もその組のひとりで、学校西うらの元酒保かなにかだった建物の二階に、一時的に寝泊まりすることになった。

ここの住人には、それぞれ仕事がまわってきた。下士官には教員助手や予備学生班の教員、一等兵の私たちには学校の雑用や、講習時の掛け図にもちいる結線図描きなどである。

分隊居つきの先任下士（予備学生の教員の上等兵曹）は柔和な人のよい男で、そのせいもあって受講生時代とは一変して、かなり心身ともに余裕のある毎日だった。

その間、私たちは通信学校中、どこも行かないところがないほどに自由にわが物顔に歩きまわった。ほかのみじめな講習生たちのように、駆け足で通行する必要もなかった。

制裁をうけている連中を、頬杖ついて窓からのんびりとながめていても、べつにだれからもしかられることなどなかった。

結線図格納庫は通信学校校舎の東端の二階にあったが、毎日ひどく消耗する模造紙描きの図を、数名の兵たちで冗談を交わし、煙草をふかしながら、うら貼りをしたり、新規に描きたしたりしていた。

図には複雑な発信装置、整流機、受信機などがあったが、よく見ると『赤本』とはかなりちがった不良図もまじっていたので、訂正するのも仕事のうちだった。また、自分でほしいと思う図をつくってもよかった。

私たちはときには酒保品などを持ちこんで、ワイワイさわぎながら、けっこうたのしく作業をしていた。

学校の各時間の区切りごとに、講習生や予備学生などの当番員が図表をかえしにきたり、借り出しにくる。彼らはキチンと一列縦隊にならんで部屋の外で待っているが、多いときは階段の途中までつながっていた。

「〇〇班の〇〇……結線図を借りにまいりました。電探第〇〇型の〇〇であります」

「第〇〇型か?」

「ハイ、第〇〇型であります」

私たちのうち一人が応対に当たる。

「そんなものはない!」

「…………」

みなは哄《こう》笑する。講習生もつられて笑う。

「もう一回ききなおしてこいッ」

ここでは階級は問題にならなかった。定員分隊員の方が万事にいばっていた。ことに予備学生などが徹底的にいじめられる。

マル秘あつかいの結線図の受け取りかたがそまつだといって、その掛け図の竹ザオごと、相手の兵隊の頭をなぐる。図のたたみ方が悪いといって、いちばん最後まで待たせたりもした。ついこのあいだまで自分たちが責め、さいなまれたことへの一種の報復なのだ。

　ある日、見おぼえのある兵隊が、例によって結線図借り出しのことで、べつの定員分隊員からアブラをしぼられているところに出あった。

　私は助け舟を出した。

「その兵隊をオレにまかせてくれないか」

「知り合いか？」

「前の実施部隊でいっしょだったんだ」

　それが城山砲台にいた平野一水だった。彼は約束どおり次回（第八次）の講習生になってやってきたのだ。そのことがあってから一度、彼が定員分隊の宿所へたずねてきたことがあったが、その後は会わないままにすぎて、いつか私の方もわすれたようになっていた。しかし、このあとまことに奇しき縁とでもいう運命的な再会をすることになるのだが、二人とも神ならぬ身、知るよしもなかった——。

　定員分隊の仕事としては、ちかくの野比《のび》弾火薬庫の不寝番の勤務もあった。それに、野比の電探基地の宿直が交替でまわってきた。浦賀水道を見おろす断崖《だんがい》の上に遠距離用の大型電探があって、そこの当番小屋の宿直任務だったが、電探そのものを作動したことはいちどもなかった。

　ある夕方、一人をさいわいに、私は山中を見てあるいた。松林のなかを切り開いて連装二十五ミリ機銃座などがいくつも設けられていた。私は腕だめしのつもりで、旋回式の電探のカギをあけて試運転してみたが、かんじんな部分が故障したままで、ちかごろほとんど作動させたようすなどは見られなかった。

ひとり——といったのは、こういう事情からだ。当番は下士官が兵一名をつれてするきまりだったが、どの下士官も小屋まではこないのだ。久里浜の海岸をなぎさ伝いに徒歩でやってくるのだが、浜のつきるところ（湾の南端）までたどりつくと、

「じゃア、たのむぜ」

といってそこから右折して、下士官はもの馴れたふうに、街に出る道に消えて行く。兵だけが、そこから柵《さく》を入り、山道を登り、松の生いしげる当番小屋へ行きつく。そして翌朝、山を下りて、きまった時間に昨夕の位置に出ると、そこらの波打ちぎわとか、岩の上などに無断外泊から帰った下士官がまち合わせていて、

「おそかったな……。異常なかったか」

などと照れくさそうによってきて、改めてそこから引率されて通信学校へ帰る——これがふだんのならわしだったからだ。

私たち新兵には外泊はゆるされなかった。しかし、半舷上陸はゆるされ、時間内に訪ねてきた家族との面会はできた。面会の場所は、浜の下士官兵集合所のたたみ敷きの大部屋にかぎられていて、そこはいつ行っても満員の盛況だった。

その間にもつぎつぎと前線へ送られて行く者が相つぎ、したがって定員分隊の構成員の出入りは激しかった。私たちはほとんど毎日のごとく、校門の道にならんで「帽振れ」をした

ものである。いつ自分の番がまわってくるかと、戦々恐々の思いで日をくらすうちにも、当時、一番いやなことは夜の甲板整列が異常だったことである。

元酒保かなにかの建物だった階下は、ガランとしたたたきになっていたが、すぐ前の烹炊《ほうすい》所の裸電灯が消されると、おりかららんまんと咲く桜の影が窓に一杯に映って見えた。

整列をかけるのは、ほおのこけた先任の兵長にきまっていたが、彼はまったくなんの理由もなく打擲《ちょうちゃく》した。はげしい息づかいで、ニヒルな彼が自分の行為自体に興奮し、むちゅうになっているのがよくわかり、そのせいで私たちは胴ぶるいがとまらないのだった。

春の月光が彼の無表情な顔を照らし出すこともあった。狂ったものが上級者の場合、下級の者はいったいどうしたらいいのか、大いになやんだものだった。おそらく彼は精神分裂症ではなかったろうか。火薬庫不寝番にも野比の宿直にも行かない夜は、私たちはびくびくものだった。しかし、それはそう長くはつづかなかった。

ある夜、彼が行方不明になり、先任下士の命令で全員総がかりで校内の空部屋や倉庫、校庭のすみなどをシラミつぶしに捜索してまわり、ようやくのこと見つけ出したのは、結線図室の掛け図のぶらさがった下で、彼は口にアワをふいてはげしく呼吸をくりかえし、「ウォー、ウォー」と猛獣のような咆哮《ほうこう》をつづけていた。ふるえる両手を頭の上で組み合わせ、大切な結線図を何枚もズタズタに破って背にかぶっていたので、ちょっと見当たらなかったらしい。

「あいつは戦争がこわいんだな。人間のかすだよ、海軍の恥さらしだ！」

先任下士は苦笑とともにつばをペッとはいた。そして、「野比の病院には、あんなやつらがかなりいる」ともいった。

そういえば私もある日、野比の当番小屋へ、雨の激しくふる深夜に飛びこんできた上等水兵の男を知っている。

彼は海軍病院をぬけ出してきたのだといって、ひと晩小屋に寝て行ったが、朝になったら消えていた。戦争はいろいろに人間を変えたり、本性をあばいたりするらしい。

このころ——定員分隊が移動するらしいことを知らされた。神奈川県藤沢在の長後《ちょうご》という村に海軍電測学校が新設され、久里浜から電探関係のものだけがそこへ移転するらしかった。

5　陸海軍合同の茶番劇

私たちはまず数台のトレーラー（牽引用車両電探）を軍用トラックにつないではこんだ。暁闇《ぎょうあん》をついて久里浜を出発し、横須賀市内を通り抜け、サラリーマンなどの出勤前の時刻に横浜駅の東口にて小休止した。弘明寺《ぐみょうじ》から山坂にかかり長後《ちょうご》へ出る。トラックの連結部にしがみついて振り落とされないようにとりつきながらも、シャバの風をきって走るのはなんとも爽快だった。国民学校（現在の小学校）の児童たちに手を振ったりもした。

隊が長後にうつって何日かは、電測学校の木造兵舎と長後駅（小田急江の島線）を結ぶ数キロのジャリ道は運搬専用路と化した。

青嵐の吹きまくる野道はえんえんたるアリの行列（椅子やら机、書類箱、袋づめだの雑多なものを肩にして行く兵隊たちの散列）でうずめられた。にわかに海軍兵の数がふえて、里人たちは奇異な思いで見まもっていたようだった。

電測学校といっても、まだ畑の名残りのあるだだっ広い敷地に、植えたばかりの立木がまばらにかこんだ殺風景な校庭。なんともおもしろみのない木造の校舎と兵舎がならんでいるだけ。烹炊所などの附属建物も飯場めいた風情《ふぜい》で、定員分隊は一時、東端の校舎に入った。ヤブ蚊が多いので、夜は蚊帳をつって寝た。

ここでも私は教具主任（そういう名称だったかどうか知らないが）の加藤特務少尉の下で、掛け図や教科書のさし絵を描く仕事を命じられた。べつの校舎の一隅にそのための部屋が設けられ、数名の兵隊が配置されていたが、そのなかに少尉の知り合いとかいう民間人の絵描きがひとりいて、毎朝、近所の村からかよってきていた。

そのうちに私ひとりが加藤少尉にしたがって、電探の実際の製造現場である京浜地帯の東芝だとか、ビクター、コロムビア、マツダランプなどを見てまわることになり、真空管や機器類の生産の場へ出かけた。そのころのいちばん新しい装置や、結線図の資料を入手するためだったらしい。

当然のように、それらの軍需工場も対空戦闘にそなえて武装をしていた。工場の高いところに見張りやぐらを立てて機関銃をすえ、陸軍または海軍の兵士が配置されていたようだ。

南武線沿線の真空管工場に行ったとき、工場の門を入ったか入らないうちに、空襲警報がかかって、モンペ、ハチマキ姿の若い徴用の女工さんたちといっしょの防空壕に避難したこともあった。そのさい、加藤少尉はおもしろい冗談をいって女たちを笑わせたりした。

電探の心臓にも相当する真空管の製作は、繊細な手作業が必要で、そのとくに繊細なカンをたよりにする組み立てだとかスポット熔接をいくら人手不足とはいえ、さきほどの素人女工員たちがもっぱら担当しているのを見て、元設計屋だった私は思わず出しゃばって、

「これで電探の故障がむやみに多い理由に思い当たりました」

と、加藤少尉にもらすと、

「まあ、そういうな。銃後も一所懸命なんだからな」

少尉はこういって応じ、

「われわれは、そういう点を調べにきてるわけじゃないんだ」

と一笑に付した。

東京の目黒に行くと、雅叙園という料亭の木立の奥がコロムビアの研究所になっていて、当時いちばん新しい型式の電探の部分を試作していた。

東京方面へ公用外出のつど、加藤少尉は、

「明朝、どこどこの駅におれ」

といって、私の留守宅が鶴見にあるのを知っていて、内緒で帰宅させてくれた。

このころ、茅ヶ崎海岸で陸海軍協同の電探操作演習が行なわれ、私たちはその見学に行か

されたこともある。

海軍は、箱型の大きな空中線を持つ定置式のもの、中型のもの、トレーラー、陸戦隊用の組立式、それに機銃架台に八木アンテナを設置し、探照灯と高射砲に連結したものなどを、砂浜のそこここに配置していた。

一方、陸軍は海岸の砂丘を大きく掘りこんで、トーチカ式に構築した壕に、八方に枝を張った新式の「タ号」（みなはタコと呼んだ）と、聴音機の架台を利用したものなどを持ってきていた。

そして飛行機を飛ばして捕足する訓練が、四囲が暗くなりはじめるころから行なわれたが、まだまだ薄暮で目標が肉眼で見えているのに、変な方向にばかり向いて行くアンテナ（操作している兵隊には見えないから……）もあった。

そのうちにどうしたわけか、探照灯がすぐ隣接した定置式電探をまともにバッと照射した。そのとたん、空中線の網の箱に乗って、おりから修理かなにか作業中の二人の兵隊が、直射光に目がくらんで二メートルくらいの高さからバラバラと落下した。

「畜生！　やりやがったな！」

その兵隊が、腰をさすって起き上がりながらさけんだので、見学していた私たちは腹をかかえて大笑いした。

ほかにも高射砲が目の前の江の島を砲撃するなど、この日の演習は手ちがいが多くて、あまり参考にはならなかった。

6　下士官とはいうけれど

加藤特務少尉のすすめもあって、私はこの電測学校開校いらい初の乙種幹部候補生を志願することになったが、これはすぐに許可された。六ヵ月の訓練を終了すると、下士官に任官されることになっている。

「候補隊に入ると、兵長に二階級特進だ……。が、まあ、その代わりきついらしいぞ」

加藤少尉は自分ですすめておいて、「予科練とどっちかな」と笑い、「予科練も乙幹と同時に本校で開始されるはずだ」と知らせてくれる。

どうせおなじ学校内なのだから、なにかあれば加藤少尉のところへかけ込める、それにときおり息抜きに訪ねられるし——などとあさはかに考えたのは、やはりあやまりだった。日々の猛訓練にはしぼるだけしぼられる。電探原理、取扱法についてはそれほど問題はなかったが、下士官としての兵員掌握法、部隊誘導法、その他のほうが私にとっては問題だった。

教員の半数は前回の乙幹あがりの連中で、彼らはまぎれもなく下士官ではあったが、なんとなく中途半端な感じがして、私たちも《あんな下士官になるのではいやだな》などと思ったものだ。

「お前らはもうすぐ下士官だ。下士官は兵の模範でなければならん。そんなことで、おまえらは兵の模範になれると思うのか！」

怒号、そして全員連帯制裁——時間制限なしの「腕立てふせ」が開始される。

行軍演習のさいに小休止に立ちよった農家のふるまいイモを、ガツガツ先をあらそって食った、というので「皇国海軍の恥辱だ」と、隊に帰った夜は数時間にわたって「腕立て伏せ」をやらされ、苦痛にアワをふく者は、思いきりバッターをくらった。

こんな間にも夏ははやくも去り、秋のすずしさがやってき、しばらくする間に藤沢の草っ原は、相模川をはいのぼる木がらし吹きすさぶ冬にまっすぐ向かっていた。

自然がスピードをますように、戦争の速度もいまから思えば、敗北への加速度をはやめていたように思う。

当時、私たちはまるきり確かな情況は知らされていなかったが、参考までに記すと、比島沖海戦（シブヤン海海戦、スリガオ海峡夜戦、サマール沖海戦、エンガノ岬沖海戦など）で、戦艦「武蔵」以下二十七隻の主力艦、航空母艦、重・軽巡、駆逐艦を失っていて、マニラ湾空襲で「那智」以下六隻、ついで「浜波」「島風」など四隻を撃沈され、神風特攻隊が若い命を体当たりさせてわずかに敵をしのいでいたころなのだ。

どうやら、戦争はそのまま終幕にむかっていたわけで、学校のこのへんが敵機侵入の進路に当たっているらしく、はるか上空に敵機の姿を見る日が多くなってきた。校庭での駆け足どころではなく、そこここでかなり大規模な防空壕掘りがはじまり、それは警報下もやすみなくつづいた。

かくして校庭の様相は一変した。なかでも伝令用の小型壕を、兵舎と兵舎の間に数多く掘ったので、通行はまったく不便になった。

ある一夜、消灯ラッパの鳴ったあと、かわやに行った帰りに、暗黒にアシをとられて私は、そのなかの一つに飛びこんでしまった。掩蓋《えんがい》でしこたま下アゴをつり上げ、みずから絞首台にかかった形で、不運にもう数センチおくを打っていれば、確実に命を落としていただろう。

寝床から立ってはタオルをぬらし、はれたのどを冷やし、うとうとしてはまた立って、水に冷やしに行くようなくりかえしで、いつか白じらと夜は明け、翌日はふだんのごとくに課業をした記憶がある。

乙幹期間（六ヵ月）の終幕ちかくに私たちは、茨城県の演習場に数日間の特別訓練に送られた。

ひさしぶりに乗る汽車、車窓から見る市街と人々の姿、戦時下の物不足にさしせまった世間は、どこも殺伐とした冬景色のさなかにあった。

演習場といっても、鉄路から遠い松林のなかにかくれて、数棟のバラック小屋がならんでいるだけで、海がちかいことがわかるような冷雨が絶えずおそってきた。ジャリなどがしいてはあるものの、小屋の周囲はこおるような水びたしで、私たちは隊伍を組んでしぶきを飛ばしては松原の中のトレーラーへとかよった。始動、調整、運動方法などを教えこまれる

（……はずであったが、故障つづきで、なおったと思うとすぐ使用不能になった）予定は予定として、ここでも赤本による学習が優先する。

訓練最後の日は、犬吠崎の電探基地へとつれて行かれた。

電測学校へ帰着すると、私たちは一人残らず下士官に任官した。一番成績のよい者がひとり一等兵曹に、他は二等兵曹になるという。ひそかに一等下士（最上位成績）をねらっていた私は、分隊長が、

「今回は一等下士は一人しか該当しなかった。残念であった」

と告げるのをきいて、じつのところ、いささかがっかりした。しかし、下士官の軍服と軍帽が支給されると、そんなことはどうでもいいと思いなおすことにした。

官給の品々は、どうしたわけか、一部はかなり着古したもので、おそらくどこかのルートでひそかに交換されてきたらしい。あるいは戦争が激烈になるにつれて、海軍の官給物資もそれほど欠乏していたのか。私は前者の方だと思う。しかし、当時の私たちにとっては、べつにもんくはなかった。一つことをなしとげたよろこびで……。すこしく誇張すれば、バラ色だったから……。

私のわり当ての下士官帽（ヒサシのついたもの）はインチが大きすぎたので、後方部分を切断して手ぬいでちょうどよくちぢめた。みんなはさっそく帽子の縁の竹ひごを抜いてしんなりとさせ、カッコウをつけたりしている。そういえば、帽子だけはみんな新しかったのに思い当たるが、なにやらふしぎな現象のようにも思われる。

7　はて「カミカゼ」とは?

ボタモチというのが、こういう急造（?）下士官のアダ名である。旧制度の袖《そで》章では、各兵科の記章は大きな丸形で、そのなかに階級をしめす形が入っていた。このマルがつまりボタモチというわけ。

海軍兵士は勤続三年になると、その袖章の上に山ガタが一本つけられる。三年の皆勤章がつかないうちに下士官に任官した者は、ボタモチとよばれる。ムギ飯の数が少ないというわけであろう。

といって私たちは、ボタモチは乙幹志願したときからすでに承知ノスケであったし、とにかく、私たちはまぎれもなく、帝国海軍下士官になったわけだ。おたがいに呼び合うのも、〇〇兵曹ときめこんだ。

しかし、このバラ色の気分もそうそう長くはつづかなかった。情けようしゃのない新規配属の通告が時をまたず申しわたされて、またもつぎつぎと前線に送り出されることとなった。たいていは陸上基地だったが、〇〇島などというのがあると、みなで拍手したりした。やがて、私が呼び出される番になった。分隊長は面と向かうといった。

「雨ノ宮兵曹は駆逐艦『神風』に決定した。行先は大湊……とにかく、艦艇に乗れるのは、お前の成績がよかったからだぞ。そう思ったら、そのつもりで一所懸命やれ、いいな」

うそでない証拠に、分隊長の江田特務中尉はひきしまった表情である。

「山の中でゴロゴロしてるのとはちがって、船はいいぞ。それにわれわれは本来、海軍なんだからなあ。うらやましいくらいだ！」

駆逐艦はあるときはきびしいかも知らんが、家族的であたたかい、三日やったらやめられないともいわれる、もっとも海軍らしいところで、こういうオレもじつは駆逐艦あがりなのだ、と話してくれた。

こちらは、その駆逐艦なるものがどんなものか、ましてや「神風」という艦があったのかどうかも、いっこうに知らないのだからしまつがわるいというものだった。

もっとも工業学校の四年生の夏、房総へキャンプ旅行した帰りに、小さな貨物船に便乗して横須賀軍港横を通過したとき、フブキだとかアサカゼなどと、カタカナ文字の艦が沖がかりしているのに出合った。そんなまずしい記憶しかないのだ。

かつて見たそれらの艦は、灰色のいまにも水につかりそうな低い乾舷の鉄の箱で、そのとき私の乗っていた貨物船をやや大きくしたようなものにすぎなかった。それだけに、これまでの予想では陸上基地とばかり思っていたので、いささかガッカリした。

ただ「神風」という艦名には、なにかすばらしい期待感がもてるような感じがした。予感というものだったかもしれない。後日、思ったことであるが、「神風」に乗艦したばかりに、私は第二次大戦に生をまっとうして帰ってこられたのだし、その予感のごときものもたしかに本物であったわけだ。

このことは当時から四十余年の時日を経過した今でも、「神風」だったから……「神風」に乗ってよかったのだ——と思う気持には寸毫の疑いもない。

だが、そのとき、分隊長の前から引き下がってきたときは、「駆逐艦だそうだ」と、気の乗らぬふうにみなに告げていた。みなもちょっと気のどくそうな顔でむかえ、

「まア、がんばれよ」

などと、口ぐちにいってくれたのをおぼえている。

8　七人の電探ザムライ

昭和十九年十二月、できたてのボタモチ二等兵曹の私は、上野から列車に乗った。行き先は本州北端の大湊要港。

十一月に降った雪が根雪となり、その上にさらに降りつもって、まだ月はじめだというのに、すでに積雪はかなりの量だった。

防備隊をたずねてきくと、「神風」は北方警備の任務中とかで、北海道の小樽港に何日に入港するからすぐ小樽の武官府へ行けといわれた。

防備隊に一泊して、つぎの朝出発し、さっそく下北線を野辺地にとってかえし、青森の連

絡船乗り場についたところ、ソ連の潜水艦が出没するとかで、この日も欠航だった。それもいつ出航するかわからないという。

栈橋には人々が長蛇の列をつくり、その列が駅の中をうねうねと曲がりくねってつづき、どこが先頭か末尾かわかりにくいほどである。けさ早くから待っているのだと、そこここで話し合う声などもすっかりつかれきって、不安に倦んだようすがありありと見える。

私が海軍の下士官と知って、何か遠慮する空気のようなものがあったかもしれない。灯火管制を厳重にして冷えきった構内では、私のそばであまりおしゃべりする者もなかった。しゃがんだままでつかれると、私は立って海軍体操をやったりした。

すると、「海軍さんの体操かや」と、一人ふたりまねをする男女があって、だんだん私たちはわけへだてなくうちとけることができた。何時間くらいたったろうか。夜半になって、急に出航が告げられ、潮の押し上げる栈橋をわたった。私は三等船室の臨時の隣組長《となりぐみ》に指名され、救命具のつけ方の指導や、避難順序の徹底方をひきうけるハメになった。

船酔いしたらどうしよう――私はまずそのことを考えた。その可能性は充分にある。なにせ海上へでた経験のほとんどない海軍下士官だから、われながら情けないしだいだが、すこし前から胃のあたりにはやくも異和感がやってきていたのだ。

三等客室は超満員で、万一のときにそなえるため乗客の荷物類を整頓すると、ほとんどがリンゴをぎゅう詰めにしたリュックで、口があいてごろごろと転がりでるリンゴもあった。海峡の真ん中あたりでもあろうか、訓練非常警報になり、乗客ぜんぶが救命具をつけて、上甲板にかけ上がる演習をやった。私が命令を発して、いちいち手助けするしまつで、おかげさまで気がついてみると、船酔いの方はころッとわすれてしまっていた。

甲板からすかしてみた夜の海峡は、ただ荒濤の暗いひびきだけが、真っ暗ヤミの底をかきまわすようにうなりつづけていた。客室にもどると、私はもらったリンゴをかじりながら、これから先のこともチラと考えたりした。

幸いに連絡船はことなく函館につき、さらにそこから列車の旅があった。雪のつもった小樽には昼すぎにつき、すぐ武官府へ行った。

すると、武官府には一日、二日前から集まってきたという兵隊が私を待っていた。水兵が七名、鈴木慶吾水兵長（志願兵）、平野伊佐男上等水兵（久里浜の通信学校で会った平野だが、一階級進級していた）、金本泰一上等水兵（徴募）、寺本武四上等水兵（徴募）、小川房男一等水兵（徴募）、小沢注一等水兵（志願兵）、中山恒男一等水兵（徴募）、内野一等水兵（徴募）などだった。

静岡出身は平野上水、私と彼の二人のほかはみな東北出身の兵隊だった。

平野上水は目を丸くして声をあげた。

「ア、あんたですか」

私の数倍もびっくりしたようだ。彼は、私の頭から足のつまさきまでながめたあと、ポツリといった。

「……任官したんですか」

「うん」

「……そうですか」

「しかし、オレたちはふしぎと会うね」

「ここにいる鈴木兵長以下七名は、あなたの部下として、『神風』に配置されたんです」

「オレはまだなにもきかされてないが、われわれは電探兵としていっしょにやるわけだな。まあ、よろしくたのむよ」

「いや、こちらこそ……ですよ」

彼はぎこちなく、あらためて敬礼をした。私は真っ先の鈴木兵長からはじめて、みなとつぎつぎに手をとり合った。雪の小樽らしく冷たい手であったが……。

まだ漠然としてだが、この連中とこのさき生死をともにするのか――というなんともいえぬ感懐のごときものが心にわき上がってくるのだった。

9　北洋できく死神の声

四十余年をへたいま考えると、西も東もわからぬまま、何かというとただただ気負ってばかりいた急造ボタモチ下士官を長に、彼らはさぞや肩身のせまい思いをしたことだろう――いまごろになって、ようやく彼らを思いやる、それほどいたらなかった私であった。しかし、平野上水との再会（再々会？）がそのとき、どれくらい私を勢いづけてくれたことか。

「神風」が入港したその日の夜、むかえの内火艇で私たちは艦に上がった。波のうねりに大ゆれする暗い前甲板に、兵を横一列にならべ、私はその中央前に起立して当直士官に報告をした。

棒立ちになった私の足の下で、艦は前後にかたむいて重心をあやうくさせ、私はこまかくフラついたが、べつにそのことで注意はされなかった。もっとも当直士官の方も、艦の動揺に合わせて、身体を調節していたようだ。

海軍における艦上の「気をつけ」の姿勢は、ときどきの艦の状況に合わせて、重心をたもってさしつかえないことをさとった。どうじに真冬に向かう北方の海は、不凍港のなかにおいても、かなり荒々しく猛っているものだと知った。

私はよく第二次大戦の海戦物語を手にすることがあるが、終戦末期当時、艦艇に中年や老年（？）の補充兵などが配員され、それを受け入れる側がひどく期待はずれの感を抱き、一方、受け入れられる人びとのぎこちない心情と、かなしくもすでに柔軟さを失った体つきについて、記述されている部分を読むことがある。それは疑いもない事実だった。

しかし、なんとあざけられようと、すでに末期の様相をみせる戦争の片棒かつぎにかり出されてきた人間だ、というもう一つの事実はわすれてほしくない、と思うのである。

私たちは後部居住区の電信科のテーブルに居候《いそうろう》することになったが、これは戦争が終わる日までつづいた。

ところで、この「神風」には、まだ電探兵器らしいものは艦内のどこにも見当たらず（電信長の下田保夫二兵曹が知らせてくれたのだが）、どうじに、こと電探にかんするかぎりいっさいの情報が秘匿されているらしいと推測された。したがって本艦が北方警備の任務で、これから占守島まで船団護衛に行くのであるが、それが終了してから新規に設置するのではないか、ということだった。

ここでかんたんに駆逐艦「神風」について話してみよう。本艦は、大正十一年十二月に建造（当時すでに二十一年がたっているのだから、老朽艦もいいところだ）された改峯風型の一等駆逐艦で、同型に「朝風」「春風」「松風」など九隻がある。艦の長さ九十九・七メートル、幅は九・一六メートル（はやくいえば万年筆型）、速力最大三十七・三ノット（毎時六十九キロ）、砲は十二・七センチ砲四門、五十三センチ魚雷発射管六門、兵員三百余名（平時は二百名）、公試排水量千四百トンである。

老朽とはいえかくしゃくたるもので、なかんずく速力は他に比しておどろくほどの速さで、運動性のいいこともまた抜群だった。

ちなみに大正十二年以後、兵装強化計画で新造された特型Ⅰ型が、昭和初年につづいて昭和七〜八年にⅡ型およびⅢ型が完成して、これら特型と称される艦は二十四隻になった。ことのついでに記しておくと、最盛時、百隻以上もあった一等駆逐艦で、終戦まで生き残ったものは、峯風型旧式艦では「神風」「沢風」「矢風」の三艦のみで、昭和十七年以後竣工の「冬月」「涼月」「春月」などのほか、開戦時の最新鋭艦陽炎型十八隻中では「雪風」一艦、他数艦のけっきょく十六艦のみであって、あとはすべて失われたという。

さきの大戦を通じてみれば、明らかに駆逐艦消耗戦だったともいえよう。

さて、北方警備についた「神風」は、海防艦「福江」と行動をともにし、荒れ狂う北辺をめざして航行をつづけた。氷点下の海は、ふれるものすべてを凍結し、甲板上のあらゆる物に氷柱がついた。

夜のうちに付着した堅氷をバットでたたき落とす作業から、朝の課業がはじまる。

朝食のあいだ、甲板の状況のゆるすかぎり、私は部下たちと居住区の外にでて、電信科の食卓があくまでの時間、海軍体操をやった。号令も凍《こお》りつく寒風のなか、もちろん、だまって立ってなどはいられない。そうかといって、食卓の横に突っ立っていたのでは、ことさらせまい居住区でなにかとじゃまになるからだ。

しかしながら、その体操も、まもなくみなから苦情が出て、とりやめにされた。とんだりはねたりで、上甲板がみしみし鳴るし、ときにはタナの帽子罐が落ちるなどして、「おちおち、飯が食えねえ！」という声がでたためだ。それからはやむなく、ラッタル（はしご）の下に整列して待機することにした。

「電探長だけ、オレたち電信の兵隊といっしょに食事したらどうか」

と、食卓最先任の田中啓吉暗号長（二等兵曹）が親切にいってくれたが、いこじにも私は部下とともに食卓があくのを待った。

口の悪いものが半分は潜水艦だというとおり、駆逐艦はよくガブった。荒天下のピッチング（前後ゆれ）、ローリング（横ゆれ）の激《はげ》しさは言葉にあらわせないほどで、六十度以上も片方に傾斜して、急に復原するときなどは、まさに命びろいをする思いだった。

甲板で僚艦を見ると、向こうは反対側に六十度あまりかたむいている。すると、こちらは百二十度以上の正反対の位置にながめられるわけで、ついで海の底に沈下して行くかに見える。

またピッチングとなると、向こうの艦がはるか天上にのぼって行く。

とにかく波濤のあばれまわる日は、ハッチをすべて閉鎖する。――ときに用のある兵隊がハッチをあけて、海水のかたまりといっしょになって飛び込んでくる。

舵をとると、船体は悲鳴に似たきしり声をあげ、水圧を受ける側の舷側の鋼板（厚さ十五ミリだという）は目にみえてたわんだ。

こんな荒天には、居住区の食卓を全部たたんで、一面に平らにする。そして、当直以外はアグラをかいて、その上にゴロゴロしてすごす。

夜間などは毛布をベタベタしいてザコ寝するわけだが、艦が大きくガブると、みな一方のほうへすべってゆく。すべっていって、足のうらが舷側の鋼板に当たるか当たらないかの瞬間に、両足に力を入れてつっぱる。それを半分眠りながらくり返す。

艦の側鋼板がそんなとき、すごい水圧にたえて弓なりにしなっているのが感じられる。たえず波との摩擦で歯ぎしりする「キュッキュッ」というひびきがつたわってくる。緊急用の手動大舵輪が振動して、後部のプロペラがあえぐように悲鳴をあげ、「オーイ」「オーイ」とひっきりなしにだれかを永劫の涯から呼んでいるさけびのようにきこえた。

私はそういうときは、ミエも外聞もなく、毛布を頭からひっかぶって必死に眠ることにした。

みなも目をさましていながら、そんなときは互いに一言も口をきかなかった。

10 バアさんにリボン！

占守島から帰るころ、私たち電探兵も、どうやら駆逐艦の日常に少しはなれたようだ。「配置につけ」のホイッスル（笛）で、垂直にちかいラッタルをかけのぼる。上方をゆく兵隊の防寒靴でアゴをけられることもなくなり、上も下もやたらと突起物の多い上甲板を、ひととおりはカンだけでぶじに通過できるようになった。そしてみんな同様シラミもわいて、どうやら船乗りとしては一人前――。

「神風」は大湊へ帰港するや、ただちにドック入りをした。北洋警備の任をとかれて、連合艦隊付属となり、「野風」とともにあらためて南方戦線に出撃の命令をうけたのだった。そして、ここではじめて電探（二十二号改四超短波電波探信儀）が搭載されることになったのだ。

電探室は艦橋の真下、いままで海図羅針儀室だったところの内部をとりはらって、電探専

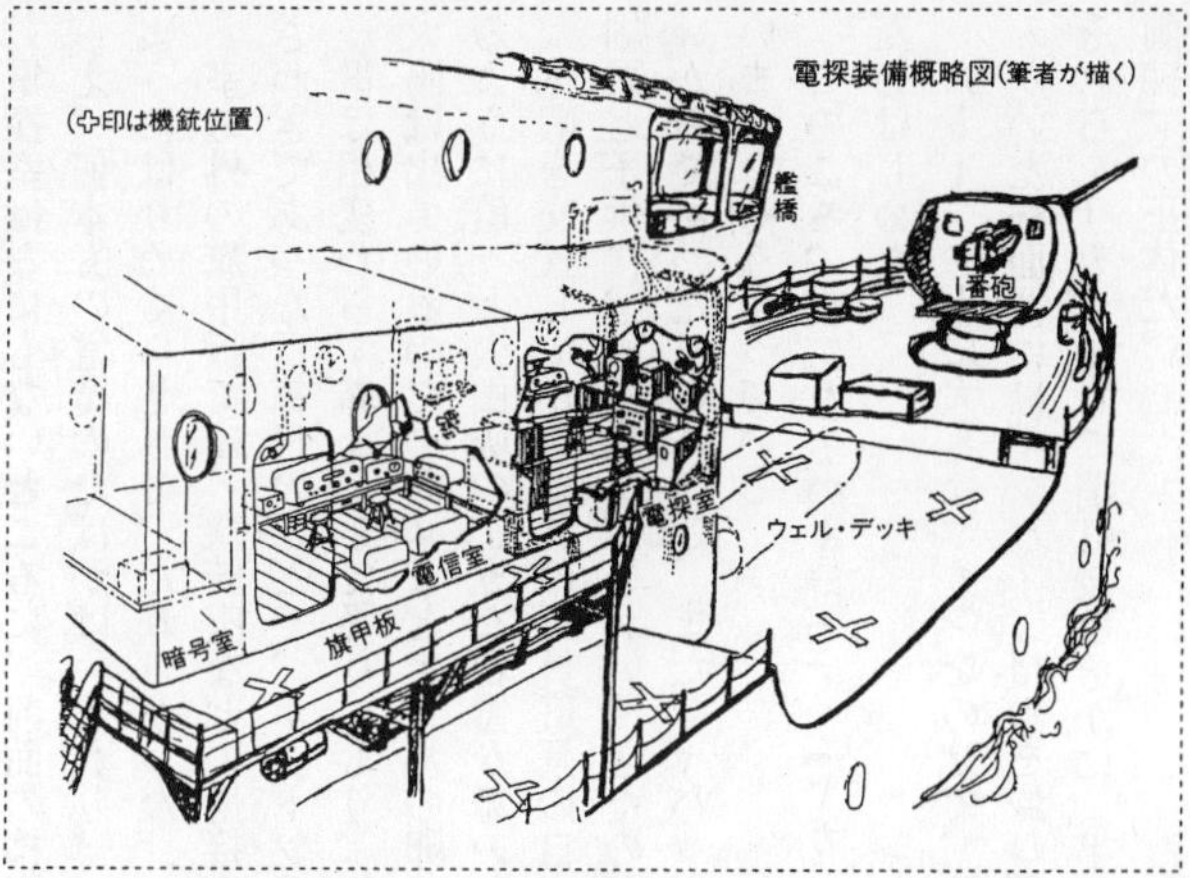

用の部屋になった。もともと羅針儀室だったので、周囲は砲金製であるが二坪にもたりない広さである。もっとも搭載する電探が陸上用トレーラーの大きさだったりしたらもっとせまくなるはずだから、べつに不満をいうことなどはない。

電信室がとなりあって後方に約二坪、そこに一坪もない暗号室がついていて、その部屋は暗号長一人が机の乱数表に向かうといっぱいになる。電信科は下士官が三人、兵長一人と一水が一人、暗号は長以下兵三人だった。

艤装は急ピッチですすんでいた。そのうちに交代で、全員に数日間の休暇が出された。いよいよ南方戦線に出かけるので、それとなく家族と別れをおしむように、という首脳部の親心であったのか。

私も帰京した。平野らは、そのあとの二回目になった。

電探室はなにもないところに、前面の楕円形部分に厚い木製のタナをカウンター状にしつらえ、何本もの電纜《コード》のたばがはいまわり、いろいろな配線は、まるでクリスマスの飾り物のようにはりめぐらされて、たれさがった。

室の外の旗甲板では、機銃座などの熔接作業が行なわれ、ときならぬ祭日の花火のようなさわぎであった。毎日のごとく、ボクトツそのものの東北弁の工員たちがかよってきた。

雪は相変わらず霏々《ひひ》として降りつもり、毎日、雪の夜が明けると雪の朝がくる。それでも太陽は出ているのだ。ちょうどアヒルの卵黄の色で、にじむその太陽の位置からはわいて出るように滾々《こんこん》と火山灰のような粉雪が舞いおちた。

休暇を交代してから、私は工員班長の自宅を訪問した。軒まで雪にうまった家にいる若い細君と子供に、酒保品などをおいてきたのだが、それもよい作業をやってもらいたいとの願いからであった。これなど、まだシャバッ気のぬけきれない私のやりそうなことだったと、いまでもそう思っている。

このころ、夜になるのを待って、『ヤカン訓練』と称する作業（?）に兵隊たちがせいをだしはじめた。

ストーブの上に大きなヤカンをのせて、口にせんをし、そのなかで飯をたく。ピカピカにみがいた洗面器にはギンバイ（糧食を盗むこと）してきた魚や、肉をぶつ切りにして煮込む。それらをサカナにして消灯後ひそかに（半ば公然と）酒をくみかわすのだ。これが『ヤカン訓練』の正体だ。

外泊のない下士官兵にとって、ことに大湊のような雪にまるきりとじこめられたところでの、ゆいいつの楽しみであった。起居動作のことのほかうるさいドック入り中も、これは内緒でつづけられた。

わが電探の兵員たちも、ストーブがない代わりに、昼間の艤装工事で工員たちがおいていったハンダごて用のコンロを利用して、対馬上水が見よう見まねの『ヤカン訓練』をやった。魚などはドックの底にころがっているタラで充分だった。

いいにおいの立ちこめる電探室のケッチン（鉄扉）を、ある夜、大きくたたく者があった。見知らぬ少尉だった。この小肥りの若い士官は、その場をジロジロ見まわして大きい声をはり上げた。

「お前たちは何をやっとるんかッ」

「ヤカン訓練であります！」

中山一水がすすみ出て、私の前をかばうように起立した。真っ赤になった少尉は、中山をおしのけ、私に、

「貴様がここの長か？」

と叫ぶや、

「たるんどるぞォ！」

とほえるなり、横びんたを力いっぱいなぐった。一回、二回……。

「オレを……オレをだれだと思っとるのかッ、貴様ッ」

「なにィ、……オレは本艦の電測士だ。本日着任した！　いまからよくおぼえとけッ」

彼は興奮のあまり、そこから出て行くまでの間、身体中をふるわせていた。

電測士高井清行少尉は、艤装のぐあいを見るために、旗甲板に上がってきたらしい。

しかし、そのときから幾日かたつと、この高井少尉も、みなの談笑の場にすすんで参加するようになった。ちょうど私が定員分隊員だったころに、通信学校の予備学生だったといい、兵隊たちとも気心がつうじ合うと、学生らしいところをときどき見せ、肩書きをわすれて大笑いなどもした。少尉も気の安まる場所がほしかったのだと思う。

それに、なにより駆逐艦のせまい世間に暮らしていると、おたがい一つ家族みたいな意識ですぐ通じ合うらしかった。すこしあとのことだが、

「平野上水、真空管をやるからな、士官へついてこい」

などといって、私の方を見る。私は平野にすぐ行け、と合図する。

高井少尉は、同室の士官にさとられぬよう手ばやく、どこかで手に入れたビールびんなどを渡しながら、

「その真空管こわすなよ」

声をわざと高めたりした。

「電測士もあんがい話せるんですね、電探長」

平野上水も、その話に感心したものだ。

「わかりません！」

そうこうするうちにも、作業は刻々と進捗していた。電弧熔接やドリルの騒音が静まると、艦首に向いて正面のタナに指示機（ブラウン管）、タナ下に定電圧調整器、左に測距機、右下に受信装置、バッテリーなどがすえつけられていった。後方の電信室との隔壁側に整流器、変調器、発信機、左舷に全波型電波探知機、つつかぶり式受聴器、前檣下部にすえつけた送受信用二連式電磁ラッパから連動する導波管（旋回軸）の把手《ハンドル》などがととのった。

こうして、せまい部屋はたちまち機械でいっぱいになった。交流発電機は、前部の下甲板、水中探信機室の手前にとりつけられ、遠隔操作で運転するのだった。二十二号電探も「神風」に搭載してみると、総重量一トンもあるまことに堂々としてたのもしかった。

この老いた「神風」を達者なおバアさんとするならば、新兵器の電探は、派手なリボンくらいには相当しようか。

二十二号電探は、数ある電探《レーダー》のなかでも、いちばん日本的なものといえた。それは波長十センチという極超短波を使って、わずかに波間に出現する潜水艦の潜望鏡をキャッチすることも可能なように作られたものだが、その送信管には故岡部金治郎工博（東北大学工学部電気工学科卒、大阪大学名誉教授、近畿大学顧問、文化勲章受賞）の開発した分割陽極磁電管《マグネトロン》を採用していたからで、このマグネトロンは、いまでは大型電子レンジなどにも使われることがある。

昭和十九年は丈余の雪にうもれて暮れてゆき、やがて運命の年ともいえる昭和二十年がおとずれていた。私は一月四日の出生届なので、満三十歳をむかえたことになる。

11　戦艦「大和」を師匠にして

厳冬の日本海は荒れに荒れた。「神風」は僚艦「野風」（当時、一水戦司令艦）とともに一路、呉に向かった。毎日たけりくるう白っぽい海にもまれどおしで、はげしい船酔いのため、搭載兵器の調整をおもてむきの理由にして、私は電探室にとじこもったきりで、狩野一水が食事も運んでくれるのをいいことに、旗甲板以外には出て行かなかった。そのことで、見張長の前部先任下士に呼びつけられた。

「オイ、たまには居住区へ行って、部下のことも見てやれよ。暗号長も気ィ使ってたぞ」

年輩の彼は、笑いながら、「ぼつぼつ本艦にもなれたろ」ともいうのだった。

暗号長田中啓吉二等兵曹も、年配は上曹山口茂雄信号長とおなじくらいの応召兵だったが、そのころから私と特別にしたしくなり、この善行章三本の元軍楽兵は「神風」では最年長の古兵で、たいていのことは思うとおりにふるまっていたから、私もその彼の庇護のもと、なにごとがあっても一目おかれてあつかわれた。

私より三つ四つ年長の彼は、背が高くてコールマンひげを生やし、いつも気むずかしいちょっとニヒルな風貌であった。軍楽隊のポジションは、フレンチ・ホルンだといった。

「……もうダメだね。ぜんぜん楽器を手にしてねえもんな、このごろ……」

さびしそうに目をしばたたいて、彼はそう述懐する。音楽だけでなく、映画、演劇、文芸などにも趣味がひろく、私が日大芸術科に学んでいるときくや、いろいろな話題を口にした。なかでも油絵を描く私とは、共通の世界がかなりあった。

このようにともにおなじ心境で、互いに孤独をまぎらす場面が多かったから、だれよりも親しくなっていった。また将棋もしょっちゅうさした。二人とも負けずおとらずのへぼ将棋だが、将棋盤を間において飲み屋の話、女の話はつきなかった。

「大森一水？　オイ大森！」

暗号室から田中二曹がよぶ。退屈に耐えかねた声だ。

「電探長をよびにいってこい」

私はその声をききつけて、電信の大森一水の肩のうしろから顔をのぞかせる。

「やア、きたか」

――なんともうれしそうな顔で、

「今日はカタキ討つからな」

とむかえ入れる。

呉に入港すると、衣類など冬物いっさいを陸揚げして、夏服をもらった。夜の半舷上陸もあった。厳重に灯火管制した街を、電信の下士官たちと歩いて行って、とある映画館に入ったが、まっくらななかに人のむれが、ざわめく大きな街だな、との印象しかない。

川原石の海岸に「神風」と「野風」はならんで停泊していたが、なに思ったか、「野風」が兵員総出で、船体のぬりかえ作業をはじめた。私たち「神風」はだまってそれをながめていた。

前から甲板掃除のたびに、兵隊たちは、「本艦はサビと塗具で保《も》ってるんだからな」といって笑っていた。

やがて「神風」と「野風」は豊後水道を往来し、柱島泊地に停泊中の第二艦隊の巨艦「大和」、これにつきそう軽巡「矢矧《やはぎ》」を向こうにまわして、水雷戦隊独特の夜襲訓練を行なった。

わが海軍には伝統の夜襲（隠密裡の魚雷攻撃）という、奇襲戦法を金科玉条とする根づよい考え方があった。

ところが、電子工学技術の発達した連合国側は、とくにすぐれたレーダーを装備した艦船をもちいて、洋上夜間はもちろん、気象状態によって視界ゼロのときも確実に目標を捕捉し、いち早く照明弾を打ち上げて砲火を集中できた。

潜水艦もまた姿をろくに現わさないで、目標に向かって魚雷を不意に発射することができた。そして戦争末期ごろには、レーダーが目標をとらえるや、ただちに正確な距離を測定して砲撃に直結する高性能をほこるまでになっていたという。

したがって、あくまで隠密に敵主力に体当たり式に肉薄し、一瞬はやく相手をとらえて間一髪のさしちがえで、敵を撃破するお家芸の魚雷急襲『隠密の急襲』ができなくなっていたのだ。

「大和」と「矢矧」を仮想敵と見ての夜襲訓練で、わが「神風」の電探は、予想以上の成果をあげた。（運よくこのときはいささかの故障もなく、感度は最高だった）

墨汁をとかしこんだような海上数万メートルさきから、「大和」と「矢矧」の位置を正確につかんだ。そのとき、電測士が、「報告しろ！」と叫ぶや、

「艦首方向、左三度××メートル、感五、艦船大きい！」

艦橋に直通の伝声管に向かい、平野上水がさけんだ。

「よしッ！」

右に寄って、さらにやや小型の反射波がもう一つあった。艦船であることを明示して、反射形が微妙に変化する。

「右二度、××メートルにも艦船、感五、前のより小さい！」

伝声管から返答がきた。

「よし。それが『矢矧』だ。電探！　その目標をはなすな！……オイ、見張り、まだ見えんか。電探はつかんだぞ！」

艦長春日均少佐の声だった。

「大和」の方ではおそらく、こちらよりはやくレーダーでわかっていたろうと思う。電波探知機の鈴木兵長も、「敵電波！　敵電波！」と叫びつづけていたから……。電探の欠点は、

ビームを出すと、敵方にもたちまち居所を教えることになることだ。

翌朝、洗面器を持って旗甲板のラッタルを下りて行くと、洗面に集まっていた見張員たちがつぎつぎと声をかけてきた。

「電探長、カーブ(人気)あげたぜ」

「電探、やるじゃねえか」

しかし、私はべつに反応しなかった。機械のやることであたりまえなのだ。べつにとりたててさわぐほどのことではない、という顔で……。ただしあくまでウンよく機械の調子がよければの話だが……。

その日、電測士が「大和」から友人だという若い中尉(副電測士、予備学生)をつれてきて、「ウチの兵器を見てもらうのだ」といった。

「大和」には後檣両舷に十三号(航空用)、司令塔最上端左右に二十一号(航空用)、二十二号(水上用)の電探を装備して、電探兵装においてもさすが超ド級戦艦らしい、もっとも充実した威容をほこっていた。

その中尉が「神風」の二十二号をいろいろといじりまわしているうちに、ふたたび訓練出港のために「神風」は急きょ出動した。

天候もよくなかったが、伊予灘に出た艦は、かなり動揺がはげしく、そのままつれて行かれたこの士官は、自分の所属する巨艦とは大変なちがいの小艦艇になれていないらしく、駆逐艦の動揺にかんたんに酔っぱらってしまった。

やがて、こともあろうにしゃがみこんで、その場にヘドをはきはじめた。たまたま吉田電測士はそこにい合わせなかったが、介添《かいぞ》えをしていた私は思わず興奮して、

「しっかりしろ！」

と彼の背中をぶちのめし、

「かりにも兵器の部屋だぞ！」

とどなっていた。

あとで、このことを暗号長に話したところ、彼は大笑いして、

「オレにいってくれれば、かわりにぶんなぐってやったのに……」

といった。じつは、これとおなじようなことが前にもあったのだ。それは大湊の「ヤカン訓練」のときだったが、志願兵上がりの鈴木兵長が、こちらは酒の飲みすぎで、まだ配線準備中の据付台の下にゴロ寝をしていた。橋本上水が引き起こしたが、私は、「そっとしといてやれ」とだまっていた。

ところが、なにかのはずみで急に起き上がった鈴木は、部屋の右すみの工員がおきわすれていった工具箱に向かって前をまくった。「オイ、こらッ」と、制止するひまもあらばこそ、彼は酒くさい液体を発射しつづけた。

「目をあけろ、この野郎」

私は酒にむくんだようになった童顔に、思いきりビンタをくらわせてどなった。

「兵器がすえられる部屋だぞ、この野郎！　しかも、オレたちの兵器だ。たとえ酔っぱらっ

ても、そいつだけはわすれるな！」

そのことがあってしばらくの間、気のよわいところのある鈴木兵長は、すっかり落ちこんでいた。

12 僚艦「野風」の悲運

昭和二十年一月二十六日——シンガポール向けの船団護衛の目的で、「神風」は司令艦「野風」にしたがい、海防艦三隻とともに門司を出港した。門司で対馬房雄上水、米山兼雄上水、狩野賢一一水の三人が新しく電探員として配置に加わった。

之字運動をしながら、鎮海湾沖にさしかかった夜半のことだった。敵潜水艦群のまちかまえるアミにかかり、いちはやく船団中の讃岐丸が魚雷をうけて沈没、海防艦の「久米」も炎上した。

このとき、逆探（探知機）操作中の対馬上水が、「この音です！」といって、プワーとちょっとあまったるい感じの敵電波をキャッチして報告している。私は当直中の狩野一水ほかにも、その音をきかせて記憶させた。（これとおなじ音はその後も敵潜の雷撃のたびにキャッチした）

旗甲板にでてみると、暗号長もでてきていて、私に話しかけた。

「やつらは、まず護衛をしている方からねらってくるんだ。ちかごろの海防艦は、粗製濫造の熔接船だろう、一発でカタがつくんだな」

「神風」は爆雷投下をしつつ、海上を旋回していた。燃え上がる「久米」が、右に行ったり左に出たり、艦のまわりをぐるぐる回りしているふうに見えた。

ひとわたり爆雷攻撃がすむと、被災した人命救助をする。この讃岐丸が便乗させていた第四十三震洋隊数名ほかを助けあげた。「神風」は、この方に長い時間をかけた。

甲板士官（掌砲長＝鈴木兵曹長）が、

「よしッ、思いきって突っぱなせ！」

右舷中甲板で大声で叱咤する。そこには竹ざおを持った甲板員が、暗いもり上がってくるようにうねる海面に、すいつくように見入っていた。ひきよせられてくる救命具つきの水死体を、プロペラにからみこませないために、突き放し作業をやっていたのだ。

流れよる屍体が「久米」の赤い炎のうつす帯のなかに入ると、一ツ一ツ歴々と見えた。顔半分がくずれたり、こげただれている彼らは、ゆっくり回転する推進器をしたって、こっくりこっくりしながら、突き放されても突き放されても、入りかわり流れ寄ってくるのだった。

それからはいっそう警戒をきびしくしながら航行をつづけ、「野風」「神風」の両艦は、台湾の基隆《キールン》に到着した。

ここでは着いた日から、ほとんど毎日のように雨だった。

ふりしきる雨のなか、熱帯特有の名も知らぬ原色の花が咲いていて、岸壁のあちこちや、建造物のあたりに敵機の掃射の痕がありありと残っているのだった。おりから陸軍（暁部隊）の輸送船団がついて、車両、陸兵、軍馬などで港はごった返していたが、雨水のあふれほとばしる道路を、大きなドブネズミが走りまわっているなど、異常な光景だった。

雨合羽を着て、電信長の下田兵曹とつれだって私は、人通りのすくない日本人町のほうへ行ってみた。

「こんどこそは、ここから一歩出たらたちまちやられるぞ」

と、かくごしたように電信長はいった。

私たちは銭湯をさがして入り、台湾女が軒先でスリウスをひく玄米酒づくりなどを、物めずらしく見て歩いた。

この基隆では、残飯処分の見返りで、臨時の配給として各自に石油缶一ぱいずつの白砂糖が割り当てになった。これはちょっとしたおどろきだった。

「電探長、このうしろのところに、じゃまにならないようにおかしてもらっていいですか」

電探台のかげは、電纜《コード》を整理しさえすれば、よい格納場になった。

米山上水が要領よく、私の許可をとってから、みながそこへ砂糖缶をおいた。甘味にうえていた電探科員たちは（ことに若い鈴木兵長や狩野一水らは）当直交代のたびに、缶に入れておく古ハガキをサジにして、しゃくっては口中にほうり込む。

こんなことをしているうちに、それから一ヵ月たらずの航海でシンガポールに着くまでに、各自が石油缶いぱい分をきれいになめつくしたのだから、おどろくべき吸収力だ。もっともみな腹くだしだった。

二月一日。「神風」は馬公に転出した。着いたその日、馬公は敵の空襲をうけた。一日から十六日までここにいたが、その間にも四航戦の航空戦艦「伊勢」「日向」、防空軽巡「大淀」の出撃するのを護衛したりした。

十一日の紀元節は、卓に向かって祝い酒の乾盃をするかしないかのうちにたちまち空襲となり、「神風」はすぐに沖へ出て退避旋回（盆踊りと称した）をしながら応戦し、五日後にシンガポールへと向かった。

このころから私はひどいカゼになやまされ、四十度をこえる高熱におそわれて、電探室のすみに寝かされたまま三日間ほどはなにも知らなかったが、あとでデング熱だと知らされた。免疫性の風土病だということであった。

司令艦「野風」が先航し、本艦がその後をおい、昼間は距離千五百メートル。日が暮れるとたがいの間隔を五百メートルにつめて、司令艦の「野風」が「神風」の右舷前方をすすむ。敵潜のひそむ危険区域は、之字運動をつづけながら行く。

二十日の朝がまだ明けぬ午前三時ごろ、仏印カムラン湾ふきんにさしかかったときであった。ずっと陸岸ちかく接して先航中だった「野風」が、突如として雷撃をうけた。

それより三十分前、「神風」の逆探は、あやしい電波をキャッチして、「右艦首方向十度、敵電波、感四」

と艦橋につたえていた。

波らしい波もなく、静かな息づまるような、それでいてなにやら気だるくなるような、気温の高い溶暗の底にいた。

このあたりが危険区域なのは、艦橋の話し声で知っていた。（艦橋からの伝声管はすべてこの部屋をいったん通過していたから、なんでもきこえた）

ズ、ズーンと予期もせぬ震動がきたとき、舵角表示器《テルテール》係の機関科の下士官が、「カラ・カラ・チィン」とまわして、すずしい声で（私にはそう聞こえた）、

「『野風』轟沈！」

と告げた。

「ばか！　味方がやられたのに轟沈とはなんだ！」

当直将校の怒声がひびくと、私ははじかれたように旗甲板にとびだした。急舵に本艦はグーッとかたむいていく。目にはなにも見えなかった。ただ真っ黒い海面があるだけだった。

すると、急に胴ぶるいがきて、私はその場にすわりこみたい衝動にかられた。

「爆雷用意！」につづいて、「投下！」が令され、「神風」はふきん一帯に爆雷を落として走りまわった。

魚雷をうけた瞬間、「野風」は一本の火柱になったという。鑵《ボイラー》に命中したらしいのだ。

夜の白むのも待ちどおしく、救助作業についたが、「野風」の沈んだあたりに多少の浮遊物があるだけで、潮流でかなりひろがった区域からは、二十数名の兵員をひろいあげたのみ

だった。乗員三百余の二十分の一、それがだいたいの〝相場〟らしかった。

このなかに「野風」艦長（一水戦司令、海老原中佐）がいた。彼は半ば沈んだ白い冷臓庫の上に、アグラをかいて腕組みをしていた。ぴんと張った自慢の口ひげがぬれて、オットセイみたいにたれ下がっていた。助け上げられると、すぐに着がえて元気に艦橋へのラッタルをのぼって行くのを見た。

「野風」の電探員は、長以下多数が戦死したようだが、滝沢友春上等水兵と渡辺俊司上等水兵の二人が、幸運な生存者の仲間入りをしていた。彼らはその日から「神風」電探員に編入された。

渡辺上水の話によれば、その晩、彼は烹炊場上の方位探知機所に寝ていたが、魚雷が缶を爆発させ、瞬時にして船体が真っ二つに裂けたらしい。彼がむちゅうで扉を開けたら、海水がワッとのしかかってきたので、そのまま海へ泳ぎでたという。

一方、滝沢のほうは、電探室の左舷側の外にいたところ、いったんは艦といっしょに水中にひきこまれたものの、運よく浮き上がってきた。ちょうど自分のわきの下に木ダル（味噌のタル）が浮かんでいたので、それにすがって朝まで泳いでいたという。

また「神風」の爆雷が、ものすごく腹にひびいたが、きっと救助してくれるものと安心していたと話していた。二人はずっと前からそうしていたように、その後は本艦での電探勤務にまじめにはげんでいたが、私はこの二人をみると、若さの勝利みたいなものを感じるのだった。

田中暗号長は、このことについて、こう指摘した。

「『野風』は、呉で船体のぬりかえをやっただろう。オレはなんとなくいやーな予感がしてたんだ。つまり死に化粧だったのさ」

そして、彼自身なんともいやな顔をしてみせた。それから二日して「神風」は、ようやく目的地のシンガポールに着きセレター軍港に入ったのだった。

13　小ツブの中の大物

艦がジョホール水道にすべりこむと、いかにも熱帯らしい両岸の景色は、毒どくしいほどに原色にいろどられ、強烈な太陽のもと、椰子の木立がかぎりなくつづき、その切れ間には上ひろがりの珍妙な樹木がのぞいていた。

なにはともあれ、目的地に到着した安堵から、みなは安全カミソリを出して、そこここで小さな鏡のカケラなどをのぞきながらヒゲをそった。

セレター港内には、後尾をもぎ取られたあともあらわの重巡「妙高」と「高雄」が係留されていた。

両艦とも長い桟橋を岸にわたし、陸上に急造した物見ヤグラや、機銃座とともに水上砲台となっており、桟橋もろとも椰子の葉などで擬装してあった。十万トン浮き船渠《ドック》は特務艦

「知床」を載せたまま擱座し、爆撃が大部以前だった証拠には、「知床」のマストはカモメの巣になっていた。

兵器の部品補充の目的で、私は電信の下田二曹と同道で一〇一工廠（シンガポールの海軍工廠）に出かけた。日ざかりの赤褐色の道（鉄分の多いためにこの方面は地面が赤い）に火焔樹など大輪の花を咲かせた大木が生いしげり、いろいろな種類の椰子が並木のようになっていた。

二月だというのにここは真夏で、私たちは防暑服を汗でぬらして歩いていった。海軍工廠は植え込みにかこまれた、白壁の蕭洒《しょうしゃ》な建物であった。大きなプロペラがゆっくりまわる扇風機の下で、私たち二人を立たせたままで、海軍書記と称する軍属が籐椅子にもたれ、いばったように、

「ああ、書類に不備があるね。印鑑もたりないし、もういちど出なおしてもらいたいな」

といいはなつや、くるりとうしろを向いた。緊急に必要な兵器の部分品で、ぜひつごうしてもらわねばこまるしろものだから、二人はこのニベもない背中に必死にくいさがったが、彼は、

「いずれにしろ、書類をととのえてからだね」

とくり返すばかりだった。

私たちも〝書類海軍〟ということや、〝官僚海軍〟の風評などについては知らないわけではなかった。しかし、とうてい納得しがたいものがしだいにこみ上げてきた。たったいま海

上からやってきたばかりの二人だから、なおさらがまんがならなかった。下田兵曹がついに爆発したのは、

「いまは休憩時間だよ」

と、ふりかえって、その海軍書記がいいはなったときだった。

「まだ話があるッ、こっちを向け!」

つづいて私も声をはり上げた。

「もっとキチンとした話をしろ!」

いつもはおとなしい電信長も、書記にとびついて胸ぐらをとった。私は籐椅子をけりとばしていた。すると、書記はとたんに変貌してネコのようになった。

「ああいう奴らがいるんだ」

「ああいう奴をのさばらしている者がいる、ということですよ」

二人の憤慨は、路みちもおさまらなかった。

四囲の情勢と、目のまえの現実とのくいちがいが、納得しにくかった。私たち下士官の目がとらえる、せまい範囲の戦闘の経過では、とうぜん正鵠な判断などむずかしいのは論をまたないが、いまや戦況がいたるところで重大な局面にたちいたっている(かんたんにいえば破局がそこまできている)ことは、かくしようがなかった。

敵とわたり合う第一線の兵士には、大局を知るすべがないところへ、マイナス情報は極端におさえられ、一方、プラスの面はかなり各自の願望をまじえてとらえている。したがって、

思いのほか兵隊たちは、のん気に日をすごしているようには見えた。だが、一皮むくと、そこには息もつまる終末感がせまっていて、みなはふたたび生きて帰れるなど思いもしなかった。

くどいようだが、この時点でもう一度ふりかえってみると、私が召集された昭和十八年五月のすえに、アッツ島が玉砕した。その一ヵ月前に山本五十六長官が戦死した。ここまで戦いは大ざっぱに五分五分として、それから七〜八度の大敗け海戦、それから一年たったマリアナ沖海戦、比島沖海戦にも完敗して、航空兵力は壊滅、主要艦船のほとんどが海のもくずになった。それを私たちはまったく知らされていなかったのだ。

リンガ泊地の「神風」で、のんびり水泳をしたり、甲板で飼っているニワトリがカゴから逃げて海中に落下、だんだん沈んでいくのを大さわぎしてひろいあげたり、毎日きまったようにやってくるスコールの沐浴《マンデー》をつかったり、そんなことで日を送っているころ（三月二十六日）、米軍は沖縄慶良間列島に上陸、四月一日、嘉手納沖から本島の土を彼らの大きな靴がふみにじっていたのだ。

そして、それから一週間もまたず、ついこのあいだ、呉軍港で堂々たる雄姿に接した巨大戦艦「大和」その他の第二艦隊が、いわゆる特攻菊水第一号作戦で出動して、徳ノ島西方二十マイル、坊ノ岬二百六十度地点で、わずか三時間ばかりのあいだに全滅して果てた。

もちろんそれらの事実について、私たちは少しも知らなかった。かりに全貌あまさず知らされたからといって、どうなっただろう。行きつくところまで行く、それしかなかったのだ。

「神風」はリンガ泊地で五戦隊（重巡「足柄」「羽黒」）とともに訓練をやり、その訓練の合い間には走り使い役として、南十字星の下にきてからも、寧日なく働きづめだった。

五月に入って「神風」は、シンガポールをでてサイゴンへ行った。サイゴンから帰るとさらにジャカルタへ、ついでアンダマン諸島へ、毎日が物資輸送船などの護衛任務にいそがしく明け暮れた。

美しい街並みのサイゴンも、何度も行くうちに爆撃の黒煙が空をおおうような変わり方をみせ、すでに完全に内地との交通は壮絶し、一方、沖縄を掌中にした連合国軍は、孤立化させた南西方面にまで余力をまわしてよこすまでになった。

広い南方のそこここに残存する陸軍と、〝雑木林〟ていどの小艦艇しかなくて、制空権をうしなって外洋へ出たくも出られないありさまの日本海軍である。その情勢の下で、ようやく活発化した戦場で、「神風」は独自の行動をよぎなくされていった。

護送する船団、というときこえはいいが、船の大きさもバラバラ、出動のたびに沈められるので、回をかさねるごとに目に見えて船は小さくなった。はじめは大型タンカーもあった。それが漁船改造の特務掃海艇、キャッチャー・ボートなどになった。護る方も、古い石炭燃料をつかう掃海艇との共同作戦から、ついには「神風」一艦だけになってしまった。

B24や潜水艦に輸送船がやられても、「神風」だけは戦いぬき、生き残った。結局、どこへ出るにも護衛する「神風」の方が大きく、ひとり残る優秀な艦となってしまってからは、B24も敵潜も文句なしに本艦にまとをしぼってきた。

そういうなかで、「神風」は、いつも人命救助をあくことなくつづけたのだった。

14 気むずかしい孝行者

出動のたびに、こんどこそは最後かもしれないとかくごした。また一方で、《こんどもひょっとしたらうまくやりおおせるかもしれない。いや、こんどは必ず生還してみせるぞ》という不思議な自信（?）のようなものもしだいに生まれていた。

「神風」はぜったいにやられないんだ、やられるはずがない。べつになんら根拠とてないがそう思わせるものが、全員の胸中にたしかにあった。根拠もまた、まるでないことはない。艦長春日均中佐の絶妙な操艦術と戦闘熟練度、それになによりも人間的な魅力だった。それに士官たちの統率力と下士官兵の団結力、それらが乗員全員の精神活動（若さ）の能力を極限いっぱいまで発揮させ、物理的に老朽した艦そのものをさえ、ふるい立たせたのだ。

「神風」という艦名には、もちろん神風特攻隊のイメージがオーバー・ラップして意識されてはいた。「若さ」が突っこんでいく果敢さのうらがわに、いくばくかの神がかり的信念もあったと思う。

艦長春日中佐は、いつも艦内帽のアゴひもを頭の上にわたらせて、ときにステテコ姿のまま、重たい革スリッパをばたばた音たてて、艦橋のラッタルを上り下りしていた。

たまに「電探どうだ？」などと顔をのぞかせ、巻き煙草をくわえた唇をもぐもぐして、

「オイ、煙草の火くれ！」

という。ちょうど艦長ののぞいているすぐ右手の壁に、直流スイッチの盤がとりつけてあるので、当直員が手を出して、「ここでつけて下さい」と、パッと把手を下げると、青い火花が長い尾をひいてビューッと出る。艦長は、それをとっくに知っていたのだ。

ことのついでに書いておくと、海軍の兵隊ときたら、どの配置へ行っても、かならずどこかでライターに相当するものを考え出していた。

たとえば、城山の砲台で探照灯の伝令だったころ、晴天のときは凹面鏡を太陽に向けて結ぶ焦点で、雨天のときは遮断器《スイッチ》をちょっと入れて瞬間に切る。すると炭素棒のさきが赤熱する。それを利用する、というぐあいだ。みじかい二本の導線に、ニクロム線を張った簡易ライターは、艦内どこででも使えた。

各配置ごとに、まだいろいろなライターが使われていたと思う。そういうことも、いっさい艦長は承知していたらしい。

日々、危機感は惻々《そくそく》と身にせまってはいたが、赤道ちかい南の海は、ナギのときは若草色にかがやき、湖のなごやかさで、いったいどこに戦争があるのかうたがわしいくらい平和に見えた。

が、突然、そういうなにげない光景のなかに敵機があらわれ、白波をけ立てて雷跡が迫ってくるのだった。

「総員で見張りをせよ」と達しられていたが、兵員は配置からとかれた非番のときも、上甲板にゴロゴロしていつつ、見張りをかねていた。全員が緊迫感にヒリヒリしていた。

水平線だけの海洋も、一日のうち一刻としておなじではない。この千変万化する空や、雪の姿をながめていて決してたいくつしない。ことにマレー半島に接岸して航行するさいは、陸岸の景色、島の形、漁構《ケーロン》、ジャンクなど、正直いってたのしいほどでさえあった。

暑いので居住区などにこもっている者などなく、上甲板になにかをしいてすわり、雑誌のまわし読みをしたり、昼寝するか、その他は雑談しながら、絶えず海の上に視線をただよわせていた。

夜も甲板に寝た。煙突のかげ、ラッタルの横、砲架の下、爆雷格納箱の下にもぐりこんで寝ているものもある。

さて、電探の話にもどろう。南方へきてから、電探の機器類は周囲の外板をすっかりはずして、裸にした。日中はもちろん、夜間はいくらかすずしくなるにしても、灯火管制で入口に毛布を厚くたらした室内は、いかにも高温だった。それに真空管の林立した機器は、内部温度を上昇させる。

電探員も上半身は裸どうぜんだったので、兵器の調子にかんして説明するときなど、「この蓄電器《コンデンサー》が……」などと、うっかり鉛筆のさきなどでふれると、弱電とはいえども数万ボルトの高電圧が、鉛筆の芯《しん》を貫通して電撃をあたえた。外板のない機器に、裸のひじを突きこむ危険もあった。

ところで、この記録のはじめから、電探に故障が多いことをいいつづけてきたが、故障原因のほとんどはつぎのようなものだった。

一　真空管（二十二号に約四十本使用、このうち一コがだめになっても全体不能になる）の不良（寿命がみじかく、震動などですぐ使用不能になるなど）

二　接触不良（端子部、結線、各部ハンダ付けが切断したり、完全に熔着していないなど）

三　機械（コンデンサー、抵抗器など）の不良（湿気による絶縁不良、熔断、焼断）

もともと脆《ぜい》弱なそれらが、砲撃や銃撃（ほとんどは自分の艦）、爆雷投下などの震動で、予期しない故障を惹起《じやつき》することなどにあった。

本艦の主砲はもとより水上砲で、対航空機用ではない。だから、敵機が海面すれすれに飛んでくれないことには、仰角不足（四十度）で使えない。しかし、対空戦闘の場合、しばしば高射砲弾を装填して撃つ。ことに艦橋直後の二番砲が前方に向けて発砲するさいは、電探室入口（右舷）ケッチン（扉）をかすめて、爆風のしめす威力たるやものすごいものがあった。

整流機の真空管は点《とも》っていれば、たちまちにしてグロー（管球のなかで沸とう状に燃え上がる）した。

その他、（もちろん自艦のだが……）連装機銃も単装機銃も同様で、対空射撃をいっせいにはじめると、艦全体の空気が大掃除のさいのたたみをたたくように、バタバタと鳴りはためき、そのまた爆風たるや、これまたそうとうな衝撃だった。

このため電探機器は、大湊ですえつけるときに、木台に緩衝ゴムを念入りに当ててしめつけたはずなのに、各部がたちまちガタガタにゆるんだ。

一〇一工廠で電信長と下田兵曹と、いささか強引に横柄な書記を納得させて、予備の真空管などを充分に手持ちしていたことが、その後、どのくらい役に立ったかしれない。

以上のようなわけで、対空戦闘のさなかでも、敵潜との対決の場でも、電探員たちは半裸体で小さな部屋でムシ上がりながら、テスターやドライバー、ハンダごて相手に、各部品を床いっぱいにひろげて、そこここと八ンダづけしてみたり、ビスをはずしたり、接触部をサンドペーパーでみがいてみたりの『分解→組立戦争』だった。

「電探長、この計器、作動しません」

汗だくの鈴木兵長がうったえる。

「まて、メーターはたいてい狂わないはずだがナ」

「はずしてみましょうか」

すると横から「まて、まて」と高井電測士が制して、「オレにまかせろ」とばかり、勢いこんで少尉は調整器の計器をはずし、完全にバラしてしまう。そして苦心さんたんのすえ、かんじんのカバーガラスを足でふみつぶして、以後、ガラスなしの計器にしてしまったりした。

それに、本艦が速力を出すと、前檣中部の電磁ラッパ（電波発射器）は、強風の抵抗でたちまち旋回不能になり、軸（導波管）が何度も破断した。しまいには手動で使った。このように故障は多かったが、いつも大事なときはふしぎと、かならずりっぱに作動して「神風」を助けたのだった。

使いなれたせいか、感度はつねに良好で、敵の潜望鏡はもちろんのこと、ふつう木造船は感知しないものだが、島かげのジャンクなども（おそらく水にぬれた舷側が反射するのだろうが）敏感に像に現わした。

こうして何度かジャンクをキャッチして報告したが、「いまのはジャンク」と艦橋からたしなめられた。そういうジャンクも臨検すれば、船底に無線器などそなえたスパイ船だったかもしれない。接岸航行でマレー半島を北航するおりなど、漁構《ケーロン》（魚をとる魞《えり》）をこするようなときもあって、見張りが浮き沈みする竹ざおを、潜望鏡とまちがえたこともあった。

とにかく原因不明の不調は、接触不良が多く、これにはいちばん泣かされた。平野上水は搭載当初から接触不良の調整がうまく、そんなとき彼は笑いながら、「おい、たのむぜ、まったく」といって、ポンと機械の横腹を平手でかるくたたく。

これなど通信学校の教官から教わったらしいが、瞬間パラパラと映像が動いて、雑音の状態も最高調になり、感度最良時のフェージング（電波干渉度）を見せたりした。

雑音とは無数のじゃまな線形となって、ブラウン管に林立するもののことだが、これがたくさん出るときが状態のよい証拠で、各部の接触やハンダづけ部分の出す雑短波なのだ。

このころ、わが「神風」は、一〇一工廠で大改造を行なった。それは、輸送能力の向上という目的から前、中、後甲板の魚雷発射管を思いきってとりはずして、後の空いた場所に二十五ミリ単装機銃を数多くとりつけた。

極端にいえば、歩くスペースもろくにないくらい、上甲板は機銃だらけになった。艦外から見ると全艦ハリネズミみたいだった。

同時に、そのための機銃手、装塡員の増員があった。電探配置にも数名がまわされてきたが、もちろん対空戦闘時には機銃係を命じられたのだ。

電探としては、アルミ製のナベブタ式アンテナをもつ極超短波用逆探一台を追加された。艦橋の上のキャンバス天蓋上に、一名の電探兵がすわって、手動で旋回させる簡易型だが、小気味よく敵の電波をとらえた。そのときは「ピー」とカン高い音で鳴る。

のちにこのナベブタも、機銃掃射を溶びて穴だらけになったが、幸いにも兵員はけが一つ負わなかった。

トラの子の魚雷発射管をはずしたことは、あとで水雷長や、水雷士が切歯扼腕してくやしがる事態にたちいたるのだったが、岸壁にはいまはただの丸太のように連装三基（六門）の発射管が、むなしく放置されて、さびしくスコールにうたれているのだった。

15　マラッカの落日悲し

昭和二十年五月十五日。「敵機動部隊（大型巡洋艦二および駆逐艦二隻）サバン島南東に向け航行中、速力十六ノット」の報が、第十方面艦隊長官に、わが偵察機からとどいた。重巡「羽黒」と護衛の「神風」は、その迎撃のために、ただちに反転し、十八ノットでこれにせまった。

合戦準備で全員、手拭止血棒を腰にぶらさげるなど、艦対艦の決戦と期するところあって、いっそう緊迫した空気につつまれた。甲板の血のりによるすべりどめの砂なども充分用意された。

ここからは雑誌『丸』エキストラ版105号（昭和六十一年二月号）に、当時「神風」の水雷長だった鈴木儀忠中尉が記述しているもの（同誌七十九頁）とまったくおなじなので、可能なかぎり短縮し、同記に書いてない部分をつけくわえていこうと思う。

「羽黒」と「神風」は十八ノットで、敵艦隊がいると思われる海域へいそいだ。が、敵はすでに反転し去ったあとであった。そこで右前方に「羽黒」、その後方五百メートルに「神風」という位置で、しばらく待機していた。

暗夜、海面は比較的おだやかで、ときおりスコールがあり、視界八千メートル、対潜警戒を厳重にして之字運動をくりかえした。

このとき、二十二号電探は始動せず、逆探だけを使用していた。例のナベブタ型の逆探も、渡辺上水（元「野風」乗組）が担当した。ときどき逆探は、あやしい電波を「感三」でとらえていた。

十六日の二時すぎ、前方の「羽黒」が突如として面舵をとって増速した、と思うと、すぐ取舵をとった。異常を感じて海面に目をこらすと、「羽黒」に向けて発射され、はずされた魚雷が「神風」に突進してきた。「神風」も、舷側すれすれでうまくかわした。そのとき「総員配置につけ」の命令がくだった。

するとこんどは敵の砲弾がつぎつぎと飛来し、瞬間、体にビンという感じの衝撃をうけ、船体も振動したようだった。この「配置につけ」で、本艦後部居住区の兵員たちがどっと集まったラッタルのど真ん中に、敵のポムポム砲かららしい砲弾が命中炸裂したからたまらない。瞬時にして二十七名が戦死したのであった。

ちょうど、後部居住区にいたわが電探兵は二名で、志願兵の気のいい鈴木慶吾兵長と、平塚出身の米山兼雄上水が壮烈な戦死をとげた。着弾のそのとき、私は当直交代して旗甲板に出、後部をふりかえると、大煙突から探照灯のうしろあたりに、ひくくつぶれた抛《ほう》物線がオレンジ色にゆるい感じで、スーッと烹炊室の向こうへ消えたところだった。これが当たった弾だったのか。

つづいて「羽黒」の二番砲塔下左舷にそれぞれ被弾雷して、火災を発生し、速力も落ちた。敵艦隊は最初、レーダー砲撃をしていたが、「羽黒」が大火災をおこしたため目標が確認され、つぎつぎ照明弾をうちあげ、斉射し、魚雷を集中させた。「羽黒」の撃つ二、三十倍ものおかえしがあった。「羽黒」は十五分ほどして大火災となり、行き足は停止した。おそらく弾火薬庫に火が入ったのか、艦首を海面につっこんだ形になった。

「神風」は速力三十ノット（時速五十キロ）で走りまわり、敵と交戦した。魚雷発射管をはずしてあるため、攻撃の主力は残念ながら、砲だけであった。「右舷魚雷二本」「左舷雷跡」「正面魚雷三本」と、各見張りの怒号するなかで、「ああ、魚雷があったらなア」とおもわずにはいられなかった、と鈴木中尉は書いている。

ここでもレーダー砲撃が、そうとうの正確度で行なわれたのが、敵側の先制勝利になっている。

「神風」は全速で避雷運動をつづけ、「羽黒」に近づけば左から敵、右からは「羽黒」の機銃弾がくる。「ワレ・カミカゼ、ワレ・カミカゼ」と発光信号をおくりながら、「羽黒」の艦尾をまわり、煙幕を展張しつつ走りまわった。

目にもまぶしく照明弾が三つ四つと、あたりを照らし出して、同航する艦、反航する艦など、白じらと浮き出し、全速で交錯する敵駆逐艦の上甲板には人影が見え、「神風」は包囲のまっただなかにいた。

半分頭をつっこんだ「羽黒」の砲塔は、なおも発砲しつづけていた。

これよりさき艦橋からの命令で私は、電探の始動を告げていた。下甲板で発電機のうなる音がして波形がパッとでた。器機の調子は最高だ。すぐに陸岸（ペナンらしい）をキャッチした。対馬上水が報じる「艦首方向、固定目標、陸地、〇〇キロ」（何キロだったか大事なことはわすれてしまったが）の声。数十キロのさきにペナン方向の山がでた。

「よしッ、その目標を離すな」艦橋の声。

「羽黒」とすれちがったとき、「カミカゼ！」と叫ぶ何人かの声を瞬時きいた。いまでもその声が耳の奥に残っている。ふり返ると、はるかな海上で「羽黒」のもえる火が赤々とみえた。艦全体が小きざみにふるえて、三十ノットどころか、もっと速力が出ていたように思う。

ペナンに入港した「神風」はさっそく、甲板士官の指揮のもと、運用科の兵員たちが滑車をおろして、戦死者の遺体ひき上げ作業をやった。薄明のなか、屍臭のただよう昇降口のあたりを、私は小松暗号長と二人で、甲板にならべられた屍《しかばね》一体一体をあらためにいった。

遺体というものの、満足な形をとどめないものが多く、どれがだれかよくわからなかった。

「あげるぞッ」

片脚がつぎつぎと手渡しされて下から上がってくる。二、三人が待っていておさえる。

「合わせてみろ！」

の声で、甲板にならべて寝かせたなきがらのそばへ持っていく。

「これは左脚だ、こっちも左脚だぜ」

「それじゃ、向こうか」

「合いません」

姿かたちのはっきりした死者は、半数ほどもなかった。ほとんどが居住区に飛散したようで、運用科員が海水ポンプで洗浄すると、梁《はり》だのタナだのの上から、肉片などがバラバラと落ちてきたという。

私は、米山のイレズミをたよりに探したが、（神奈川県からきた彼は背中いちめんイレズミで、図柄は肩にかけた手ぬぐいに猫がじゃれついていた）二人の電探員の遺骸については、しかし、ついに見当たらなかった。夜が明けてから、これらの遺体をボートで島岸に送り、だびに付した。

ついで燃料を補給してから、ふたたび戦場にもどった。燃えがらだらけの沈没個所には、おりからビショビショとスコールが降り残り、重油がどす黒くひろがる波間には、満タンのドラム罐が数個浮かび、被災者がとりすがると沈み、手をはなすとふたたび浮き上がる、とりつく、また、はなす。かぎりなくそれをくり返している数名がいた。

内火艇に山もりになって叫ぶ兵たち、円材に乗る者などなど、そこここからひろい上げていった。こうして「羽黒」の乗員約四百名を救助したが、ただでもせまい駆逐艦は、まさに満杯状態になった。

インド洋、マラッカの日没は定評のあるところだが、とくにこの日の夕焼けは、泣きたいほどに美しかった。燃えたぎった太陽は、水平線に急下降しながらも、かんたんには沈まず、空も海もどこが切れ目か判別できないほど、さいはてもなく真紅に染め上げた。

何十種類もの赤と黄をこねくりまわして、ひっかきまわしたなかをこぎあるく「神風」の紫紺の陰影、光の鮮烈さに目もくらむばかりの空の残映。息もつまるこの世とも思えぬ美しい光景の下に、思えば人間どものおろかで、あさましい行為が展開されているのだった。

「電探用意!」

レーダーの電波が真紅の天地をわけて走る。このすばらしく光るさざなみの間に、またぞろ敵潜の潜望鏡がのぞいてないとは断言できない。

日没いっぱいまでの人命救助を完遂して、「神風」はシンガポールのケッペル岸壁に入港した。ここで一週間をかけて被弾部と汽罐を修理し、ふたたびつぎの任務についたのであった。

16　恐るべき海狼の海

六月七日。ジャワ島からの陸軍兵員移送の任に当たった重巡「足柄」（いまとなっては五戦隊の生き残りの一艦となった）を出迎え、シンガポールへつれもどす護衛任務のため、「神風」はバンカ海峡に進出した。

バンカ島は、スマトラ南東岸と海峡をはさんで接する島で、世界的なスズ鉱石生産地として有名である。この島には翼をひろげると、一・五メートルもある大こうもりが棲息していて、毎日スマトラ本島とこの島を往復する。

ジャワ島スマトラ寄りの陸だながつきて、水深の急に深くなるあたりからバンカ島までが、敵潜の跳梁する危険区域だった。この海域の対潜掃討のため「神風」は、警戒をいっそう厳重にしながら、「足柄」の艦影を捜索してまわった。

この日の夜ふけ、まだ夜明けには時間たっぷりの、なにか霧状の空気の流れがぼんやりうす明るくたちこめる深夜だった。いちおう仕事を終了して朝まで待機すべく、潜水艦のひそみにくい浅瀬に仮泊の目的で、島かげに入っていった。両舷エンジン停止して、ユキアシ利用ですべるように進航して……と突然、前部砲側の見張員が絶叫した。

「右舷、敵潜水艦！」

べつの一人がさけぶ。

「左舷、浮上潜水艦。すぐそば！」

「司令塔、出している！」

「敵潜！　敵潜。本艦の左右、敵潜！」

なんと、「神風」は海霧にまぎれて浮上している敵潜水艦二隻の真ん中へわりこんだらしい。

当直将校もおどろいて叫ぶ。

「砲戦用意。一番砲うてッ」

「機銃撃て。機銃うて！」

ただいまより仮泊する——という伝声管の声をきいて、さきほど旗甲板に出ていた私もびっくりした。

霧のなかに黒い影がたしかに、右左に立ちはだかって見えた。本艦はなおもすべりすすむ。敵潜のあわてぶりも、こちらにおとらぬものだったろう。少しの間があって、「神風」のどこかで、バタバタ、バタバタとあわてた機銃が発射されたが、効果のほどは期しがたい。

双方ドギモをつぶして、混乱のすえ、なにごとも起こらずにすぎたが、敵潜はあたふた姿をくらました。

　六月八日の朝が明けた。

「神風」は先刻のこともあり、さらに念入りにふきん一帯の対潜警戒を行ないながら、しだいにジャワ島ジャカルタ港へちかづいて行った。

　午前十時ごろであったろうか（ちょうど「神風」の旗甲板から見た水平線までの距離は、だいたい一万数千メートルくらいか）、晴れわたった空には、小さい入道雲が陸岸方向にいくつも立ち、若草色の水平線のかなたから、「足柄」のマストの尖端が顔を出し、だんだんとせり上がってきていた。

　すかさず、見張員が報じた。

「艦首方向、左。『足柄』のマスト見えました！」

　つづいて「足柄」の前部砲塔が大きく見え、すぐに全貌があらわれてきて（そのあたりでようやく水深の変わる区域にかかっていた）、艦首左十度方向に現われたな、と思ったそのときだった。

　突如、「足柄」の高さの三倍以上もあろうかという巨大な水柱が二本、三本、と舷側ちかくに屹立《きつりつ》したかと思うと、水中をにぶい震動が走ってきた。〝ズ、ズーン〟と腹の底をゆさぶる。

「『足柄』に魚雷命中！」

「神風」が急舵をきったので、艦が横に大きくかたむく。「足柄」の水柱がしだいに下降して、本艦の一番砲のかげから右舷にまわって出てきたときには、もはや「足柄」の勇姿は視界の外に消え去っていた。かつて皇族使節のお召艦にもなった、気品ある名艦のいとも凄烈な、そして静かな最期だった。

波らしい波もない凪《な》いだ海。そのままの姿勢で沈めばおそらく、上甲板すれすれの水深だったろうが、「足柄」は急激に横倒しになったものらしい。

「神風」は海面下に逃げ入る敵をとらえんと、ふきんを高速で走りまわり、爆雷を投じ、ソーナーを下ろして探索し、ソーナーをあげてはまた爆雷を打つなど、掃討戦をしつこくくり返したのちに、次第に「足柄」の沈没個所にちかよっていった。

ちょうど「足柄」の艦形そのまま（潮流のかげんで、しだいにその大きな紡錘形がふくらみつつあったが……）、おびただしい数の陸軍兵士が鉄かぶとを背負い（救命具をつけているので胸上半身が浮かび上がっている）、波間に集合して、『勝ってくるぞと勇ましく……』の一大合唱をはじめていた。やがて風もようがかわったが、うねりのでた海面に高くなり、低くなりいつまでも歌はつづいた。

「歌うたってやがる！」

暗号長が、旗甲板の私のうしろから声をかけた。私はだまってそれには答えなかった。

ふり向くと、田中兵曹ははがゆいような、情けないような複雑な表情をつとそらした。

兵器を命よりだいじにする陸兵らしく、白布をまいた小銃を、彼らは海水から守るように両手にさし上げ、けんめいにのどをからして歌っているのだった。

助けあげた陸軍兵士らと「足柄」の生存者とで、本艦はしだいにこみ合ってきて、すき間というすき間、機銃の下から舷側ハンドレールのかたわらまで、どこもかしこもぎっしりスシづめとなった。

それは「羽黒」のときよりもひどい満杯状況で、艦自体、左舷に五度ほど傾斜したまま、甲板士官や甲板下士の整理命令にもかかわらず、いっこうに復原しなかった。

この日も美しい夕焼け空で、なんとも象徴的な日没だった。

「逆探用意！」

赤い西陽と雲のなかに、敵潜の電波が艦橋上のナベブタにピーピーと乱れた笛を吹きはじめていた。

すこしかたむいた姿のまま、「神風」は、シンガポールにぶじ帰投した。陸兵はケッペル、海軍兵はセレターに陸揚げされたが、むかえる用意万端は、陸軍側の方はいたれりつくせりのようすにみえた。

「陸さんの方がはるかにサービスがよいな」

暗号長が指摘するように海軍側「足柄」の兵隊たちは、着たままにかわいた服装で、崖壁に整列して「神風」を見送った。

このとき、電探室にも数名の陸軍兵が収容されたのだが、このなかの当時、陸軍兵長の村木氏（のちに東京都氷川町議）とは、ひょんなことで十数年後に、ある会社の職場で再会するめぐり合わせとなったが、人間わからないものである。

17　海上、海面下の死闘

昭和二十年七月十五日（終戦の一ヵ月前）、特務掃海艇三隻とともに「神風」は、小型タンカー四隻を護衛して、マレー半島ぞいを北上した。めざす行き先は仏印のハッチェンである。

そして翌十六日午後一時すぎ、マレー東岸プロテンゴールの南で、米潜水艦ホークビル（米太平洋潜水艦部隊首席幕僚S・P・スキャンランド大佐指揮）との、海の上と下での死闘が延々十数時間にわたって敢行されたが、これがのちに米映画『深く静かに潜航せよ』にはからずも再現された、ズバリそのものの激烈な戦いの様相であったのだ。

ここのところも、前述の鈴木儀忠中尉がとりあげて、昭和二十八年十月、スキャンランド大佐から春日均「神風」艦長に当てた書翰《かん》と、正確に彼我対照しつつ『丸』エキストラ版105号に詳述している。

これにつけくわえるべきものはなにもない。ただ電探係としての立場から、ほんの少々蛇足めいた数語を併記させていただくにとどめたい。したがって本文では戦闘の順序をたどる形にする。

○プロテンゴール南方の危険水域にて、午後三時「神風」は、水中探信機《ソーナー》にて敵潜らしきものを発見、だが、はっきりしなかった。（電探室は逆探の不審音により、短時間継続的に電探を発動させたが、そのおりブラウン管は異様な干渉波をうつし出した。もちろん、ただちに艦橋に報告していた）

○「神風」はこの不明の目標に注意しながら、探知を続行し、捕捉に専念、船団は特掃にまかせる。できるだけ接岸しつつ北上させる。ところが、ホークビルの方では、じつは船団より「神風」の方に価値ありとして、船団はあまり問題にしていなかった。

○午後四時、「神風」の右舷、百二十度方向、約二千メートルの距離から、魚雷六本が扇状にひらいて発射される。電気魚雷とかで無航跡。ただし、そのうちの一本が波間におどり出て突進、「神風」は増速し、取舵いっぱいでそれをかわす。ついでこんどは、こちらから潜水艦の水中反響をキャッチ。敵に肉薄して爆雷をつぎつぎ投下。ホークビルは水中をこちらにすすみ、右に舵をきってわれにせまる。

○「神風」も面舵三十度で寄りせまる。とたんに思いがけず、米潜は三本のスチーム魚雷を至近距離より、「神風」の舳方向から急発射した。これを春日艦長のみごとな操艦術により回避、三本のうち一本は左舷すれすれ、二本は右、艦首をはさんで通過した。頭部を赤くぬった魚雷が、はっきり視認された。

○爆雷投下、ホークビルの頭上。深度三十メートル（水深は三十五メートル）にて十七〜八個を落とす。艦首一番砲員が「潜望鏡！」と叫ぶので見ると、艦首右直下に、竹ざおのような潜望鏡が波を切っ走り寄る。本艦はその上を乗り切った。

○「神風」の直下をくぐりぬけたホークビルは、爆雷におし上げられて、本艦の後方、航跡と直角に二、三百メートル離れた波間に、おびただしい泡もろとも六十度の角度で、艦首を中天に指し、司令塔まで出して倒立した。間髪をいれず、われの後部四十ミリ機銃が射撃をし、激しい曳痕弾の帯がすい込まれて行く。敵潜は徐々に艦尾から沈んで行った。期せずして大歓声が起こった。

○重油の流出点を目標に浮標を投入し、はげしくうずまく海面の周囲を執拗に、本艦は爆雷攻撃を続行する。ソーナー探信をしては爆雷、それを数時間にわたって継続した。このとき「神風」は、手持ちの爆雷のうち十七個を使用する。おそらく必死に敵潜は夜半まで、物音をひそめて海底にへばりついているらしいが……一方、「神風」は撃沈の公算大と判断する。

○そして、この経過を第十方面艦隊司令長官に打電する。どうじに先行させた船団を追って、任務遂行のために戦闘海面からは離脱した。いそぎシャム湾横断の難所を、どうしても護衛しなければならなかったのだ。

○「神風」は、さらにこのあと二日間にわたり、スキャンランド大佐ひきいる五隻の敵潜群からのおびただしい魚雷攻撃のすべてを、完全に、回避しきったのである。これらの米潜群の士官たちがのちに——戦時中われわれがぶつかった駆逐艦のなかで、もっとも優秀な艦長だ——と一致した意見をのべていると、スキャンランドの書翰は、敬意を表してきたのだった。

○この間（逆探はおびただしい敵電波がわれに向かって発せられているのをとらえ、そのつど艦橋に報告している）、となりの電信室も感五で、敵潜どうしの平文（暗号ぬき）の無線電話を受信し、受信機をそのままにしゃべらせておいた。

○船団と合流してから、波浪の出た月のない夜なども、相変わらず甲板に総員見張りの役をつとめる兵員の姿があった（しかし、この護衛行動も目的地に着くまでには、B24群の再三再四にわたる爆撃にさらされ、特掃や船団が被害をうけ、所期の目的はたっせられなかった）。

駆逐艦と潜水艦の戦闘は、プロ野球のようにインニングがある。つまり、一方が攻撃しているときは、他方は防御の側へまわる。だいたい、相互に撃ち合う形をとらず、受ける方は隠忍自重のがまんと回避をかさね、完全に受けきって攻防入れかわるチャンスを、じっと待つ。

この時間交替型（?）戦闘が、神経を消耗させる度合いは、たたき合い方式とは比較にならないほどにはげしい。それをふまえたうえでいえるのは、私たちの幾回もの戦いは、いつでも敵の側が先攻だったということである。

日本の電探は防御専用にもちいられ、攻撃には使われなかった。いや、使おうとされなかった。そういう戦法が兵器の上からまだ考えられなかったのだ。

一方、連合国側は潜水艦にしろ、飛行機にしろ、いずれもすぐれたレーダーを百パーセント駆使して、先制攻撃をかけてきた。

「神風」が遭遇した「羽黒の場合」「足柄の場合」、そして僚艦「野風」の突然の轟沈も、ほとんど見張りのきかない闇夜だった。したがって「野風」もことによったら、スキャンランド大佐の潜水部隊にやられたのかもしれない。

18　さらば物いわぬ戦友

戦争の終わる日が、ついにきた。

その日、「神風」は出港して沖に出、機密にぞくするものや不要品、書類などを集め、中甲板に燃えさかるドラム罐で焼却したり、あるいは海中に投棄した。たとえば暗号関係のもの、赤本、その他だが、そのなかには電探室装備の器機いっさいが、もちろんふくまれていた。

電探員総出で機械をとりはずし、力づくで甲板にひき出した。浮かび上がるおそれのない重たいもの、発信機、指示機、定電圧調整機などなどから、順次、「レッ・コー！」の号令で、多分アナンバスの海だと思うが、どぶんどぶんと波の上に突き落とす。

どれもこれもみんな、そうとう手をやかせた代物——といっても、そのどれもがみなとともに生死をともにし、血肉をわけ合った、しかし気むずかしい相棒だったことにまちがいはない。

搭載してわずか八ヵ月……しかしながら、あやういときは、ふしぎとよく働いてくれた!

そのとき電探員みなの胸裡を熱いものが逆流していた。

「くやしいすね、電探長」

私のそばに平野兵長（進級していた）が棒立ちになり、つぶやいた。私はただだまってうなずいてみせて、

「電探の……最後だな」

と一言だけ答えた。

柔道三段だという対馬兵長が大ハンマーをふるって、マストからおろした電磁ラッパをたたきつぶしていた。彼は必要以上に執念ぶかくたたきつけている。

「もう、それくらいにしとけッ」

高井電測士が、にがにがしそうに声かけた。どこかに空気のたまる個所があったのか、電磁ラッパは見るかげもなく変形してもなかなか沈まず、それでも、やがて傾きながらしだいに波に没し去った。

こうしてガラ明きになった電探室は、ただの物置きよりもいっそう索漠とした感じになり、私たちはその空しさの中で、思いきり椰子酒などを飲んで泥酔した。

セレター軍港に帰り、春日艦長が前甲板で終戦の詔勅を拝読し、兵員整列の中央で軍艦旗をうやうやしく焼却した。半旗の下、大砲、機銃などは俯角いっぱいに下を向かせた。それから国辱にならぬようにというので、艦内の大掃除をした。

こうして、いったんは全員が艦を下りて、そのあと「神風」が後には復員船として戦後処理にふたたび新任務につくこととされ、戦時編成の三百名の約半数百名余が残置されることに下命された。

したがって、約半数はシンガポールに陸揚げされた。残されたものは、前からこの地にいた海軍部隊らと、一括してとりあつかわれる運命となったのだった。

電探関係から選別されて「神風」に残ったのは、狩野一水だけであった。

残置組となった者は、ここからべつのかたちの苛酷な日々に向かって、スタートをきることになった。

私たちはバラバラになって、軍港の残存部隊に組み込まれ、おぞましい検閲を通過し、ケッペル港から英軍の水雷艇に分乗させられたうえ、マラッカ海峡を北上した。

すでに、P・O・W（捕虜）の刻印をおされた兵たちは、マレー半島西岸のバトパハへいったん集結させられた。

応召いらい敗戦までの二年間、そして敗戦後の満二年にわたる捕虜生活。しかし、戦さのさなかに死んで行った人々を思えば、それがどれほど幸いだったかをしみじみ思いなおさねばならない。

二十一年正月、ブキテマ収容所にいた私は、イ号潜水艦の運んできたなつかしい狩野一水の手紙をうけとった。それによると、「神風」は健在で、日本と南方の各島々の間を往復して、復員兵の引き揚げに協力しているらしかった。

『電探長元気ですか。おかげさまで、私は健康で任務についています……』ではじまる彼の手紙の内容は、無条件降伏した日本本土の爆撃で荒れた横須賀や、横浜ふきんの近況を、気づかいの行きとどいた書き方で、かなりこまかく記していた。

ヤミ市のこと、不足している日用品、焼けトタンの屋根、そして、ひょろ長い米兵が背のひくい日本女性を昼間から小わきにかかえて街を歩いていることだけはがまんがならない、とも書いてあった。

手紙は貴重品あつかいで、収容所中を持ちまわしで読まれた。

『……きっと「神風」が迎えに行きますから、それまで身体に気をつけて元気で待っていて下さい。まちがいなく行きます』と記した個所は、何度もなんども、しまいには我ながら情けなく嗚咽しながら読み返した。食糧事情と難作業とで、全員が急性の脚気にかかっているときだった。

けっきょく、抑留はそれから一年半以上も、私たちを赤道直下にクギづけにするわけだが、狩野一水の手紙の最後の文だけが、頭にふかくきざみこまれて残った――『きっと「神風」が迎えに行きます……元気で待っていて下さい』

あのはげしい戦いに、たくましく生き残った「神風」――生きつづけた不死鳥、その名前にいっさいの疑念はゆるされず、つきせぬ希望がわいてくるのだった。

だが、迎えはいっこうにこなかった。そのうちいつだったか判然としないが、風の便りで「神風」は浦賀で坐礁し、乗組員一同も艦を下りた、という情報が流れ、一瞬、目さきが暗くなる思いがし、身体中の力が抜けて、ヘナヘナになった（坐礁は後で知ったことだが、じつは御前崎だった）。

ただでさえ兵たちは、郷愁で涙もろくなっていた。もっとも、うまいぐあいに〝南方ボケ〟というべんりなものも、そろそろ出てきはじめてはいたが……。

（昭和六十三年「丸」九月号収載。筆者は駆逐艦「神風」電探員）

解　説

高野　弘〈雑誌「丸」編集長〉

往年の日本海軍、あるいは軍艦ファンでも案外ご存知ないむきがあるので、あえて一言申しのべると、デストロイヤーつまり駆逐艦は、日本海軍では軍艦のカテゴリーには入っていないという一事である。けげんに思われる人もあるだろうが、これは本当の話。

軍艦とは、戦艦、巡洋艦、航空母艦、水上機母艦、潜水母艦、敷設艦、砲艦などをさしていうのであって、駆逐艦はただの駆逐艦にすぎないのだ。

「軍艦ではない艦」には、駆逐艦のほかに潜水艦、水雷艇、駆潜艇、哨戒艇などがあり、これらの艦艇はいずれも共通して艦首に菊のご紋章がない。つまり駆逐艦同様「軍艦」ではないからである。

それゆえ駆逐艦の艦長は、「艦長」ではなく「駆逐艦長」というのが正式の呼び名である。軍艦の艦長にあたるものは、複数の駆逐艦（ふつう四隻）で編成される駆逐隊の「司令」である。もちろん駆逐艦乗組員は、そのようなめんどうくさいことには無頓着に「艦長」と大いばりで呼んでいたようだが……。

中国の大河揚子江に浮かぶ小さな河用砲艦でも、しっかりとご紋章をつけているのに、千五百トンもある駆逐艦がご紋章なしというのであるから、駆逐艦乗りたちは、正直のところ余りいい気分ではなかったにちがいない。

以上は艦種について、つぎは艦を運用する人間について。

駆逐艦乗りの士官の一典型をいえば、帽子はつぶれ、帽章には青錆がつき、顔は酒やけで赤ら顔、眼光するどく、気迫は充実し、艦内ではゾウリばきでとびあるく――というイメージがついてまわった。これがいわゆる「水雷屋」といわれていた幹部の姿であった。

また水雷屋は、はやくから水雷艇長、駆逐艦長などの小艦艇の長となり、つねに最前線の戦術場面に登場し、修羅場をかいくぐり疾駆することにより、態勢判断の修練をつみ、いつのまにか他にヒケをとらぬ戦術家になっている。さらに水雷屋は操艦術にもたけ、統率者としてのコツ、しめどころも体得している。いわば海軍における実戦的中枢をしめる人材たちであった、といえる。

もちろん、駆逐艦はその任務上からも速力が速く、非常に軽快な小艦である。三十ノットという快速でぐいぐい飛ばす。シケになると、全艦をのむばかりに波涛がおしよせてきて、艦はまるで木の葉のように海の谷間にひきずりこまれる。まず艦首がぐーんともち上がり、つぎにどすんと艦もろとも落ちこむ。すると大きなチョウが羽をいっぱいにひろげたように白波が艦の左右にとぶ。その波の半分ぐらいは艦橋めがけて突撃してくる。一瞬、窓ガラスは水びたし、水族館のウインドウさながらになってしまう。というより水の中に潜ったようになる。

しかし、ひとたび「全軍突撃せよ!」の号令一下、たとえどんなに敵が撃ってこようと、魚雷が発射できるところまで、しゃにむに突進する。フネが小さいから敵に発見されにくいし、スピードがでるから――もっとも最大戦速で転舵するとキャシャな船体はぶきみにきしむ――行動、かけひきが自在にでき、そのうえ大威力の魚雷を搭載するようになると、およそ海軍の艦艇中でこれくらいはなばなしい艦はない、といった評価も高かったのも事実である。

全乗員は二百人たらず、駆逐艦長は少佐か、中佐の若手のパリパリぞろいである。というよりも若くなければつとまらない激務であった、ともいえる。なぜなら、「軍艦」として洋上を走りまわるかぎり、戦艦とはほとんど変わらぬ仕事があるにもかかわらず、士官は数人――艦長、水雷長、航海長、砲術長、機関長だけが科長で、中尉、少尉があと二、三人いるだけなのである。

戦闘ともなると、艦長、航海長はいつも艦橋につめており、当直に立つのは水雷長と砲術長しかいない。そのためほとんど全員が艦橋につめきりで、ゆっくり食事をとる暇などなかったという。

駆逐艦はふつう、世界の海軍国をみまわしても駆逐艦四隻で一コ駆逐隊を編成している。司令は大佐が原則である。ところが敵艦隊と雌雄を決する大海戦ともなれば、四隻単位の駆逐隊では力量不足となる。そのため三〜四コの駆逐隊をあわせて、一つの大駆逐艦集団を形成することになる。これが水雷戦隊とよばれるものである。水雷戦隊は十二隻以上の駆逐艦によって構成される大艦隊で、戦艦や巡洋艦の戦隊、空母の航空戦隊に匹敵するものである。したがって、その司令官は少将である。

米、英などでは水雷戦隊の旗艦に司令部の乗艦設備をもつ大型駆逐艦をあてた。嚮導駆逐艦というのがこれである。

しかし、日本海軍では快速、やや大ぶりの軽巡をこれにあてた。大海戦のさい、まず駆逐艦同士の前哨戦、いわば小競り合いからはじまるから、軽巡のすぐれた砲撃力を買ったのである。さらには洋上射出用カタパルトと水上偵察機をもつ軽巡には、他に類をみない強味があったからである。

軽巡一隻を旗艦とし、子隊として駆逐艦三〜四隻によって編成される駆逐隊が三〜四隊、すなわち軽巡一隻と駆逐艦十二〜十六隻によって編成される、艦隊の戦闘単位をわが海軍は水雷戦隊と称し、その戦法と相まって卓越する打撃力を誇示していたのであった。

さて、その任務といえば、洋上戦闘で魚雷をもって主攻撃兵器となし、まず第一の攻撃力の根幹となって、接敵時から戦闘開始にいたるまで、主力部隊の対航空機、対潜水艦の警戒から通信連絡、それに輸送までやるのであるからなみたいていではない。また分派されて、補給部隊である輸送船団の直接警戒、それに護衛から港湾泊地の水路の掃海、警戒あるいは封鎖など、その攻防の範囲は多岐にわたり、まさに八面六臂の活躍が期待される。

また、骨やすめの一時である艦艇の泊地でも、戦艦や巡洋艦の乗組員たちが映画などに興じているとき、水雷戦隊の何隻かの駆逐艦は泊地の外周を遊弋して、警戒するのがふつうである。したがって水戦駆逐艦の乗組員たちは、大艦の乗組員らにくらべて、すくなくとも一人三役をこなさねばならなかった。

太平洋戦争開戦時、連合艦隊にはつぎの六コ水雷戦隊があった。

第一艦隊――第一水雷戦隊（駆逐隊四隊）
　　　　　　第三水雷戦隊（駆逐隊四隊）
第二艦隊――第二水雷戦隊（駆逐隊四隊）
　　　　　　第四水雷戦隊（駆逐隊四隊）
第三艦隊――第五水雷戦隊（駆逐隊二隊）
第四艦隊――第六水雷戦隊（駆逐隊二隊）

以上のうち第五、第六水戦は旧式駆逐隊で編成されていたが、その他はすべて特型駆逐艦編成で、とくに第一、第二、第四水雷戦隊駆逐艦は、のこらず九三式魚雷（酸素魚雷）を装備した最新鋭艦であった。この酸素魚雷は無気泡の日本海軍独特の恐るべき新兵器で、直径六十一センチ、全長九メートル、重量二千七百キロ、炸薬量八百キロ、雷速四十ノット、射程距離三万二千メートルという要目だった。

この威力絶大な魚雷をそなえた強力な水雷部隊にたいし、性能においても訓練においても、あるいは乗員の練度においても、対抗できる駆逐艦は当時、世界のどこにもなかった。

太平洋戦争開戦とともに、六つの水雷戦隊をはじめ九十三隻にのぼる駆逐艦は、いっせいに前線に進撃をはじめた。

第一水雷戦隊は真珠湾の南雲機動部隊の直衛任務につき、他の水雷戦隊は南方占領軍の船団護衛および掩護に任じた。

第二水雷戦隊はフィリピン方面ミンダナオ島、セレベス島、アンボン島、チモール島占領日本軍の護衛、揚陸掩護。

第三水雷戦隊はマレー半島、ジャワ西方地域の占領軍の護衛掩護。

第四水雷戦隊はフィリピン方面ルソン島東方地域、ボルネオ島東方地域、ジャワ島東部地域、わが南方占領軍の護衛掩護。

第五水雷戦隊はフィリピン北方および西方地域、ジャワ島西方地域占領軍の護衛掩護に行動し、さまざまの任務を遂行した。

魚雷戦を実施した戦闘は第八駆逐隊（二水戦）のバリ島沖海戦。第二、第四水雷戦隊のスラバヤ沖昼・夜戦。第三、第五水雷戦隊のバタビア沖夜戦であり、いずれもわが方は軽微の損傷をうけた駆逐艦数隻をだしたのみで、米・英・オランダ東洋艦隊を全滅する戦果をあげた。

なかでもスラバヤ沖海戦では、日本艦隊が発射した魚雷が、とほうもない遠距離から高速で駛走し、敵艦を撃沈破したとき、敵はそれが魚雷によるものとは夢にも思わず、機雷だろう、いや潜水艦だと判断してあわてふためいて逃げまどった。これが混乱をいっそうあおりたてる結果となり、戦闘は惨たんたる連合軍の敗北のうちに終わった。

このようにはなばなしい戦果をあげ黄金時代をきずいた水雷戦隊も、昭和十七年八月七日、米軍のガダルカナル島上陸で、ガ島をめぐる攻防戦がはじまり、泥沼の消耗戦に駆逐艦群にもまた苦難の時期がはじまったのだった。

第二次ソロモン海戦で「睦月」がはじめて沈没したが、サボ島沖海戦では「吹雪」があっという間に沈没した。恐るべきレーダー兵器の出現であった。猛訓練できたえぬき夜戦では絶対に負けない、という自信をもっていた駆逐艦乗組員たちもこのレーダーの出現で、立場が逆転したことを知らされたのだった。――昭和十七年十一月二十四日、ラエ輸送作戦に従事中の「早潮」がラエ東方にて敵機の攻撃をうけ沈没。

ガ島攻防六ヵ月の間に日本海軍は十四隻を失い、五隻の損害を出した。これらはいずれもガ島に対する補給、いわゆる〝ネズミ輸送〟において出した犠牲である。山本GF長官が海軍の面目にかけて、ガ島にいる陸軍将兵に飢えをあたえないということで行なわれた作戦であった。

その要領は、ガ島から数百カイリはなれた泊地で必要の補給物資・兵員を積載して、日没後に敵の飛行圏内に入るように出撃し、全速力でガ島に突入、内火艇やカッターをおろして、これを陸岸まで送りとどけたのち、これらを収容して全速力で夜明けまでに飛行圏外まで離脱する、という方法である。

しかしながら最初の四、五回こそうまくいったが、米軍もこれらを〝東京急行〟と名づけて、毎日同時刻に行なわれるので待ちぶせするようになり、最初のようにうまく行かなくなった。そこで今度は〝ドラム缶輸送〟を行なうことになった。

ドラム缶輸送とは、文字通りドラム缶に食糧や医薬品を入れて密閉し、これを駆逐艦の上甲板にくくりつけて運ぶ方法である。ドラム缶の数は二百以上もあったが、それぞれをじゅずつなぎに麻なわでしばり、揚陸海岸に近づいたところで、内火艇により運ばれた索の一端を陸上よりたぐりよせる、というものであった。

第一回輸送は、十一月二十九日に実施された。搭載艦六隻、警戒艦二隻という編成だった。その夜、ガ島揚陸地点に近づいたとき、突如、敵の重巡五隻、駆逐艦五隻と遭遇し交戦となった。わが方は不利な態勢ながら善戦したが、輸送作戦は失敗に終わった。これがルンガ沖海戦で、重巡一隻撃沈、重巡三隻を撃破する戦果をあげたが、最先頭にあった「高波」は集中砲火をうけ沈没した。

こうして苦心のドラム缶輸送も四回のみで終わり、ガ島への輸送が不可能となったので、十八年二月一日より七日までに三回にわたり、延べ巡洋艦一、駆逐艦六十隻をもってガ島所在兵力を撤収し、合計一万二千六百四十名を収容したのであった。被害は一隻が沈没したにすぎなかった。

恨みをのんでガダルカナル島を撤退したあと、さらに一年間におよぶ駆逐艦部隊の辛苦は筆舌につくし難いものがあった。中部・北部ソロモンで敵のレーダーになやまされ、この間に三十隻の駆逐艦を失い、十八隻が損害をうけている。

昭和十八年十月六日、ソロモン諸島ベララベラ東方にて米駆逐艦と交戦、魚雷をうけて「夕雲」が沈没。

一年半にわたるソロモンの攻防戦で、日本海軍は延べ百七十隻の駆逐艦をくり出し、沈没四十四隻、損傷二十三隻をだしたうえ、しかもその奪回は成功しなかったのである。いわゆる〝東京急行〟と呼ばれる駆逐艦による増援補給の困難な任務に動員された隻数は、じつに百三十隻にのぼっている。

その後、駆逐艦はもっぱら船団護衛に従事した。そして十九年十月の比島沖海戦では、二十五隻が参加し、その約半分の十二隻が沈没した。比島沖海戦で駆逐艦の大半を失った日本海軍は、もはや組織的海軍として存在しないほど痛手をうけていた。二十年四月の「大和」の水上特攻に駆逐艦八隻が参加し、四隻だけが生き残り、駆逐艦の活躍の幕は事実上おろされたといえる。

最後の作戦ともいえるこの水上特攻に参加した寺内正道「雪風」艦長の、文字通り水雷屋魂に徹した名指揮ぶりをその回想談から、かいまみてみよう。

――向こう鉢巻で鉄かぶとはかぶらず、大きな三角定規を手にしてね、艦橋の穴から胸から上ぐらいまで乗り出して、敵機をにらみつける。三角定規は三十度と六十度だからべんりだ。「艦長ッ、敵機、本艦に向かってきます」なんて見張りがいうけれど、三角定規をピタリとあてればそれが本当に向かってきているのかどうかたちまちわかる。来るぞとわかったら、艦橋の中にいる航海長に知らせるのだ。ぐるぐる腕をまわしてね。号令かけたって聞こえやしない。それで腕をぐるぐるやる。至近弾をうけたりすると水をかぶって、真っ黒になっちゃうんだな。……どうして沈まないのかと聞くやつがいるから、オレが艦長だからやられんのだというんだ。

また、乗組員の一人はこう述懐する。――艦長はどんなに激しく撃たれる中でも顔に微苦笑を浮かべてスパスパとタバコをふかしている。「オヤジのやつ、平気でタバコをすってやがる」これが乗員に心のゆとりをあたえた――と。

ハワイ海戦にはじまる大小三十一回の海戦に参加した日本駆逐艦は、延べ三百八隻にのぼったが、そのうち沈没は三十八隻だった。海戦による損失は、全体からみると案外すくなく約三分の一である。

意外に多いのは船団護衛その他の行動中に失われたもので、その数は海戦の約二倍の七十八隻に達した。このうち潜水艦にやられたものだけでも四十三隻あり、これらは何といってもレーダーの優劣の結果であろう。

全損失は百三十五隻で残存は四十二隻であり、そのうち無傷は文字通り八回の海戦に参加して生き残った武勲艦の「雪風」をはじめ、「響」、旧式艦ながら北方海域から南方戦線へと苦戦のなか劇的な戦歴をもち、戦後は「引揚船」として最後のご奉公をした「神風」など二十九隻であった。

単行本　平成二年四月「憤怒をこめて絶望の海を渡れ」改題　光人社刊

NF文庫

駆逐艦「神風」電探戦記　新装版

二〇二〇年三月二十二日　第一刷発行

編　者　「丸」編集部

発行者　皆川豪志

発行所　株式会社　潮書房光人新社

〒100-8077　東京都千代田区大手町一-七-二

電話／〇三-六二八一-九八九一(代)

印刷・製本　凸版印刷株式会社

定価はカバーに表示してあります

乱丁・落丁のものはお取りかえ致します。本文は中性紙を使用

ISBN978-4-7698-3160-0　C0195

http://www.kojinsha.co.jp

NF文庫

刊行のことば

第二次世界大戦の戦火が熄《や》んで五〇年——その間、小社は夥しい数の戦争の記録を渉猟し、発掘し、常に公正なる立場を貫いて書誌とし、大方の絶讃を博して今日に及ぶが、その源は、散華された世代への熱き思い入れであり、同時に、その記録を誌して平和の礎とし、後世に伝えんとするにある。

小社の出版物は、戦記、伝記、文学、エッセイ、写真集、その他、すでに一、〇〇〇点を越え、加えて戦後五〇年になんなんとするを契機として、「光人社NF（ノンフィクション）文庫」を創刊して、読者諸賢の熱烈要望におこたえする次第である。人生のバイブルとして、心弱きときの活性の糧《かて》として、散華の世代からの感動の肉声に、あなたもぜひ、耳を傾けて下さい。